俳句は地球を駆けめぐる

Ban'ya Natsuishi
夏石番矢

紅書房

俳句は地球を駆けめぐる　目次

I　講演　二〇〇四～二〇二一
地球を駆けめぐる俳句

俳句は地球を駆けめぐる

装画　勝本みつる
装幀　間村俊一

I

講演　二〇〇四〜二〇二一

地球を駆けめぐる俳句

世界俳句のために

「世界俳句」ということばは、平和であると同時に痛ましい。「世界俳句」は、「世界平和」を思い出させるから、平和であり、もう一方で、「世界大戦」を思い出させるから、痛ましい。「世界」と「俳句」のあいだには、普通ではない関係があると言わねばならない。

おそらく、西洋世界は十九世紀の終わりに、W・G・アストン、ラフカディオ・ハーン（小泉八雲）、B・H・チェンバレンらの仕事のおかげで、俳句と最初に出会った。ちょうど二十世紀はじめ、一九〇二年に、イギリスの日本学者、B・H・チェンバレン（一八五〇〜一九三五）は、「芭蕉と日本の詩的エピグラム」（「日本アジア協会紀要」第三〇巻、日本、一九〇二年）という題の長い論文を発表した。同じ年、正岡子規（一八六七〜一九〇二）は、日本の俳句の近代化を終えることなく他界した。チェンバレンは、その論文で、日本の古典的俳句について、二つの本質的なことがらを指摘していた。

最初の指摘は、俳句には、「論理的知性に対する」「いかなる主張もないが、想像力または記憶に向けての、三筆でざっと描かれた自然の情景」がある、というものだった。この指摘は、今日でも説得力がある。もちろん、俳句は、詩歌の一種であり、言語芸術の一つだが、その最も顕著な特徴は、イメージを作り出す力にあるだろう。日本でも海外でも、成功した俳句作品は印象的なイメージを生み出す、としばしば言われる。だから、現代でも、少なくない人々が同時に、俳句を作り俳画を描いているのである。私たちの世界俳句協会は、そのホームページで月ごとの俳画コンテストを催している（現在は一年ごとの俳画募集になった）。

たくさんの国から応募された俳画は、私たちに想像的な多様さを見せてくれている。応募された俳画のそれぞれの美しさを鑑賞しながら、一つの疑問が私に生じる。ときどき私は、俳句の目的は、単にイメージを作り出すだけだろうか、と考え込む。どういうイメージが、俳句にとって最も望ましいのだろうか？　本当に、俳句は、少ないことばでできた小さい絵なのだろうか？正岡子規は、チェンバレンと直接の関係はないが、俳句近代化の一つの目的もまた、俳句によって印象鮮明なイメージを作り出すことだった。

この重要な疑問に答えるまえに、次のようなチェンバレンによる俳句についての第二の指摘に触れておいたほうがいいだろう。俳句は、「かけらのそれぞれが、別の角度から風景の小さい一角を映し込んでいる、砕かれた水晶であり、あるいは自然界における事実についての短いメモであり、あるいは感情や幻想の暗示だろう」。そう言いながら、チェンバレンは、俳句をほめあげているのではなく、文学や詩歌としての俳句を否定しているのである。チェンバレンによる文学としての俳句の否定に、私は俳句と西洋世界の危機的な出会いを見出す。

いま私は、俳句が日本以外の東洋世界に出会ったとは断定できない。中国で、一九八〇年代から、「漢俳」と呼ばれる俳句創作を、中国人が始めたことを知っていたとしても。

また、チェンバレンの俳句否定に話を戻そう。もしも俳句が、ことばによる小さな絵にすぎないのなら、俳句は文学でも、詩歌でもないだろう。いわゆる西洋的文化伝統や価値観にしがみ付いていたチェンバレンは、実際に二十世紀を通じて花開いた短詩の可能性を予測できなかった。

俳句の影響を受けて書かれた短詩で、最も有名なのは、たった二行の「地下鉄の駅の中で」である。

人ごみにそれらの顔顔の突然の出現、
濡れた黒い大枝に花びら花びら
『大祓《おおはらえ》』（アルフレッド・A・クノプフ社、米国、一九一七年）

エズラ・パウンド（一八八五～一九七二）は、この詩を一九一〇年代に、パリで作った。米国の「失われた世代」の一人の詩人が、母国以外の国で、短詩を作りえたことは、驚くべき事実である。地下の「駅」は、コンコルドであり、その上には、エジプトのルクソールから運ばれたオベリスクが、いまもそびえ立っている。エズラ・パウンドによる、この記念碑的短詩は、極度に国際的なのである。チェンバレンの厳しい俳句否定とはうらはらに、二十世紀初頭から、俳句のような短詩は成功をおさめてきた。このパウンドの短詩から、どういうイメージを受け取れるだろうか。普通の現実的な光景ではなく、私たちに存在論的で神話的ななにかを思い起させる、印象的で暗示的な、予期せぬイメージではないだろうか。

一九二〇年代から三〇年代にかけて、フランスの詩人は、俳句創作に夢中になった。たとえば、ダダイスト詩人であり、シュルレアリスト詩人である、ポール・エリュアール（一八九五～一九五二）は、たくさんの俳句（俳諧の名のもとに）を、短詩ともども書いた。エリュアールの最も美しい俳句は、一九二〇年に生まれた。

うたう歌に心をこめ
　雪を融かす
　　鳥たちの乳母

「ここに生きるために　十一のハイカイ」（『初期詩篇一九一三〜一九二一』、メルモ、スイス、一九四八年）

第一次世界大戦に動員され、エリュアールは、俳句に出会った。俳句のような短詩は、詩以外の混ぜ物なしの詩的イメージそれだけ、というエリュアールの詩の理想であった。彼の俳句自体は、われわれの常識を超えた純粋なイメージとなっている。このイメージは、この短詩いっぱいにはめ込まれた暖かい結晶である。エリュアールの深い存在論の暖かい結晶である。このように何度も何度も、チェンバレンの俳句否定は、詩的エネルギーを充塡した短詩によって裏切られてきた。

日本では、一九三〇年代、新興俳句の書き手が、第二次世界大戦中の経験と想像力に基づいて、超現実的な俳句を作り出そうと努力した。渡辺白泉（一九一三〜一九六九）は、一九三九年に次の俳句を書いた。

戦争が廊下の奥に立つてゐた

『白泉句集』（林檎屋、日本、一九七五年）

まさにパウンドやエリュアールの場合と同じように、白泉の俳句自体、純粋なイメージとなっていた。この純粋イメージは、戦争を反映しているから、現実的であり、このイメージは、日常生活を超えているから、超現実的なのである。

いまこう言うことができるだろう。さまざまな国における二十世紀の前半、俳句は、純粋なイメージを作り出す新しい方法を発見した。この方法から、断片的だけれども、詩的なエネルギーが詰められたイメージが生まれ出た。この方法こそ、世界俳句の基盤だ、と私は考えたい。この基盤は、二十世紀に、二つの世界大戦をへて、ひそかに誕生した。この基盤が認知されるまで、二十世紀の後半すべてが、私たちには必要だった。

それでは、二十一世紀の世界俳句の可能性とはなんだろうか。これが、私たちの課題なのである。まず最初に私が言っておきたいのは、世界俳句はまだ無限の可能性として孕まれたままだということである。

いくつかの意義深い例をあげてみよう。

フランスのブルターニュで、アラン・ケルヴェルヌ（一九四五〜）は、一種の魂の俳句を書いた。

あかつきのそよかぜ
洗濯少女が
身震いする
『ブルターニュ巡礼』（トゥロ・ヴレッツ、フランス、二〇〇二年）

実際にこの俳句から、現実的なイメージを受け取れるが、このイメージは純粋な魂に染めあげられている。この俳句において、人間と自然は、原初的な関係に置かれている。
昨年、私は、ポルトガルの詩人、カジミーロ・ド・ブリトー（一九三八～）と百句からなる連句を巻いた。この連句のなかで、ド・ブリトーは、英知の詰まったことわざに近い俳句を私に示した。

都市！　砂の
一粒！　銀河の
断片！
「虚空を貫き　1」（「吟遊」第一七号、吟遊社、日本、二〇〇三年）

この俳句は典型的だ。その虚無主義的な断定が、宇宙的イメージとともに、虚無主義ののちの励ましを、私たちに与えてくれるからである。
私の講演を終えるのに先立ち、あえて私自身に関することがらに、触れさせていただきたい。この二年間、私は「空飛ぶ法王」と題した俳句連作を行っているこの創作がいつ終わるのか、自分でも予想がつかない。

空を飛ぶ法王　戦火は跳ねる蚤か
空飛ぶ法王何度も何度も砂を噛む　「空飛ぶ法王4」（「吟遊」第一八号、日本、二〇〇三年）

ある日、私の夢で、「空飛ぶ法王」ということばを、私自身がつぶやいた。それから、「空飛ぶ法王」がなにを意味するのかわからずに、「空飛ぶ法王」俳句創作を始めた。「空飛ぶ法王」のイメージは、かなり明瞭だが、キリスト教を茶化したものでしかないかもしれない。

この俳句連作を続けているうちに、とうとう次のことが理解できるようになった。「空飛ぶ法王」という移動する視点から、地球上に起きうるすべての出来事が観察できる。固定されていない、移動する、想像上の視点を、今世紀、私たちは獲得した。

それゆえに、世界俳句は前途有望である。もしも、それぞれの国の俳人が、私たちの新世紀にふさわしい、真に詩的な方法を見つけるのならば。

俳句をとおして本当に東洋と西洋は出会ったか？

西洋人は本当に俳句に遭遇したのだろうか？　この重要な問題を前にして、私に鳴り響く答えは、同時に「はい」と「いいえ」である。この曖昧さは、ほとんどの西洋人が翻訳を介在させてしか俳句に遭遇していないという事実に由来する。私たちの世界では、翻訳が必要不可欠だとしても、いわゆる「俳句詩人」と自称する人は、どうして日本語を学ぼうとしないでいられるのだろうか？　数年前のヨーロッパで、ある俳句の国際的行事の最中に、私はひとりの老人に尋ねてみた。

「どうして俳句をもっと知るために、日本語を勉強しないのですか?」

彼はこう答えた。

「年を取り過ぎているからできないのさ」

私は会話をそこで終わらせた。

この東洋と西洋の質疑応答を、皆さんはどう思われるだろうか?

まず最初に、不幸なことに、海外の俳句についての情報はつねに正確ではないと言わなければならない。ときには情報が奇妙なので、私が笑ってしまうこともある。

英語で俳句を書く人たちのバイブルは、R・H・ブライス(一八九八~一九六四)著の『俳句 第一巻~第四巻』(北星堂、日本、一九四九年~一九五二年)である。私が学生のころ、このバイブルを買ったのだが、すぐに東京の古本屋に売り飛ばしてしまった。なぜなら、ブライスが、俳句の詩学を無視して、日本精神の典型と彼が信じる、仏教、禅、道教などを、俳句の解釈においてあまりに誇張しているからだ。

二十年後、英語で書かれる俳句に親しめば親しむほど、ブライスの著作の直接的間接的影響を見つけるようになった。このインターネット時代に、書店のサイトを通じて、ブライスの俳句についての本をまた買うことになった。

ブライスによる俳句のバイブルとの再会をまずは喜んだあと、そのなかの一節を読んで、私は笑いはじめてしまった。ブライスは、『俳句　第一巻』(一九四九年)で、芭蕉の俳句を次のように引用している。

無私であることの条件とは、ものごとが、利益になるか不利益なるかという関連なしに、見えることである。たとえ、深遠で精神的な種類の関連でさえいらない。
神を愛する人は、神が見返りとして自分を、ひいきして特別な愛着を示して、愛してくれることを望みはしない。

霧時雨富士を見ぬ日ぞおもしろき　芭蕉

Misty rain;
Today is a happy day,
Although Mt. Fuji is unseen.　Bashô

日本語が理解できない人たちには、この一節はかなり納得できるだろう。日本の学者も、このブライスの解釈をほめている。
学者としても詩人としても、私は芭蕉の俳句を、この句に芭蕉が選んだ日本語の繊細な一語一語をもとに、分析してみたい。最初の日本語「霧時雨」は、ブライスの翻訳にあるような「霧雨」ではなく、「濃霧」を意味している。だから、この句の最初のことばからして、私たちは突然、視界を失う。芭蕉のこの意外なわざは、私たち読者を驚かせる。二番目のことば「富士」は、日本で一番高く、一番有名な山。このことばは、私たちをくつろがせ、元気づけてくれる。それから、次の「見ぬ」は、見えないということで、調子がまた変化する。このことばは、富士山の美しくはれやかな景色を打ち消してしまう。「見ぬ」に続くことば、「日」は、一日を指している。最後のことば、「おもしろき」は、形容詞であり、今度はそれまでの否定的な調子とは正反対である。全体として、この俳句において芭蕉は、富士山を見られない一日も、自分にとっては興味深い、と言っている。

この俳句は、芭蕉の句の最高作ではないが、それでも、いくつかの要素（瞬間）と変化を含んでいる。これらを、ブライスは見逃したか、強調しなかった。

もう一方で、この短詩は、「無私」を伝えてはいない。「無私」は、ブライスが考えたように、日本の古い精神性、禅につながる。

世界で、自己のない詩人はいるだろうか？　たとえ、詩人が「無私」に到達するとしても、たくさんの自己、別の言いかたをすれば、エゴの諸段階を通り抜けてはじめて、実現する。

芭蕉は一六八四年、彼の中年期に、さきほど引用した句を作った。「無私」とはほど遠い時期だった。考えても見よ、何かをおもしろく感じる人間は、「無私」ではありえない。さらには、芭蕉は、生涯のそのとき、俳句創作の新しい方法を発見するため苦闘していた。

R・H・ブライスが、日本の古い精神性を見つけたのは、私たちにとっての幸福である。たしかに、日本文化のある部分は、禅に基づいている。しかしながら、禅による説明という先入観の視点から俳句を受け取ることは、キリスト教の視点から、西洋の詩を受け取ることと同じではないだろうか？　こういうふうに考えるならば、西洋人は、ブライスの先入観に賛同できるだろうか？

『俳句　第一巻』に引かれた俳句に話を戻せば、私たちの日本古典俳人は、富士山が見えない日がおもしろい、と言っているのではなく、富士山が見えないけれども、富士山を心のなかで想像できるから、その日はおもしろい、と言っているのである。R・H・ブライスは、芭蕉の俳句を誤解し、誤訳した。

英語圏の人々のみならず、西洋人に俳句を広めたブライスの功績をけなすつもりはない。だが、ブライスの日本の俳句の誤解と誤訳は、単純化しすぎた視点に根があり、ときどき日本の詩歌の的をはずことがある。

ブライスによる『俳句　第一巻』の序文に、「禅と詩歌は実質的に同義語だと私は理解している」とあり、これが西洋世界への俳句受容を誤った方向へ導き、今日にいたるまで、ゆすぶることのできない、拭い去れない悪影響を残した。ブライスのこのような単純すぎる俳句理解は、彼の師、ひとりの日本人仏教者、鈴木大拙（一八七〇〜一九六六）から来ている。二十世紀の日本の禅の大家は、俳句を含む日本文化を、禅仏教の観点から、大胆に西洋世界へ紹介した。俳句創作における禅の役割の誇張を、ブライスは、自分の師、鈴木大拙から学んだ。この禅の大家は、「禅と俳句」というエッセイで、次のような誇張を書いている。

> 仏教を離れて、日本文化を語ることはできない。日本文化のどの発展の局面においても、あれやこれやのあらわれかたで、仏教的感情が存在するのがわかる。
>
> 『禅と日本文化』（ＭＪＦブックス、米国、一九五九年）

私はこの主張に部分的に賛成しながら、日本文化に、アニミズムという背骨があることを強調し、ふたたび書き入れておきたい。現代においてさえ、わが国にアニミズムの伝統が存続している。東京の道路のまんなかにある、高くて古い木に、人々は畏敬の念を持つ。だから、こういう木は、悠々と立っていられる。私の住む富士見市を歩き回っていると、高い木々でおおわれた神道の神社を、簡単に見つけられる。

日本のアニミズム的伝統の、より広くて影響力の強い重要性を知らずに、R・H・ブライスは、鈴木大拙の教義を素朴に信じた。ブライスは、鈴木大拙のいいお弟子さんだった。幸か不幸か、ブライスは、後続世代の詩人にかなりの影響力を及ぼした。ブライスのおかげで、俳句は、短詩ではなく、神秘的で単純化されたことば遊びとなってしまった。一九五五年に、ブライスの『俳句　第一巻〜第四巻』を読んだあと、米国のビート詩人、アレン・ギンズバーグ（一九二六〜一九九七）は、「四つの俳句」を書いた。そのうちのひとつを次に引こう。

Lying on my side
in the void:
the breath in my nose.

Collected Poems 1947-1980（Harper & Row, USA, 1984）

わが和訳は次のとおり。

空虚のさなか
脇腹を下にして寝て、

息が鼻のなかに。

この短詩を書きながら、ギンズバーグは、日常生活のなかの一瞬間をとらえた。しかし、この瞬間が本当に大切なのかどうかという疑問が残る。

この短詩によって、ギンズバーグは、自分の生きているからだの通常の働きを再認識した。だが、この俳句は心に響くだろうか？　ささいな発見以外の何かを、私たちに思い浮かべさせられるだろうか？　ギンズバーグによって書かれたこの三行は、中軸のない沈黙に支配されている。日常生活に、ささいな美やささいな真実を見つけるのが、二十世紀の詩の特徴かもしれないが、ずっとささいなままの、ささいなものは、本当の詩の主題ではない。

ところで、R・H・ブライスや鈴木大拙との関係を私は知らないのだが、著名なフランスの批評家ロラン・バルト（一九一五～一九八〇）は、『記号の帝国』（L'Empire des signes, Editions d'Art Albert Skila, Swiss, 1970）のなかで、俳句に奇妙なかたちで触れている。

俳句（線分）は、直接的な動きで「あれ！」とだけ言いながら、何にせよ指で指し示す子供のしぐさを表現する（中略）俳句は何も特別なことを言わない、これは禅の精神に合致している（後略）

この本には、日本文化についての鋭い指摘も見られるのだが、バルトの俳句理解は、極端なまでに異様だ。バルトは、鈴木大拙やR・H・ブライスの間接的な弟子だろう。

バルトは、正岡子規（一八六七～一九〇二）の左の一句を、「絶対的なアクセント」と見なしていた。日本語の原句、バルトの本に掲載された長い仏訳、そしてこの講演のために私が作った短い英訳を引いてみよう。

牛つんで渡る小舟や夕しぐれ

Avec un taureau à bord,
Un petit bateau traverse la rivière,
A travers la pluie du soir.

A cow on board
a little boat traversing—
autumn evening rain

どうしてロラン・バルトは、このような平凡な俳句に興味を持ったのだろうか？

バルトにとって、日本の俳句は、束縛された古い西洋文化から自由な子供でなければならなかった。彼にとって、俳句は、意味でいっぱいの長い西洋の詩と正反対でなければならなかった。

バルトは、俳句が短すぎて、意味を内部に含めないと考えた。バルトの俳句理解は、鈴木大拙やR・H・ブライスと同様に、過剰に単純化されたものだった。違いは、フランスの有名な批評家、ロラン・バルトが、俳句に意味を与えることを禁じて、俳句を極度に単純化し、不毛にして、俳句を、西洋文化からの逃避の悲鳴として、私たちに投げ出したことだ。言うまでもなく、俳句は、意味から逃れられはしない。日本人を含む人類は、意味のない表現に耐えられない。表面的にはナンセンスに見える表現も、人間のあらゆる発語において、なにがしかの意味を伴っている。

いま私は海外の俳句創作を否定しているのではない。それどころか反対に、多くの言語での俳句の可能性を確信している。そのような豊かな可能性を実現するには、西洋の俳句理解に、深まりをもたらさなければならない。俳句は仏教の詩ではない。俳句は意味から逃れられない。何よりもまず、俳句は詩のエッセンスでなければならない。俳句の小宇宙のなかに、私たちは大宇宙を見ることができる。たった一句の俳句も、いくつかの要素（瞬間）といくつかの変化からできているのは、先ほど引用した芭蕉の俳句で目撃したとおりである。

私が若かったころ、西洋の詩を学び、俳句を書いていた。私は新しい俳句創作方法を発見しようと試みた。

階段を突き落とされて虹となる

Shoved off the stairs—
falling I become
a rainbow

A Future Waterfall: 100 Haiku from the Japanese（Red Moon Press, USA, 1999）

もちろん、この俳句を、仏教的ベースから書いたわけではない。たぶん、あるつらい経験を昇華させようと、このような俳句を書いた。この句の初案は、次のとおりである。

階段を突き落とされて貝となる

Shoved off the stairs—
falling I become
a shell

あなたにとって、「虹」と「貝」のどちらがいいだろうか？

日本語では、「貝となる」は、「沈黙を守る」という意味。かなり陳腐な表現だった。「虹」が「貝」にとってかわるやいなや、この俳句全体が、火花を放ち始める。この俳句は、予想外の要素（瞬間）や変化を内部に持つようになる。この昇華は、私の信じる俳句詩学の核である。

すぐれた詩人たち、たとえば、スウェーデンのトマス・トランストロメール（一九三一〜二〇一五）、ポルトガルのカジミーロ・ド・ブリトー（一九三八〜）が、それぞれの言語で、俳句を書いている。いずれも、その国を代表する詩人で、国内のみならず、国際的評価が高いが、日本では知られていない（前者の詩人は二〇一一年ノーベル文学賞受賞）。

まずは、トマス・トランストロメールの思索的な俳句を見ておこう。

The white sun's a long-
distance runner against
the blue mountains of death.

白日の長
距離走者が
死の山脈を背景にして。

The presence of God.
In the tunnel of birdsong
a locked seal opens.

神の存在。
鳥の囀りのトンネルに
封印が開かれる。

New Collected Poems（Bloodaxe Books, UK, 1997）

半身不随のため、もう口をきけなくなったこの詩人と、二〇〇三年に、私はマケドニア（現在の北マケドニア）で出会った。国際詩祭である、ストゥルーガ詩歌の夕べにおいてであった。この詩人が、多くの詩人から敬愛されているのを肌で感じた。
もう一人の詩人カジミーロ・ド・ブリトーは、私の親友だ。彼の俳句に、南欧の底抜けの明るさと虚無主義の共存が見られる。

De canto em canto
vou caindo
no charco do silencio.

De chant en chant
je tombe
dans l'étang du silence.

歌うにつれ
沈黙の池へ
落ちてゆく

Intensités／intensidades（Maison de la Poésie d'Amay, Belgium, 1999）

これはポルトガル語とフランス語対訳詩集の一句。おそらく芭蕉の「古池や」にヒントを得て作られたものだろう。

Poeta audacioso—
ousa decifrar as sombras
da luz original

Poète audacieux—
il ose déchiffrer les ombres
de la lumière originelle

An audacious poet—
he dares to decipher the shadows
of pristine light

大胆な詩人
原初の光の
影を読み解く

「紀佐子への俳句」(「吟遊」第二六号、吟遊社、日本、二〇〇五年四月)

こちらは、私が発行する国際俳句雑誌「吟遊」に、ポルトガル語、フランス語、英語、日本語の四言語で発表された俳句。詩人の役割に対する自覚を力強く詠んでいる。

これらの高度な作品は、まだ少数であり、俳句創作や俳句が、それぞれの国々で、広く深くは認知されていないかもしれない。

いま俳句は、おもに異国趣味がもとになって、受け入れられているのかもしれない。表面的な異国趣味は、単なる一時的なひまつぶしにすぎない。けれども、深められた異国趣味は、何か新しくて、貴重なものをもたらしてくれるにちがいない。俳句の詩学が、多くの国でよく知られるようになったならば、俳句はよりいっそう受け入れられ、詩としての実体を持った短詩、国内と海外の賞賛にふさわしい短詩を生み出すだろう。これが、まさしく「世界俳句」という私の理想である。

世界俳句の未来

私たちは、二〇〇〇年九月に世界俳句協会を創立しました。これは歴史的な出来事であり、関係した人々はその意義を個々に自由に見出しました。過ぎ去ったこの七年間、私たちは世界俳句についてのたくさんの貴重な体験や考察を行いました。

日本に固有の古典的短詩ではなく、いかなる言語、いかなる国でも創造的であるだろう、現代の短詩としての俳句創作に、どうして私たちは興味を持っているのだろうか？　なぜ俳句創作が、今日なおも創造的なのか？　これらの疑問が、私たちの近年の体験と考察の中核です。

私は次のように想像します。その起源において、詩は神話や説話よりも短かった。日本神話で、最も目覚しい英雄は、スサノオとヤマトタケルであり、両者とも短詩を詠んでいます。それらの短詩は、両英雄についての神話や説話に挿入されています。とりわけ、ヤマトタケルは、筑波の道、すなわち俳句の道の創始者として考えられています。八世紀に編纂されたとされる日本神話、『古事記』で、ヤマトタケルは、次のような俳句の原型を詠んでいます。

新治筑波を過ぎて幾夜か寝つる

ほとんどの人が松尾芭蕉（一六四四〜一六九四）を俳句の創始者と考えていますが、私たちは俳句と呼ばれる短詩のより古い創始者を持っています。この俳句の原型は、この英雄、ヤマトタケルが遠征中に東日本を訪れたときに作られました。その起源において、俳句は旅や移動と関連し、俳句は新しく予想外の経験を詠んでいます。

芭蕉は俳句の創始者ではありませんが、私たちの歴史において、最もすぐれた俳句詩人にちがいありません。芭蕉は、北日本を旅するあいだ、最もレベルの高い俳句を書きました。

荒海《あらうみ》や佐渡に横たふ天《あま》の河《がは》

一六八九年の芭蕉の初めての北日本訪問は、強い高揚とむき出しの野性的な自然の生き生きとした発見を芭蕉にもたらしました。

ここで私は、俳句が移動する視点と新しい現実の発見に本質的に関連していると言わねばなりません。別の言い方をすれば、俳句と言う詩は、通常の、日常的視点ではなく、通常ではない、移動する視点から書かれるのです。

私たちの時代は、過去の時代よりもはるかにいっそう、人間のからだや人間の心の移動を、飛行機やインターネット、あるいは想像力によって容易に実現します。だから、俳句創作は、私たちの時代にかなり適しているのです。

それでも、この七年間、私はいくつかの俳句についての誤解に出会ってきました。誤解の最も典型的な一つは、ちょっとした瞬間にヒントを得た人が、いい俳句を書くことができるというものでした。ある場合には、この俳句理解が有効なこともありますが、この理解の結果はいつも生産的であるわけではありません。この七年間、日本人のみならず、海外の人々によって作られた、数え切れない俳句を私は読みました。日本語から海外の言語へ、海外の言語から日本語へ、たくさんの俳句を翻訳してきました。私の最高の喜びは、日本からのみならず、海外からの、詩として豊かな俳句を読んだり、翻訳したりすることであり、最低の悲しみは、詩として貧しい俳句を受け取ることでした。

すぐれた俳句とつまらない俳句の違いとは何でしょうか？　たとえば、つまらない俳句の典型は、次のようなものです。

木の葉落ちわが悲しみの深くなる

詩として貧しい俳句がどういうものか例証するために、この俳句を私が作ってみました。みなさんはどう思われますか？　この種の俳句は、日本のみならず、海外でも、決して例外的ではありません。この貧しい詩には、想像力の拡大が欠けています。この実例の中の二つの要素、「木の葉」と「悲しみ」は、少ない単語による別の宇宙を作り上げることができず、適切な詩の作品として成立することができません。そのうえ、これらの二つの要素は、かなり近く、同類であり、だから私たちの想像力を高揚させてくれません。俳句と称するつまらないものは、たとえ三行に並べられていても、ほとんどつねにつまらない二行詩です。そのような貧しい短いものでいっぱいの、いわゆる俳句出版物をたくさん私は知っています。

海外の俳句愛好家、たとえ彼もしくは彼女がその国の俳句団体の会長であっても、自分たちの作ったいわゆる俳句が、自分の国の人たちによって拒絶されるのを、しばしば嘆いています。何が原因でしょうか？　主要原因が明確であるにもかかわらず、海外の俳句愛好家は、自分たちの作品が拒絶される原因を見つけ出すことができません。いわゆる俳句は、俳句でも、短詩でもない、これが原因です。

俳句と呼ばれるすぐれた詩は、少ない単語で驚異的宇宙を築き上げるので、すぐれた俳句は、短いにもかかわらず、すぐれた詩であると、私は言わなければなりません。

芭蕉の俳句に戻りましょう。

荒海や佐渡に横たふ天の河

この俳句が、先ほどのつまらない例よりも、ずっと立体的であり、宇宙的であり、内容も深いのは明白です。この句の三つの要素、「荒海」「佐渡」「天の河」が、私たちの想像力を限りなく高揚させる驚くべき宇宙を築き上げています。二つの要素、「荒海」と「天の河」の両方が、人間を圧倒する非人間的自然であり、残りの一つの要素、「佐渡」は、人間存在をわずかに暗示するばかりです。この俳句は、自然と人間の象徴的三角形を、印象強く描き、したがって、深い暗示に満ちた詩の曼荼羅となっています。

この芭蕉の傑作は、葛飾北斎（一七六〇〜一八四九）のもう一つの傑作を連想させます。有名な『富嶽三十六景』に収められた「神奈川沖浪裏」と題された浮世絵です。

みなさん十分ご承知のとおり、北斎のこの作品は、多くの国の詩人、画家、音楽家に霊感を与え、いまもなお与え続けています。現代芸術と音楽の輝かしい先駆者、セザンヌ（一八三九〜一九〇六）、ゴーギャン（一八四八〜一九〇三）、ドビュッシー（一八六二〜一九一八）やピカソ（一八八一〜一九七三）が含まれています。

驚くべきことに、北斎のこの世界的に有名な浮世絵は、たったの三つの要素、荒波、ちっぽけな舟、小さい富士山から構成されています。

この浮世絵は、荒波とちっぽけな舟のコントラスト、荒波と小さい富士山のコントラストという、二つの大胆なコントラストによって活気づけられています。北斎のこの浮世絵の遠近法は、これら二つのコントラストを強調するため、デフォルメされています。その結果、これら二つのコントラストから、宇宙的な力が湧き出ているのです。

コントラストだけではなく、三つの要素のあいだにある明確な類似性も、この浮世絵に、芸術的ハーモニーを与えています。この浮世絵にあるほとんどのかたちが、円弧だからです。このようにして、私たちは北斎の傑作の単純さと大胆さを理解できるのです。この単純さと大胆さは、芭蕉の傑作の主要な詩的原理でもあります。

いま私は、日本研究者の視点から、みなさんに教訓を垂れようとしたいわけではありません。日本と海外の、俳句についての表面的な模倣や理解を目撃したあとで、俳句の最も本質的で重要な詩的原理をつかみ、示さなければならないと考えたのです。

ふたたび芭蕉の俳句に戻りましょう。

荒海や佐渡に横たふ天の河

この俳句を含むいくつかの芭蕉の俳句について、米国に住み米国で研究している、日本人の学者、上田真は、その英語版著書『松尾芭蕉』（講談社インターナショナル、日本、一九八三年）で、「これらの詩に、人間生活の痕跡はほとんどなく、永遠にこうであり続けたような原初的な宇宙だけがある」と言っています。もちろん、芭蕉は、自分の俳句で、原初的自然の永遠性をとらえましたが、それにもかかわらず、この傑作の詩的仕掛けと詩学を、私たちの時代の俳句の基盤として理解することが、私たちにはより重要です。

この俳句において、北斎の荒波と小さい富士山のコントラストに似た、「荒海」と「佐渡」の大胆なコントラストを見出すことができます。「荒海」と「天の河」のコントラストも、同様です。これらのコントラストは、荒々しい動きと静かな停止のコントラストであり、この二つは、私たちの世界の主な原理でもあります。

これら二つのコントラストを味わったあとで、「天の河」と二つの地上的なもの、「荒海」と「佐渡」のあいだのもう一つのコントラストを見つけることができます。北斎の傑作には、このコントラストがありません。宇宙的なものと地上的なもののあいだにある最後のコントラストが、芭蕉の俳句を、北斎の浮世絵よりも、より立体的に、より宇宙的に、そして哲学的により深くするのです。

誰もが俳句が短詩であることを知っていますが、すぐれた俳句によって作られることばの宇宙が無限である事実は、あまり知られていません。

かいつまんで言えば、私たちの俳句の基盤としての芭蕉の俳句は、移動し、自由な視点から書かれ、対立する要素を内包する、ダイナミックで広大な宇宙を築き上げることができます。これらの特徴は、現代の芸術や文学に極度に適していますし、俳句がなぜつねに前衛的であるか、俳句がなぜ新鮮さの感覚を持ち続けるのかを説明してくれます。

もしも私たちが、そのような奇跡的な俳句を、私たちの俳句、すなわち世界俳句の基盤として考えるなら、いかなる言語でも、いかなる国でも書かれる俳句は、より創造的でより発展的な未来を獲得することができるでしょう。

この講演の結論の前に、触れておかねばならない新しい問題があります。俳句詩人が日本語だけで書き、日本だけ旅行していた芭蕉の時代には決して存在しなかった新しい問題です。

今日、海外のほとんどすべての俳句の形式とリズムは、固定されず、日本の五・七・五音の定型を模倣していません。日本の五・七・五音という形式が、十分に詩としての存在理由と効果がある海外の言語は、中国語を除いて、おそらくないでしょう。日本でも、俳句創作には、定型と自由形式（旧来の自由律と戦後以降の定型でない自由リズムを総合したもの）があります。それぞれの言語には、それぞれの特徴があります。いま俳句のリズムと形式についての共通の定義はないのでしょうか？　これは私たちの決定的で重要な問題です。

自由形式の詩は、西洋世界の近代民主主義に関連しているでしょうから、定型は、西洋世界では時代錯誤です。自由形式の俳句が、西洋世界に好都合なのは自然です。それでは、西洋世界における自由形式の俳句とは何でしょうか？　自由形式の俳句と三行の自由形式の短詩の違いは何でしょうか？　これは世界俳句にとって、最も緊迫した問題です。誰もこの疑問に対する完全な答えを出すことはできないでしょう。それにもかかわらず、三行の自由形式の俳句と三行の自由形式の短詩の違いは、たしかに存在するのです。

Chuva miudinha e paciente
na minha pele—
a tua língua

わが肌に
降り続く絹雨よ
君の舌

Drizzle, patient rain
over my skin—
your tongue

Pluie légère et patiente
sur ma peau—
ta langue

ポルトガルの詩人、カジミーロ・ド・ブリトーによって書かれた、右の俳句は、私との共著で多言語の『連句　虚空を貫き』（七月堂、日本、二〇〇七年）に収められています。「雨」と「舌」の驚くような類似性をフルに活用した、エロチックな俳句です。

この俳句は、彼の先行する出版『Intensités／intensidades』（Maison de la Poésie d'Amay, Belgium, 1999）に入っています。同じ本に、自由形式の三行詩を見つけることができます。

Je l'embrasse dans le sommeil—je l'embrasse
mentalement. Que je n'aille éveiller
la lumière de mes jours.

和訳してみます。

私はそれを眠りの中で抱く　私はそれを抱く
精神的に。私は目覚めさせたくない
日々の光。

この場合、俳句と短詩の違いは、簡単に見つけられます。右の三行詩ではことばが弛緩していますが、俳句は、一行がより短く、より暗示的、より緊密で、表現においてより集中しており、より具体的イメージを含んでいます。俳句において、それぞれの単語は、より潜在力を充填されています。俳句はつねに前衛であり、俳句はつねに詩のエッセンスであるのです。
世界俳句のより創造的で、より生産的な未来のためには、可能性を狭める世界的定義を作り上げるよりは、いかなる言語でも、いかなる国でも、俳句創作を促したほうがいいでしょう。世界俳句は、二十一世紀の詩の、最も活発で、最も成長する、最も魅力的な生きている産物の一つです。

さまざまな地平を超える俳句

スロヴェニアで二〇〇〇年九月に、世界俳句協会を創立して以来、ほとんど毎日、私は俳句を翻訳し続けてきました。私はその協会のディレクターを務めています。日本の人々はよくこう私に言います。俳句は日本語から他の言語に翻訳できないし、外国語の俳句は日本語に翻訳できない。それでは私は、意味のない仕事をほぼ毎日しているのでしょうか。

一週間前に、インターネットを通して、イタリア北東部のトリエステの児童からわが書斎に、俳句を受け取りました。

Mani in movimento,
asca —
la vita è persa

Hands in motion,
a storm —
the life is lost

アンドレア・ダダッボ

次の日本語訳を作るのに、ほんの数秒しかかかりませんでした。

動く両手
嵐
命は失われた

季語がなくても俳句は首尾よく創作できますし、五・七・五音だけでなく、自由な形式でも十分に作れると、私は信じています。

少ししかイタリア語を理解できないにもかかわらず、この俳句は粗野ですが、すぐれているとわかり、英訳を参考にするとともに、伊和辞典の助けを借りて、簡単に日本語に翻訳できると思いました。日本語訳の驚きに満ちた響きと行と行の間の緊張関係が、私の想定したイタリア語原句に詩として肉迫しているので、私の和訳はかなりうまくいったと見なしました。

私の翻訳の仕事は、政治的文化的言語的境界を超えて、真の詩を発見したいという私の願望に基づいており、金もうけではなく、ボランティアです。

ある人々は、日本語が中国語の一種だと考えています。日本人が中国で生まれた漢字を借りていると言いましても、もちろん、これは大きな誤解です。これらの二つの言語は、文法的にはまったくことなっています。ご承知のとおり、日本語は孤立言語です。韓国語にも近くないし、ましてやモンゴル語にも近くない。日本語だけで詩歌を作っているのは、他の言語の光を浴びずに、ことばの暗闇のなかで踊っているようなものでしょう。

私の主な情熱は、詩のエッセンスとしての俳句を書くことです。全世界で俳句が最短の詩であるかどうか私は知りませんが、俳句と呼ばれる、極端に短く、生きた完全な詩を誕生させようと努めています。いくつかの例外はありますが、私は俳句をまず最初に日本語で書きます。

この二十年間、私の俳句は、多くの言語、たとえば英語、フランス語、イタリア語、ポルトガル語、ロシア語、スロヴェニア語、マケドニア語、ブルガリア語、ラトヴィア語、エストニア語、リトアニア語、そしてもちろんご当地のフィンランド語に訳されてきました。英語やフランス語の場合、手始めに自分で翻訳するのを楽しみましたが、それは私の仕事の新しく隠れた性質を発見する助けになりました。

インドでのはじめての出版、『無限の螺旋　俳句と短詩／Endless Helix: Haiku & Short Poems』（サイバーウィット・ネット社）と題された本は、二〇〇七年に誕生しました。そこには、私の五十句の俳句が、日本語、ポルトガル語、英語、フランス語、スペイン語、リトアニア語の六言語で収録されました。

無限の螺旋
黙して歌う
われらが体内

Espiral infinita
cantando silenciosa
no nosso corpo

An endless helix
sings silently
inside our body

Une spirale infinie
chante en silence
à l'intérieur de notre corps

Una espiral infinita
cantando silenciosamente
dentro de nuestro cuerpo

Begalinė spiralė
tyliai gieda
mūs kūne

これらすべての翻訳を十分に理解することができないことを悲しみながらも、私の俳句のさまざまな開花を見つけて、大きな喜びを味わっています。ことばの響きについては、日本語はかなり単純、ポルトガル語には活気があり、英語は鋭く、フランス語は洗練されており、スペイン語はかなり能動的、そしてリトアニア語は古代的です。

言うまでもなく、これらの翻訳はことなっています。そのような違いは、われわれの惑星の言語上の多様性を反映しています。そのような違いを超えて、見えないけれども明確なある真実と本質が、それぞれに保たれています。
日本語以外の言語によるすぐれた俳句を扱うさい、私は新しく啓示的な地平を発見します。次の俳句は、私たちの国際俳句季刊誌「吟遊」第四三号（吟遊社、日本、二〇〇九年七月）に、モロッコの詩人、モハメド・ベニスからフランス語で投稿されたものです。

Des formes tremblent
À travers des explosions
Seule ici la quiétude

私による仮の英訳は、

Forms tremble
Through explosions
Only here quietness

次に私の和訳を。

爆発をへて
かたちは揺れる

ここにただ平安

この詩は、暗示と情念に満ちています。今日連続して起きている惨事を連想させるだけではなく、われわれの物理的世界の赤裸々な真実も思い起こさせます。一篇のなかに、一つも具体的なイメージがないにもかかわらず。

俳句という詩は実に短く、だから俳句とのコラボレーションが、かなり芸術的な方法で可能です。たとえば、私の最新の句集『空飛ぶ法王　161 俳句／Flying Pope: 161 Haiku』（こおろ社、日本、二〇〇八年）は、日本語とジム・ケイシャンによる英訳（正確には夏石の英訳をジム・ケイシャンが磨き上げたもの）で俳句を収めています。この本では、ヨハネ・パウロ二世が「空飛ぶ法王」と仇名されていたとしても、すべての俳句が、想像上の「空飛ぶ法王」を描いています。これらの二言語の俳句は、日本の芸術家、清水国治によるドローイングによって活性化されています。ドローイングは、俳句の間に配置されています。

墨で描かれたドローイングは、単純で印象的です。半ば具象的で、半ば抽象的です。それにもかかわらず、それらは俳句を説明していません。たとえば、三十九ページのこの句について考えてください。

オーロラが別れに揺れて空飛ぶ法王

Aurora quakes

at the parting…
Flying Pope

日本語原句は、悠長でいささか感傷的であるのに対して、英訳は、あらゆる悲しい別れを沈黙のうちに喚起します。最高度に、これらの日英版は、互いを活気づけるようになっているでしょう。

この俳句のために清水国治が作ったドローイングは、直接的に「オーロラ」や「空飛ぶ法王」を表現しようとする意図から自由です。そのかわり、強く柔軟な線によって形成された二つの形が、かすかにこれら二つの対象をほのめかしています。その結果、この書物の三十九ページは、日本語と英語、文字とドローイングの間の相互活性化の現場となっています。

豊かな翻訳を伴う俳句、感度のいいコラボレーションを伴う俳句は、コンパクトで広がりを生む芸術宇宙を私たちに提供してくれます。

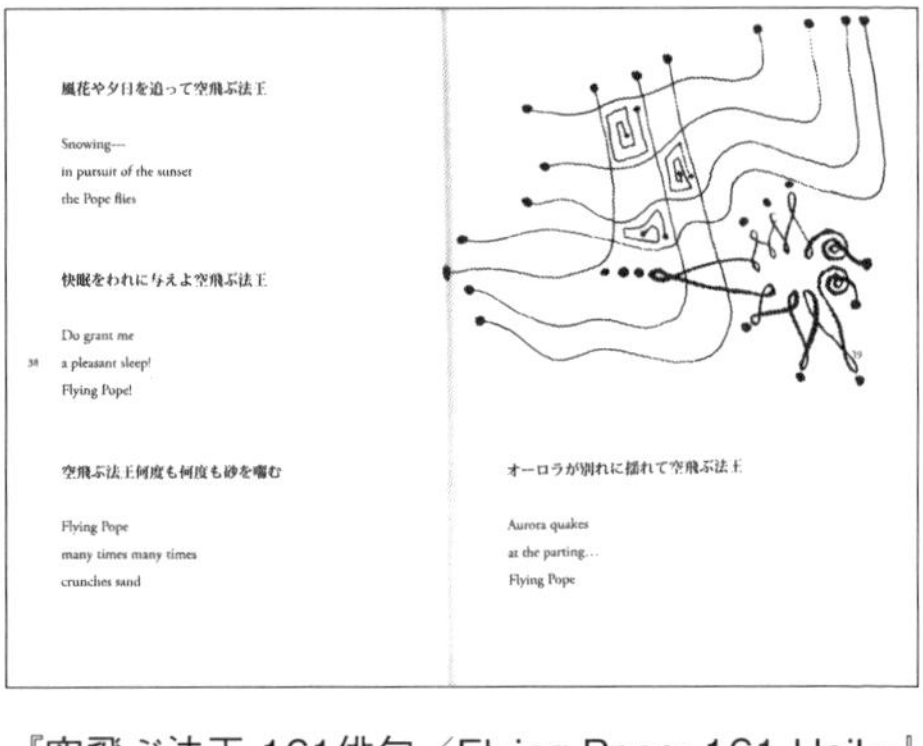

『空飛ぶ法王 161俳句／Flying Pope: 161 Haiku』
38－39頁。（こおろ社、日本、2008年刊）

創造的リンクとしての俳句

十年前の二〇〇〇年九月、中欧のスロヴェニアで、私たちは世界俳句協会を創立した。「世界俳句」の概念とその活動は、したがって十年間の歴史を持つことになる。それほど長くはないが、短くもない期間である。

また、試行錯誤を繰り返しながら、『世界俳句二〇〇五　第一号』（西田書店）を編集し、二〇〇四年十一月に出版した。この多言語からなる年間出版は、二〇一〇年一月には『世界俳句二〇一〇　第六号』（七月堂）へと続いた。

この十年間、「世界俳句」の創出過程において、私たちは数え切れないほどの予期せぬ出来事を体験した。なかでも最も目覚ましい成果の一つは、言うまでもなく本年（二〇一〇年）の欧州文化首都（EUが指定した加盟国の都市で、一年間にわたり集中的に各種の文化行事を展開する事業）の一つであり、魅力的なハンガリーの都市、当地ペーチでの世界俳句フェスティバル・ペーチ二〇一〇の開催である。二〇〇九年には、リトアニアのドルスキニンカイとヴィルニュスで、第二〇回ドルスキニンカイ詩の秋と第五回世界俳句協会大会二〇〇九を共同開催した。ヴィルニュスは欧州文化首都二〇〇九だった。

さらに、成功裏に終了したこれらの国際的俳句イベントに加え、二〇〇九年末には、ヘルマン・ヴァン・ロンプイユ初代EU大統領が、オランダ語での俳句創作を趣味としていることを公表した。同大統領は、第一句集を出版しただけでなく、俳句創作に捧げた自分のブログも更新している。このように、俳句は毎年、確実に世界中、特に欧州で、より多くの人々に受け入れられ、承認されつつある。

もちろん、俳句の国際的な地位がこのように高く向上することは、私たちにとってたいへん喜ばしいことだ。

とはいえ、私たちが俳句を個人的あるいは社会的な趣味としてだけでなく、創作的な詩としても促進しているとすれば、これら十年間に創作された俳句作品の質、多様性そして特徴をも検証する必要がある。

私はペーチで俳句ワークショップを開くという機会に恵まれたが、この栄光ある機会に、これまでに出版した六冊、すなわち『世界俳句二〇〇五　第一号』から『世界俳句二〇一〇　第六号』までについてのコメントを述べさせていただきたい。これら六冊は、まさしく私たちの血と汗と涙の結晶であり、これらについてのコメントは、世界中の俳人に対し、よりよい俳句創作のための提言を差し出せるであろうからだ。

たとえ、俳句が季語を使わずに創作されているとしても、これら『世界俳句』六冊に収録されている俳句の大半は牧歌である。このため、全冊を通して多種多様な牧歌的俳句を楽しめる。

その第一例として、二〇〇五年に第三回世界俳句協会大会が開催されたブルガリアからの俳句を紹介しよう。

死んだ影たち／稲は伸びる／宇宙が来る

ペパ・コンドヴァ　ブルガリア（『世界俳句二〇〇五　第一号』、西田書店、二〇〇四年）

ペパ・コンドヴァの作風は、洗練されず、断片的で、素朴だ。しかし、逆説的になるが、掲出の一句は、非常に詩的で、宇宙的である。この俳句では、「死んだ影たち」という第一行は、かなり衝撃的だ。「稲」とは別個の「死んだ影たち」が、「稲」に活気を与えていることを、この俳句は示唆し、さらに「宇宙」が、この地上で分離されているものたちを結びつけるためにやってくるのである。

別の言い方をすれば、日常的語彙では密接な関係のない「影」「稲」そして「宇宙」という三つのキーワードが、ことばによる宇宙をうち建て、そしてそれが私たちの想像力を著しく活性化し、私たちの魂をより元気づける。

四方を山に囲まれたネパールからの俳句は、独特の田園風景をありありと喚起する。

鳩の巣へ／滑り落ちる月／かすんだパズル

バム・デヴ・シャーマ　ネパール（『世界俳句二〇〇六　第二号』、七月堂、二〇〇五年）

「かすんだパズル」という表現は、月と鳩たちが水蒸気の中で共存していることを私たちに教える。そして、「水蒸気」は、そこが水の豊富な環境だということも暗示する。

しばしば俳句作品において、月と鳥の巣との組み合わせは見かけられるが、この句の結句「かすんだパズル」は、この句全体に広がりと謎めいた雰囲気を生じさせている。

オーストラリアで生まれた次の俳句は、きわめて単純だ。

静かな木／空は／君を揺り動かす

グラント・コールドウェル　オーストラリア（『世界俳句二〇〇七　第三号』、七月堂、二〇〇七年）

掲出の俳句では、単純で短い単語が、とても魅力的なことばの宇宙を構成している。「木」「空」「君」という三単語は、純粋な感覚に満ちあふれたことばの世界を生みだしたのである。日本の俳人による牧歌的俳句は、その長年の歴史の過程で多くの進展を遂げた結果、より創造的で、より陰影に富んでいるかもしれない。

影はみな祈りのしぐさ花菖蒲

中村武男　日本（『世界俳句二〇〇七　第三号』）

鳥を入れ夕日を入れる雲は無敵

鎌倉佐弓　日本（『世界俳句二〇〇九　第五号』、七月堂、二〇〇九年）

飛魚の滞空時間星ふやす

市川唯子　日本（『世界俳句二〇一〇　第六号』、二〇一〇年）

これら一連の牧歌的俳句は、個別にかつ繊細に観察された自然と、集中的にかつ密やかに表現された感情との、見事な調和を保った融合となっている。

鎌倉佐弓の俳句では、「雲は無敵」は、気象現象だけではなく、彼女の心情表現ともなっている。

一方、純真無垢な子どもは、どの言語でもすぐれた俳人になりえる。オセアニアからの俳句がそれを証明している。

オセアニアの／青いカンバス／ダイアモンドの空
　　キイロイ・ユメトブ　ニュージーランド（『世界俳句二〇〇七　第三号』）

この幼いニュージーランド人は、自然を奇跡的なものとして表現するために、「ダイアモンド」と「空」という単語の驚異的なリンクを発見した。

このように、さまざまな国々からのすぐれた牧歌的俳句はどれも、自然界の事物のあいだの、そして事物と人間とのあいだの、新しいリンクを含んでいる。俳人たちによって新しく発見されたこれら一連のリンク、また、俳句作品において新しくうち建てられたリンクは、「世界俳句」の第一の成果である。俳句創作において、牧歌はいまなお重要な基盤であると言えよう。

しかしもう一方で、牧歌的短詩から離れて、多くの俳人が、自分自身を含めた人間をテーマに句を作っている。

痛み／そのなかに／無限
　　アレクサンドラ・イヴォイロワ　ブルガリア（『世界俳句二〇〇五　第一号』）

この俳句は、私にとっては、『世界俳句』全六冊のなかで、最も印象深い俳句の一つである。

「痛み」という単語は、「無限」と連結すると、最大の内実で満たされる。成功した俳句では、一つのキーワードが、十分に強調され、しっかりと焦点を当てられる。この「痛み」は、「無限」という単語を通じて、宇宙全体とつながっている。この俳句において、「痛み」と宇宙のリンクは、発見され、固定されている。

雪の結晶／心とからだ／別ならず
ジャック・ガルミッツ　米国（『世界俳句二〇〇七　第三号』）

この作品は、一個人における心身一体の至福への、人間的な願望の結晶である。俳句作品は、人間の欲望、願望などを結晶化することができる。このニューヨークの俳人は、雪と人間、また、「心とからだ」のあいだの貴重なリンクを発見したのである。

どんな空も／鷗の／飛行を制限できない
トニ・ピッチーニ　イタリア（『世界俳句二〇〇七　第三号』）

読者が容易に想像できるように、掲出の俳句の「鷗」は、人間を暗示している。このイタリア人は、大空における無限の飛行としての完全な自由を、俳句で詠んだ。

君の裸が／わが裸体のそばに／音楽それとも静寂？

カジミーロ・ド・ブリトー　ポルトガル（『世界俳句二〇〇八　第四号』）

ポルトガルのエロスの詩人は、二人の裸体のあいだで響いている「音楽それとも静寂」を聴いている。これは、人類の肉体的存在に対する、大きなほめ歌である。この詩人は、二人の恋人の二つの裸体のあいだに、見えないリンクを発見し、それを「音楽それとも静寂」と表現しているのである。

光は剣／君の最も暗い根まで／斬らん
レオンス・ブリエディス　ラトヴィア（『世界俳句二〇一〇　第六号』）

ラトヴィアの詩人、レオンス・ブリディスは、人智に満ちた格言のような俳句を書いている。彼は自作俳句で、「光」は人間の外側をぱっと照らし出すのではなく、最も暗い心の内面まで深くえぐると述べている。ここでも、詩人の鋭い洞察力により、「光」と「君の最も暗い根」との思いがけないリンクがあばき出されている。
また、アフリカからの俳句のおかげで、「世界俳句」には新たな地平が開いた。

十の季節／十の絶望的な季節／新月
ジェリー・S・アデセウ　ナイジェリア（『世界俳句二〇〇六　第二号』）

ナイジェリア俳人によるこの俳句は、私たちが慣れている四季とは全く違う別の気候があることを教えてくれ、また彼は自国において繰り返される季節に対する愛情と憎悪を表現している。それにもかかわらず、第三行に「新月」と書くことによって、自分自身とそこに生きることへの隠された希望との精神的リンクを見出すにいたる。

別の国に／別のレモンの木／わがまなざしは欲望

モハメド・ベニス　モロッコ（『世界俳句二〇〇七　第三号』）

モロッコの詩人は、自分自身の果てしない地平の広がりを例示している。自分自身と「別の国に／別のレモンの木」とのあいだに存在する、はるかなリンクを、彼は発見した。このモロッコ詩人は、俳句作品と並はずれて広大な時空間をリンクさせたのだ。

一番高い滝／わが父の影の／三倍の長さ

ジェイコブ＝コビナ・アイアー＝メンサー　ガーナ（『世界俳句二〇一〇　第六号』）

ガーナの俳人が詠んだ俳句における、滝と彼の父とあいだの明確なリンクは、私たちが予想するほど単純ではない。「父の影」がここでは、重要な役目を果たしているからだ。おそらく、このリンクは、伝統的なアニミズム的コスモロジーに基づいたもので、より緊密でより深いリンクかもしれない。

最後に、ハンガリーで作られた実験的な俳句を取り上げたい。ことばの冒険は、創造的な俳句創作のよき友である。

湖の氷の上　…　処女雪／…穴傷の上━猫氷の上　…　イメージ　…／鷗たちの翼失敗
ジョーゼフ・ビーロー　ハンガリー（『世界俳句二〇一〇　第六号』）

印刷上の空白を最大限活用したこの俳句は、ことばとことばのあいだの壊れやすく危機的なリンクから構成されている。したがって、ジョーゼフ・ビーローの俳句は、ふたしかなことばのリンクによる前衛的短詩となっている。
『世界俳句』全六冊に収録した俳句のうち、傑出したものすべてに言及するのは不可能だ。ここで私は、「リンク」に詩的な視点を集中させようと試みた。リンクとは、安定した関係ではなく、既存のコンビネーションでもなく、俳人が俳句と呼ばれる真正の短詩を創作したときはじめて見つけ出せる、密かで潜在的な架け橋である。卓越した俳人に見出された創造的なリンクは、以前よりずっと解放された宇宙へと読者を自由に運ぶ。

愚かさと詩

二〇一一年三月十一日の地震、津波、そしてそれらに続く原発爆発という日本の大災害ののち、私は人間の条件そして人間の愚かさを考えている自分に気づきました。日本人の愚かさ、さらに広く人類の愚かさ。この数か月、人間の愚かさという観念にとりつかれていました。

第二次世界大戦後、アルベール・カミュ、ジャン・ポール・サルトルといったフランスの知識人は、戦争全体がもたらしたヨーロッパの荒廃と廃墟を見据え、非合理性や人間と自然の中核にある愚かさとつながりながら、哲学と文学を生み出しました。彼らが創出した哲学は、実存主義であり、愚かさの文学、演劇、そして愚かさの小説でした。

私の初期の俳句は、人間の条件である愚かさについての実存主義的立場に沿ったものです。

驢馬《ロバ》ノ耳《ミミ》へ駸駸《シンシン》トシテ嘔吐《オウト》スベシ　　夏石番矢『真空律』（思潮社、一九八六年）

日本の二〇一一年三月の大災害後、津波という海の怒りによって多くの都市や村が流されて、荒廃した日本の東北地方をまだ訪れていませんが、テレビの汚れた白黒画像で、津波の破局的破壊の道筋のイメージが繰り返されたことを私は忘れられません。これらの出来事やイメージに対する生の反応に基づき、いくつかの俳句を作りました。

すべてをなめる波の巨大な舌に愛なし
誰も見つめられない津波に消された人たち

「津波と原子炉」（「吟遊」第五〇号、吟遊社、二〇一一年五月）

私が見た津波のイメージは、疑いなく、自然は人類に比較するとあまりにも大き過ぎ、自然は人類に対して実存的に無関心だと確証しています。多元的宇宙を持つ人間は、蟻ですらないのです。したがって、言うまでもなく、私たちの自然への愛は、極度に理由のないものです。馬鹿げている、あるいは愚かで報われない愛です。

そして疑問が差し出されます、とくに俳句の書き手に対して。自然は美しいとほんとうに言えるのだろうか？　ためらいなく、私たちは自然を愛せるのだろうか？　自然を「母なる大自然」として、私たちをはぐくむ自然として見なし続けられるのだろうか？　これらの疑問への答えは、見つけられるでしょうが、何世紀もあふれかえっていた凡庸で表面的な自然観を考え直すことが求められます。

二〇一一年三月の三重《トリプル》の大災害による物理的被害が最小限である日本の首都圏で、私は亡霊のように暮らしていると感じます。ほとんどのビルは無傷です。巨大地震ののちに起きると想像された、ビルからのガラスの雨の落下は起きませんでした。実際、電車の本数が減らされ、街角からあかりが少し消えただけです。それにもかかわらず、ヨーロッパの街角より、日本の街角のほうが、いまなおずっと明るいのです。正直なところ、電気の節約が起きただけです。これらの事実に焦点を当てた俳句を書きました。

極東の不夜城へ津波千年の怒り「津波と原子炉」

放射能については、私たちの状況は、比類のないものです。まき散らされた放射能は、チェルノブイリを超えるでしょう。Fukushima（福島）は、悪名高き放射能の首都です。この信じがたく、不名誉な事実に対して、私はまじめで謙虚な謝罪を表明しなければならないと感じます。

一九四五年に広島と長崎で、日本人は原爆攻撃を体験しました。日本の詩人で、広島原爆生存者の峠三吉は、「炎」という詩を、次のような数行で終わらせています。

1945, Aug. 6
まひるの中の真夜
人間が神に加えた
たしかな火刑《かけい》。
この一夜
ひろしまの火光は
人類の寝床に映り
歴史はやがて
すべての神に似るものを
待ち伏せる

『峠三吉原爆詩集』（下関原爆展事務局、二〇〇三年）

この「すべての神に似るもの」は、少なくともこれまで理解していたところでは、この世の終末を暗示しています。あるいはまた、福島で燃える核の火に、これを見出されるのでしょうか？　これらの見えない火は、いまや今後続く日本の歴史の支配者です。見えない火が待ち伏せている「すべての神に似るもの」は、日本の愚かさだとあえて私は言いましょう。自分たちの島に、原爆攻撃の語りつくせない恐怖を二度も経験したのちに、驚くことに、きよらかな国土に米国から原子炉を輸入した愚かさです。この場合、日本は、先立つ恐ろしい核の体験を忘れた加害者であると同時に被害者です。日本の愚かさの中核に、忘却が横たわっています。

日本の愚かさに加えて、潜在的に制御不能な原子炉事故に甘え、決定的に核兵器に頼る、人類全体と人類の愚かさを、私は免責することができません。

この愚かさに直面し、この残忍さに直面し、たった一人の人間に何ができるでしょうか？　俳人として、次の俳句を返答として書きました。

「津波と原子炉」

愚かさや海岸の怪獣へ津波

日本人だけでなく、人間すべては、愚かさに従属するのだろうかと、自問しています。人間の英知の可能性を認めながら、そうだとも、違うとも、答えることができます。

日本ではいま、テレビや新聞を巻き込む別の愚かさを体験しています。二〇一一年三月の大災害について、とくに福島原発崩壊についての報道は、大衆に間違った情報を与えることにふけりました。それは、いかなる国におけるいかなるマスメディアの避けることの出来ない運命かもしれませんが、二〇一一年三月十一日以降、日本のニュース報道は、真実の隠蔽のために重大な行き過ぎを犯すことへと突き進み、「問題ありません、問題ありません」とずっと繰り返し言い続けてきました。この人々への虚偽拡散の繰り返しは、愚かさの許しがたき別の実例です。

福島原発の状態についての人々への虚偽拡散の繰り返しの結果、ニュースへの信頼は、完全に失われました。真実なき人々は、亡霊のようであり、実体がありません。現在の状況とは反対に、日本の詩歌は、ことばの力と真実を信じてきました。十世紀の初め、日本の和歌詩人、紀貫之は、勅撰和歌集『古今集』の序文を、言語の性質についてのかなり自信に満ちた暗示的な文章で始めています。

やまとうたは人の心を種として万の言の葉とぞなれりける。(中略)生きとし生けるものいづれか歌をよまざりける。

このマニフェストが意味するのは、人間の心が和歌の種子であり、そこからたくさんの葉が繁り出すということです。命あるすべての生き物が、どうして詩を作らないでいられるか、ということです。

ここで、紀貫之は、コロンブス以前の南米での信仰にかなり近い、アニミズムの詩学を表現しています。

日本人にとって、動物、植物、人間は、生まれた時から、ひとしく、創造的で生き生きした詩人だったのです。日本の詩は、その発生から、自然界の全活性化力と密接につながっていました。この世界の真実を表現する日本の詩は、宇宙の最も重要な一面と、つねに考えられてきました。日本の詩のエッセンスは、俳句です。その最も偉大な傑作は、一六八九年に芭蕉によって生み出されました。その作品で、芭蕉は、自然のダイナミックな三角を詠んでいます。これがその詩です。

荒海《あらうみ》や佐渡に横たふ天《あま》の河《がは》

これは単なる風景ではありません。この短詩は、海、島、銀河という三つの要素からなることばの星雲を創出しています。人々は島に住んでいます。芭蕉にとって、人間を含む自然は、詩と生命の力の源泉です。たとえ、自然が人間をもてなさなくとも。芭蕉は、単純なエコロジストではありません。ダイナミックで不安定な宇宙を深く理解したアニミズムの詩人です。

日本のいまの愚かさは、アニミズム的基盤の意識の喪失に由来すると、かなり容易に言えます。この喪失は、自然を犠牲にして人間性を増長させて、実際に人間の活動を平べったくし、その活動から内実を失わせ、相互関係を欠落させました。

もう一方で、人類全体の愚かさの主要な理由は何でしょうか？　人間の自己中心主義でしょうか？　人間の貪欲さでしょうか？　人間の嫉妬でしょうか？　単なる無知でしょうか。

多くの国際詩祭に参加して、私は、文明社会と先進国が、詩の必要性と詩の力を失っているのに気づきました。言うまでもなく、私は共産主義を、交代にふさわしい選択肢として擁護する気はありません。なぜなら、共産主義は、しばしば抑圧と欺瞞に連関しているからです。けれども、いわゆる文明社会、先進的自由主義国で、人々は、全体性や、人間とそれ以外の自然の完全性から隔離されています。

二〇〇七年、東京の明治大学で、招聘者講演のさい、私の海外の友人のうち最もすぐれた一人、リトアニア詩人のうち最も抜きん出た一人、コルネリウス・プラテリスは、きわめて興味深い観察を語ってくれました。リトアニアのソ連占領時代、詩は、占領を耐え忍ばなければならない人々にとってすべてでした。もちろん、詩は、人々にとってたくさんの事柄だったのです。詩であり、ジャーナリズムであり、喜びであり、挑戦であり、また涙を誘うものでした。詩の本は、当時としてもよく売れました。

ソビエト支配からの彼の国の独立後、この独立はソビエト崩壊の引き金を引きましたが、詩は重要性を減少させました。これは、西側諸国では、一般的に見られる事実です。

この実例は、詩が文化の本質的中核であり、西洋化と資本主義が、詩を文化のなかで矮小化し、二次的にしていることを示しています。

プラテリスは、この観点につき、大変示唆的な俳句を書いています。

Miškas skendi savy,
tik po storu ledu
upokšnis be garso alma.

森は重みで沈み
厚い氷の下
川はちょろちょろ流れる

「ガラスの別の面で」(「吟遊」第三一号、吟遊社、二〇〇六年七月)

詩は、もちろん俳句を含む詩は、「厚い氷」の下にある「川」でしょう。個人的愚かさ、地域的愚かさ、国際的愚かさなどの私たちの愚かさは、「厚い氷」です。詩は、私たちの愚かさを融かすことはできませんが、それでも生き続けます。いかなる優れた詩人も、愚かさを免れないけれども、地下水のような詩を産み出すことができます。地下水は枯れるかもしれない。だが、大地が砂漠になっても、流れ続けます。

前途ある未来を持っていた青春時代、私は次の俳句を書きました。

未来より滝を吹き割る風来たる

『メトロポリティック　Métropolitique』(牧羊社、一九八五年)

地下水としての詩は、このような宇宙生成的な滝になりえるのです。

松尾芭蕉の現代性と反都市性

一六四四年、西日本の伊賀上野で、松尾芭蕉は生まれました。当時、一六〇三年の徳川幕府創立から約四十年が経過し、日本の政治体制が、およそ二百五十年間にわたり国全体を国内外の戦争から解放させる平和をもたらしました。それは部分的には中国とオランダ以外の国々には鎖国するという結果でもあります。

生まれ故郷、伊賀上野で、芭蕉はこの俳句を詠みました。

たんだすめ住めば都ぞ今日《けふ》の月　　　　一六六六年

芭蕉は同音義語（掛詞）で遊んでいます。「すめ」は「澄め」と「住め」、「けふ」は「京」と「今日」を意味しています。この時、芭蕉の俳句は、それまでの俳句ではありえなかった精神的深みを発展させた後期の俳句からはかけはなれたものでした。掲出の俳句は、当時流行していた談林派の前例を模倣しています。この流派は、ことば遊びとユーモアが特徴で、精神的あるいは情緒的内実を欠いています。芭蕉の生涯のこの時点での修辞的技術は、それほどすぐれていないけれども、決して平凡ではありません。芭蕉の俳句は、彼自身が体験した現実の特殊性に根付いていませんでした。芭蕉は、当時の俳句創作の流行を模倣する、単なる地方の文学青年にすぎませんでした。

芭蕉の青年期、江戸は急速な経済成長の途上にありました。一六七二年、大人気を博する俳句宗匠になる野心を抱いて、芭蕉は勇んで江戸へ出ました。この時、「江戸」と「京都」という日本の二都の繁栄を称賛した一句を芭蕉は詠みました。

天秤《てんびん》や京江戸かけて千代の春　一六七六年

芭蕉が住んでいた江戸では、歌舞伎役者、初代市川団十郎（一六六〇〜一七〇四）が、一六七三年に目覚ましいデビューをはたしました。一六七七年に、『江戸雀』という江戸ガイドブックが、浮世絵師、菱川師宣（一六一八〜一六九四）の挿絵入りで出版されました。商業的富と成長する町人（ブルジョワ）は、大阪、京都、江戸といった大都市に、活発で豪奢な文化を生み出しました。引用俳句の「天秤」は、両替商の商売繁盛を暗示しています。したがって、この俳句は、憂慮やためらいなく芭蕉が、経済的文化的発展を遂げている江戸の都市的雰囲気に同調していることを示しています。芭蕉のレトリックは大胆で、京都と江戸の重さを量る巨大な「天秤」を作り出しています。彼の大胆な修辞は、江戸の膨張する都市性に直結しています。

江戸が十五万人以上百万人以下の人口を数える一六七〇年代に書かれた芭蕉の俳句に、私たちは浮ついたはしゃぎ振りをたやすく見つけることができます。

あら何《なに》ともなや昨日《きのふ》は過ぎて河豚汁《ふぐとじる》　一六七七年

もちろん、今日でも、河豚の安全な調理には、専門的な技術が必要で、そうでなければ、食べた人は病気になるか、さらには死ぬかの危険を冒します。芭蕉の俳句は、その時代の人々が生命の危険を冒しても河豚料理という美食の喜びを楽しむことができたと教えてくれます。それは、危険への誘惑も許す平和な都市生活を物語っており、それが当時の安全性の度合いだったのです。

浮ついた都市のはしゃぎ振りは、芭蕉の俳句の初めの二句「あら何ともなや／昨日は過ぎて」に見られます。これは、能の『芦刈』の真剣でわびしい個所のパロディーであり、それを連想させ、滑稽な表現に転換しています。一六七七年ごろ、芭蕉は住居を江戸の中心部、日本橋小田原町に構え、江戸の都市性は、芭蕉の遊び心に満ちたはしゃぎ振りに密着しています。疑いもせずに芭蕉は、江戸を世界の中心と見なしたでしょう。

甲比丹《かぴたん》もつくばはせけり君が春　　一六七八年

この俳句は、外国人としてオランダ商人たちだけが、長崎の出島という小島に建てられた商館に滞在することが許された事実に関連しています。そのかわり、毎年、オランダ商人たちは、長崎から江戸へ旅をして、徳川将軍に拝謁しなければなりませんでした。他の西洋人を知らずに、芭蕉は、オランダ人の長い行列を、将軍への絶対的服従と見なしました。引用した俳句は、新年の首都江戸を支配する平和な繁栄を謳歌しています。ポルトガル語「capitão」に由来する日本語「甲比丹《かぴたん》」はオランダ商人の首領を指し、彼の登場によって国際的に華やいだ江戸の新奇さをこの俳句に与えています。中句の「つくばはせけり」は、談林派に特有のユーモラスなニュアンスを持っています。生涯のこの時期の芭蕉は、江戸の都市性にすっかり満足し、さらには同調していました。

突然、一六八〇年に、松尾芭蕉は、江戸の中心部を引き払い、郊外の深川へと隠棲します。芭蕉の郊外への移転の理由と、主要な仕事はすぐれた俳句を詠むことではなく、アマチュア俳句の選句である、巨大都市での俳句宗匠になる夢の断念の理由は、今日でもはっきりしません。それにもかかわらず、芭蕉が浮ついた都市的ことば遊びにすぎない俳句にあきあきしたことは想像できます。芭蕉は、貧しい隠遁生活において、たった一人で深く熟慮しようと決心しました。人は「米」のみにて生きるにあらずと、芭蕉が結論付けたと推測できます。

櫓《ろ》の声波ヲ打つて腸《はらわた》氷ル夜や涙　一六八〇年

十・七・五音の一句は、悲痛に芭蕉の孤独と貧窮について語ります。芭蕉に新しく生じた反都市性が、彼の俳句に精神的深みと精神的響きをもたらしたことは事実ですが、芭蕉のそれ以前の、ことばの多義性をもてあそぶ都市的修練が、芭蕉に少ないことばで意のままに深く表現する手段をもたらしました。洗練された修辞なしに何かを表現することは不可能です。したがって、芭蕉のそれまでの修練が、習得を通じて蓄積され、それ以後芭蕉の刊行物に示される都市的センスを彼に与えました。

俳句宗匠なる夢の断念に加えて、一六八四年から八五年にかけて、芭蕉は厳しい諸条件のもと、西日本への旅に出ました。この旅からの書き付けや俳句は、『のざらし紀行』として編集されました。ここに収録された俳句は、育ってゆく反都市性に基づく芭蕉の更新された詩学を告げ知らせています。

馬に寝て残夢月《ざんむつき》遠し茶の煙《けぶり》　一六八四年

この俳句は、初期の単なることば遊びとは違っており、苦痛に満ちた旅での半睡の意識を生き生きと描いています。言い回しの新奇性のみならず、漢詩への引喩という都市的修辞を示しています。この二つが結び付けられたとき、旅で発見した予期しない、それ以前言語化されなかった経験を、芭蕉が表現するのに有効なツールになります。

海暮れて鴨《かも》の声ほのかに白し　一六八四年

芭蕉のまる裸の意識は、野生の鴨の声にかすかな白をとらえました。聴覚と視覚を交差する共感覚は、高度に新鮮で現代的です。この種の新しい表現は、芭蕉が都市的修辞を習得し、しかも都市性から芭蕉が離れたのちにのみ可能なのです。

都市性と人間の雑音から離れ、荒々しく混沌とした自然に接して彼のなかに目覚めた、まる裸で鋭い意識に、芭蕉は豊かな俳句の鉱脈を掘り当てました。詩的な新鮮さと予想外の現代性が、芭蕉によって体験された反都市性から生まれ、芭蕉が発見した新しい詩的表現は、芭蕉が初期に習得した洗練された都市的修辞によって支えられています。

旅から生まれた俳句が芭蕉作品の頂点を画するとよく言われます。それらの頂点は、彼の修辞的都市性と反都市性の冒険の統合です。
一六八九年の日本の東北地方をめぐる芭蕉の旅が、芭蕉作品を最高峰へと導きました。この旅のかなり虚構化された記録が、世界的に有名な『おくのほそ道』と呼ばれる本にあります。

夏草や兵《つはもの》どもが夢の跡　一六八九年

丈高い夏草が、自分たちの夢を実現しようと「兵《つはもの》ども」が戦った野原や丘をおおっています。現前する強壮な草から始まり、この俳句は、私たちの前に数百年以前の武士たちの戦闘や野望のイメージを閃光させ、次にそれらのイメージを放棄して、突然、野生の草へと私たちを再び引き戻します。私たちは、現在から過去、過去から現在へと、数語で飛び移ります。芭蕉の詩学はいま、時間の活用において新しい自由を発展させました。時間の速い移動は、この世における私たちの命のはかなさを暗示しています。

荒海《あらうみ》や佐渡に横たふ天《あま》の河《がは》　一六八九年

この俳句の傑作において、「荒海」「佐渡」「天の河」という三要素は、ダイナミックで新鮮な宇宙を作り上げています。それぞれの要素が、互いに明瞭なコントラストをなし、極度に印象的なコントラストが、「荒海」と「佐渡」に、同じく「佐渡」と「天の河」に、そして同じく「天の河」と「荒海」にあります。これらの各イメージのコントラストが、互いを衝撃的で目立つ存在にしています。すべてが乱雑な都市性から離脱して、芭蕉は私たちの宇宙の根源的である裸の原理と枠組みを、都市性によってまだ浸食されていない日本の東北地方の荒々しい自然の光景に、自分の直観によって発見しました。芭蕉の詩学は、宇宙的な深さを伴った空間的ダイナミズムを発展させました。

『おくのほそ道』の前頁の名句二句は、修辞的都市性とのちに獲得した反都市性との詩的統合の、かなり現代的で、超現代的な自由さとダイナミズムを例証しています。

一六八九年の旅以後、芭蕉の俳句は、より高い頂点には達しえませんでした。修辞的都市性と反都市性のダイナミックな統合が、それ以後の芭蕉の作品で減少してしまいました。たぶん、最期の俳句を除いては。

旅に病んで夢は枯野をかけ廻《めぐ》る　　一六九四年

最期の俳句で、芭蕉は、「夢に」ではなく、「夢は」(「夢」が主語)と詠みました。これは信じられないほど超現実的表現です。大阪という大都市の死の床においてさえ、芭蕉は修辞的都市性と反都市主義とを統合する詩的ダイナミズムを探っていました。

メデジンでのメデジンからの世界俳句

なぜ私はここにいるのだろう？　なぜ私はここで俳句について語っているのだろう？　ここ、南米コロンビアのメデジン、マフィアと麻薬で悪名高く、また詩と今後は俳句で有名でもある都市で。いくつか俳句を散りばめた散文で私の考えを表現しながら、これらの疑問への答えを与えてみましょう。

私の最初の直接的な答えは、メデジンの空です。二〇一一年、東日本での巨大地震と福島原発爆発の年に、第二十一回国際メデジン詩祭の一参加者として、初めて私が見て感動した空は、とても澄んだ青でした。この青は、これまで訪れた多くの国々、たとえば中国、韓国、モンゴル、インドネシア、イタリア、フランス、ドイツ、リトアニア、ラトヴィア、フィンランド、スロヴェニア、マケドニア、ブルガリア、ハンガリー、イスラエル、ニュージーランド、米国などの空の青と断然違っていました。たぶん、チュニジアのサバンナの空の比類なき青が、メデジンの青に最も近いでしょう。これら二つの青は、同様に野性的で、深く、透明で、厳しく豊かな地球の南を暗示しています。メデジンでの最初の滞在中、私は次の俳句を作りました。

鳥の歌は俳句そらで青は泳ぐ

The song of a bird: a haiku　　El canto de un pájaro:

blue swimming
in the sky

haiku que nada
en el espacio azul

俳句創作を含むすべての創造の源泉である奇跡的な青空を思い出すため、私は再びメデジンを訪れました。

二〇一一年の希少な機会に、ラウル・エナオというコロンビアを代表するすぐれた詩人に出会いました。彼は超現実主義に深く影響され、スペイン語で俳句を書くことを熱心に愛していました。私の俳句の「そらで青は泳ぐ」は、メデジンの空の澄んだ青を最大限称賛し、ラウル・エナオの超現実主義と俳句創作への混じりあった情熱を暗示しています。

ニュージーランドの詩人ロン・リデルとともに、ラウル・エナオは英語とスペイン語の二言語版『俳句セレクト（Selected Haiku / Haikús Selectos）』（Fundación Zen Montaña de Silencio, Colombia, 2009）を出版しました。このペーパーバック本から、エナオによる最も魅力的な俳句一句を選んでみます。

La ropa en el alambre
bailotea al viento.
¡Se despeinó el negrito!

Clothing on the wire
dancing in the wind.
A negress disheveling hair!

ワイヤーに洗濯物

風に踊る
黒人が髪振り乱す！

ラウル・エナオの俳句は全般的に、それほど超現実主義的ではなく、のびのびとかろやかで新鮮です。

ラテンアメリカの詩に私はそれほどくわしくないにもかかわらず、最も活動的で卓越した詩人の一人で、ノーベル賞受賞者のオクタビオ・パスが、バンジャマン・ペレ、アンドレ・ブルトンなどのフランス詩人と交友関係が生じたのちに、スペイン語で三行詩あるいは俳句を書き始めたことを知っています。フランスで、ダダイスムと超現実主義は、フランス語に翻訳された日本の俳句から、詩的イメージについての有効で革新的な考えを獲得しました。エッセイ「上昇記号（上昇宮）」（一九四七年十二月三十日）で、アンドレ・ブルトンは、詩的イメージはあからさまにではなく、ひそかに類比的でなければならず、そして詩的イメージは人間の気を下げるものではなく、肯定的で勇気づけるものでなければならないと述べています。しかしながら、ブルトンの詩的イメージについての考えは、日本の俳句についての正確な知識に基づいていません。彼の詩的イメージについての考えは、学問的ではありませんが、それにもかかわらず、世界大戦の戦場がヨーロッパにあった時代、二十世紀に適した彼の新詩学にとってとても戦略的なものでした。

もしもオクタビオ・パスが、詩人の名に値する詩人なら、もちろん彼はアンドレ・ブルトンの従順な追随者ではありません。詩集『LADERA ESTE（東の坂）』（Joaquin Mortiz, Mexico, 1969）収録のパスの三行詩は、彼の独創性を私たちに示してくれます。

PRÓJIMO LEJANO

Anoche un fresno
a punto de decirme
algo—callóse.

DISTANT NEIGHBOR

Last night an ash tree
was about to tell
me something—and didn't.

遠い隣人

昨晩 トネリコの木
何か言おうとして
やめた。

この短詩は、パスがメキシコ大使として働いたインドで書かれ、インドの自然環境、文化環境によって目覚めたコロンブス渡来以前の中南米人の想像力を例示しています。この詩はまた、樹木がうまくもの言うことができ、未来も予言できる日本神話を思い出させてくれます。

パスの俳句で一本の木が語っている内容を明確に聞けないのはとても残念ですが、この詩人は自分の三行詩に、コロンブス渡来以前の先住民の文化的特徴を付け加えました。

二〇一二年、世界俳句協会の年刊多言語出版物の一冊、『世界俳句二〇一三　第九号』へ、コロンビアのディエンテ・デ・レオンから、「チャモーン」という名の鳥をことほぐ連作俳句を受け取りました。

Bajo el ala negra
del chamón, día y noche
juegan a escondidas

Sous l'aile noire
du, corbeau et nuit
jouent à cache-cache

チャモン鳥の／黒い翼の下で昼と夜／かくれんぼ

「チャモーン」という鳥を私は知りません。英語やスペイン語のいくつかのホームページで小さい黒い鳥と記載してあるのを見つけましたが、日本語のサイトではこの鳥についての言及はありませんでした。その結果、日本語名を発見できず、したがって、「チャモン鳥」という日本語を私は造語しました。魅力的な鳥「チャモーン」へのディエンテ・デ・レオンの熱中のおかげで、私は俳句において、ことばの創世記を体験しました。

スペイン語俳句をじっくり理解するのに十分なスペイン語習得ができないのは大変残念です。それでも、スペイン語俳句創作の無数の可能性を想像できます。「チャモーン」の母であるだろうメデジンの青空がその典型であるラテンアメリカの特別な環境による可能性。

ラテンアメリカのスペイン語俳句の豊かな可能性の別の根拠は、スペイン語の単語「todos」によって暗示される何かです。このスペイン語の単語は、英語の「everybody」、フランス語の

「tout le monde」、日本語の「みんな」と全く同意味ではありません。「todos」は、それらの近似語よりも豊かな内実を持っています。第二十一回国際メデジン詩祭の開催中、たしかに「todos」の精神は存在し、詩人と聴衆を密接な共同体へと結び付けるのを助けていました。そしていま、第七回世界俳句協会大会開催中、「todos」は、ここに集まった俳人たちを密接に結び付けるために働いています。近代の個人主義を越え、偽の功利主義を越え、狂った全体主義を越え、植民地主義を越え、いかなる独善主義を越えて、「todos」は、人間にとって本質的で不可欠な何かを証明しています。二〇一一年に私は、スペイン語単語「todos」を使った一句を作りました。

Todos は熱い波詩人は太陽

Todos is a hot wave
a poet
the sun

"Todos" es una ola de calor
un poeta
el sol

それぞれの世界俳句協会大会は、つねに新しい地平を切り開いてきました。ヨーロッパ、日本において、そしていま、ラテンアメリカにおいて。私たちの理想「世界俳句」は、つねに新段階に直面しています。簡潔に言うと、「世界俳句」の理想は、いかなる言語においても俳句創作を促進し、現代の詩として俳句創作の可能性を追求することです。「世界俳句」が現代的であろうとなかろうと、厳格な規範として受け取られるのではない、創造的な出発点が必要です。

この講演を終える前に、松尾芭蕉の有名な一句を取り上げてみましょう。松尾芭蕉は、古典俳句の巨匠だけではなく、めざましい前衛詩人です。

古池や蛙《かはず》飛びこむ水の音

Old pond—
only a water sound
as a frog jumps in

この俳句が、あまりに世界的に有名なので、アメリカ俳句協会の機関誌が「frogpond」と名付けられました。この世界的な名声にもかかわらず、この俳句の詩学は、海外はさておき日本においてさえ、十分に理解されていません。

最初のことば「古池」（英語では二語）は、日本語原句ではたった一語です。このことばは、詩的ではなく、卑俗です。日本の貴族的短詩のジャンル和歌は、このことばをいかなる歌においても使えませんでした。このようにして、芭蕉のこの俳句は、最初の語から、挑発的で大胆でした。日本の詩歌の伝統では、蛙は小さい愛らしい動物で、その歌のような声が、古代から詩人たちによって称賛されてきました。芭蕉はこの俳句において、声に言及することなく、蛙が池に飛び込むさまをとらえます。これは伝統からの革命的離脱です。さらに、俳句の末尾、「水の音」には、形容詞も、副詞も、動詞もありません。この省略表現にはまた、はっとさせられます。このようにして、どの部分にも驚きが含まれています。これは芭蕉の最高の俳句ではありませんが、それでも、芭蕉の型にはまらない詩学をはっきりと十分にあらわにしています。俳句はつねに言語の冒険です。

もし「世界俳句」が、芭蕉を革命的な詩人として受け入れるならば、きっと輝かしい未来が待っているでしょう。

ハノイと世界俳句

二度目のハノイ訪問となりました。前回二〇一二年二月は第一回アジア太平洋詩祭、今回二〇一四年九月はハノイ市における第一回ベトナム・日本俳句懇談会。第一回アジア太平洋詩祭のとき、ハノイ俳句クラブ会員諸氏と初めてお会いしたことは、予期せぬ喜びであり、今回の俳句懇談会開催につながりました。これも偶然ではないかもしれません。

ところで、日本語とベトナム語には、遠いながらも、近縁関係があるでしょう。人間にとって基本的な語彙、たとえば人体に関する単語のうち、目と手と首は、日本語とベトナム語では発音が似ています。

目　日本語　め
　ベトナム語　mắt

手　日本語　て
　ベトナム語　tay

首　日本語　くび
　ベトナム語　cổ

とくに、日本語「め」の古いかたちは、「まつげ」「まなざし」「まなこ」に現れる「ま」と考えられ、現代ベトナム語「mắt」にさらに近いですし、日本語「て」の古いかたちは、「たなごころ」に見られる「た」であり、これも現代ベトナム語「tay」に酷似しています。この類似には、中国語（漢字）が介在していないでしょう。この類似が古代ベトナム語にまでさかのぼることができるでしょうか。もしもそうであれば、日本語とベトナム語の語彙レベルの近さは強くなります。

日本語とベトナム語の文法に関しては、専門の言語学者ではない私には、残念ながら言及することができませんが、両言語はかなり違うようです。

神話や説話においては、日本とベトナムには、かなり深い関係があるようです。二〇一二年二月に初めて訪れたハノイの国立博物館で買ったフランス語の『Légendes et Contes du Vietnam（ベトナムの伝説と説話)』(3e édition, Edition Thế Giới, Vietnam, 2011)には、日本神話・説話を連想させる話がいくつかありました。とくに巨大なニシキヘビの悪魔(python-démon)は、日本のヤマタノオロチに近いと言えます。修業ののち剣を得た若者が、毎年一人この悪魔に捧げられる人身御供の美女を救う話は、日本とベトナムに限定されませんが、日本とベトナムの古代における近縁関係の証拠ではないでしょうか?「九尾の狐」の話は、両国に存在します。そして中国にも。

考古学の遺物では、ベトナムの銅鼓と日本の銅鐸や銅鏡との直接的ではないけれども、否定できない類似性があります。日本神話に出てくる天《あめ》の鳥船《とりふね》は、ベトナムの銅鼓のレリーフでは、鳥を止まらせた舟となっています。

こういう一通りでない、古代からの近縁性や類似性は、十七世紀から十九世紀半ばまでの日本の鎖国によって、あるいはベトナムの中国文化受容や中国化によって、忘れ去られてきたままで、ようやく二十一世紀になって、両国の文化交流が再開されました。そこに俳句が重要な役割を果たしていることは、私たちがまだはっきりと意識できないほどの大きな文化史上の出来事かもしれません。

俳句に話を戻します。二十世紀の初めにすでにベトナムと俳句は無縁ではありませんでした。一九〇三年ハノイで発行された学術雑誌「Bulletin de L'Ecole Française D'EXTRÊME-ORIENT TOME III」には、クロード・ウジェーヌ・メートル(Claude Eugène Maitre)による当時東京在住のイギリス人日本学者バジル・ホール・チェンバレン(Basil Hall Chamberlain)の一九〇二年発表の英語論文「BASHŌ AND THE JAPNESE POETICAL EPIGRAM.」についての長い書評がフランス語で掲載され、日本の古典俳句が、日本語のローマ字三行表記とメートルによる三行フランス語訳によって紹介されていました。チェンバレンがあくまでも俳句を英語の二行にしか翻訳しなかったことを考えれば、これはメートルによる冒険的で誠実な三行訳でした。一例を、日本語原句、チェンバレンの英語二行訳、メートルによるフランス語三行訳の順に引いておきましょう。

夏草や兵《つはもの》どもが夢の跡　松尾芭蕉

Haply the summer grasses are
A relic of the warriors' dream.

Les herbes de l'été
Voilà ce qui reste du rêve
De tous ces guerriers.

俳句は日本語では通常一行で書かれますが、そのなかにある切れ目は文字の間の空白を明示することなしに読者に理解されます。芭蕉の俳句では、「夏草や」「兵《つはもの》どもが」「夢の跡」と切れながらことばが続きます。

チェンバレンがなぜ俳句の二行訳に固執したのかは明確ではありませんが、チェンバレンが日本の俳句を二行詩として解釈したことはたしかでしょう。その二行訳はあまりに俳句を単純化しすぎています。二行訳を和訳してみます。

たぶん夏の草は
兵士たちの夢の遺物だ。

こういう二行英訳した上で、このイギリス出身の日本学者は、俳句が短すぎると言ってその価値を否定しています。ハノイ在住の東洋学者メートルは、チェンバレンの二行英訳俳句をそのまま受け取ることを拒み、フランス語三行に直して、書評に引用し、チェンバレンとは反対に俳句を肯定的にとらえています。これは一見些細なことのように見えて、実は大切なことがら潜んでいます。

俳句には二行詩的解釈と三行詩的解釈があるということです。俳句の理解が浅い人は、二行詩的解釈を無意識に実行してしまいます。解釈が翻訳に大きな影響を与えるのは言うまでもありません。すぐれた俳句であれば、三行詩的解釈をまず要求します。

さらに言えば、その後約百年間、世界各国に広がった俳句創作にも、二行詩的なものと三行詩的なものがあります。

クロード・ウジェーヌ・メートルの書評の問題点は、芭蕉をあまりにも理想的な禅の仏教徒にしてしまった点にあります。

真剣に詩的生活を道徳的生活に一致させた芭蕉の信念
sa conviction qu'il identifiait sincèrement la vie poétique avec la vie morale

という誤った芭蕉観は、今日にいたるまで世界のあちらこちらで見かけられます。芭蕉は僧侶でも俗人でもない特殊で不安定な俳句詩人でした。その特殊で不安定な立場から、世界的レベルの俳句という短詩を生みました。芭蕉を完全な禅の実践者として理想化する誤解が、俳句が短いけれども、あらゆるレトリックを駆使して生まれる奇跡的で前衛的な詩であるという基本的事実を覆い隠す働きをしてきました。これは、日本においても、海外においてもそうです。

ベトナムがフランスの植民地であった二十世紀前半、ハノイはフランスの極東支配の拠点でした。極東各地域の情報収集を担うフランス人東洋学者の一人メートルが、日本の俳句についてのイギリス人による英語論文をベースにして俳句を論じていたのは、俳句の国際化が、日本人の主体的努力によってではなく、植民地主義を推進するヨーロッパ人によって、日本人がほとんど関与しないかたちで進んでいったことを示しています。そののち、ベトナムにおいて俳句がどのように受け取られ、俳句創作が芽生え、成長していったかは、ベトナム人研究者かベトナム俳人が、ベトナムの苦難に満ちた歴史と関係付けて述べてくれるでしょう。

クロード・ウジェーヌ・メートルによる一九〇三年の書評から百十一年たったいまハノイにおいて、日本人とベトナム人による俳句懇談会が開かれています。これは驚くべき出来事です。

それではいま、私たちは俳句を基軸として、何を話すべきなのでしょうか。

日本とベトナムに古代的近縁性があるから、ベトナムでベトナム語による俳句創作の可能性が高いということでしょうか。

かつての植民地主義者を排除して、俳句創作を推進することを合意することでしょうか。そのどちらも、俳句詩人の集まりにはふさわしくありません。

世界俳句は、あらゆる言語による現代の短詩としての俳句創作を目指しています。したがって、ベトナム語俳句創作の一層の発展のためのヒントを提示できれば、第一の目的が果たされたことになるでしょう。

まず最初に、ベトナム語俳句創作のヒントになることが言えるほどベトナム語が理解できないことを告白します。しかしながら、二〇一二年二月、第一回アジア太平洋詩祭のさい、ハノイ俳句クラブ会員諸氏と急遽会合を開き、ベトナム語俳句の朗読を聞いたとき、その音の美しさに感嘆しました。詩祭で朗読された長い詩よりも、短いにも関わらず音の変化が十分あり、ベトナム語の意味がわからない私に、多様性ある美しい音楽を、会員諸氏が聴かせてくれました。この音楽性をさらに生かすことが望まれます。

すでに『世界俳句二〇一三　第九号』(七月堂、二〇一三年)『世界俳句二〇一四　第一〇号』(七月堂、二〇一四年)に、ハノイの俳人たちの俳句が収録されています。これらの本の編集者として気づいたのは、送られてきたベトナム語俳句の他の言語への翻訳の不正確さです。もちろん、翻訳はつねに正確になされるものではありません。過去二回、ベトナム語俳句の日本語訳、英訳、フランス語訳のどれを見ても、まっとうな日本語、英語、フランス語ではありませんでした。私と世界俳句協会の翻訳スタッフは、ベトナム語には手を入れず、日本語訳、英訳、フランス語訳を、すぐれた詩にしようと、骨折りの仕事をしました。

ベトナム語俳句初収録の『世界俳句二〇一三　第九号』には、リ・ビエン・ザオ（Lý Viễn Giao）の次の俳句が、ベトナム語、英語、日本語で登場します。

Trăng lạnh
Nghĩa trang
Đồng đội xếp hàng

Cold moon
in the cemetery
a lineup of war comrades

冷たい月／霊園に／戦友の整列

ベトナム語では二・二・四音節で八単語、英語では二・五・七音節で十単語、日本語では六・五・九音（日本語の音《おん》は他の言語の音節とは数え方が異なる）の七単語。それぞれ音節や単語数は同じにはならないけれど、私たちができる範囲でいい翻訳の仕事をしたと思います。

この例に限らず、翻訳すれば、俳句の音節数や単語の数が変化します。その変化を乗り越えて存在するのが、奇跡的な短詩である俳句の特徴です。

この俳句を朗読すると、おそらくベトナム語が一番効果的な音楽を響かせるでしょう。そして

このベトナム語俳句には、すでに引用した松尾芭蕉の、

夏草や兵《つはもの》どもが夢の跡

の影響があるでしょう。

しかし、一九〇三年にハノイで発行された植民地支配者フランスの極東研究紀要に、フランス人による三行訳が登場した松尾芭蕉の俳句が、どういう経緯かは不明ながら、約百年後、ハノイの俳人が自国で二十世紀に起きた戦争を追憶する俳句に影響を与えたことは、これはとても感慨深く意義ある、世界俳句の歴史的事実です。

問題があるとしたら、リ・ビエン・ザオの俳句が二行詩的であることです。「月」という天界と「戦友」の幻影が見える「霊園」の二元的並列があるだけで、もちろん感動を呼びますが、平板です。芭蕉の俳句には、奇跡的な時間移動があります。生い茂る「夏草」が象徴する現在から、「兵《つはもの》ども」の野望と戦闘の過去の世界へ移動し、それらの過去が「夢」のように消えて、「跡」という現在へ戻ってきています。三行詩的な構成ですが、さらにそれを超えた厚みもあります。

このほかにも、語りたいことが多すぎるほどありますが、これからの俳句を通じた日本とベトナムとの対話と交流を重ねることによって、ベトナム語俳句創作が発展することを願ってやみません。

俳句と世界

私とモンゴルの関係は、今年二〇一五年に十年となります。その発端は、日本語のことわざでいう「寝耳に水」でした。

二〇〇五年十月、『世界俳句二〇〇六　第二号』（七月堂、二〇〇五年）の校正を終えた日にちょうど、日本留学中の内モンゴルの詩人、R・スチンチョクト（R. Siqinchogt）さんが、世界俳句協会事務所も兼ねている私の自宅に突然訪ねて来ました。東京の神田で『世界俳句二〇〇五第一号』（西田書店、二〇〇四年）を見付けて、「これだ！」と思ったということでした。何の前触れもなく友人の家を訪れるのは、遊牧民族の伝統とも聞いています。

早速、彼の俳句を、校正を終えたばかりの『世界俳句二〇〇六　第二号』に付け加えました。モンゴル文字で書かれたモンゴル語俳句とR・スチンチョクトさんと私で作った日本語の三句が掲載されています。

モンゴルからは初めて、ウルジン・フレルバータルさんから、『世界俳句二〇一二　第八号』（七月堂、二〇一二年）へ向けて、二〇一一年という東日本大震災と福島原発事故が起きた日本にとって大変な年に、キリル文字のモンゴル語俳句とその英訳が送られてきました。その本に掲載されたフレルバータルさんの俳句の一つは、次の一句です。和訳は私が英訳から作り、内モンゴル出身者で、日本に帰化した富川力道さんにチェックしてもらいました。

丘のかなた／笛の音／母駱駝乳をしたたらす

Толгодын цаанаас
Лимбийн ая эгшиглэнэ
Ингэ савирна

Beyond the hills,
the melody of a flute.
A mother camel drops her milk

おそらくモンゴル語で、五・七・五音節で作られた俳句でしょう。英訳では四・七・八音節、日本語訳では六・四・八音（日本語の「音」は他の言語の音節と数えかたが異なる）となります。「母駱駝乳をしたたらす」という表現は、モンゴルの人々に、特定の季節や、特定の情景をすぐに連想させるでしょう。しかし、今回で二度訪れたものの、一年間通してモンゴルに滞在したことのない私には、何となく春の大草原を思い浮かべますが、特定の情景までは想像できません。モンゴルの春と日本の春は、かなり異なるからです。

しかしながら、「丘のかなた」の「笛の音」から、厳しい冬からの解放感が伝わってきますし、駱駝の赤ん坊のために母駱駝が「乳」をほとばしらせている生命復活の喜びも感じられます。

三つの言語からフレルバータルさんの俳句を見ているわけですが、ここから何がわかるでしょうか？

たとえ、一つの言語で五・七・五音節もしくは五・七・五音で俳句を作ったとしても、他の言語に翻訳されれば、五・七・五は維持されません。

季節感は、それぞれの地域や文化によって異なるので、共通の季語はこの地球上に存在しません。
それでも、俳句は翻訳されても、何か本質的な部分は伝わります。二十世紀初めに、フランスに俳句を紹介したポール＝ルイ・クーシュー（Paul Louis Couchoud）は、その紹介文でこう言っています。

comme le parfum des pruniers en fleur à travers le brouillard
（SAGES ET POÈTES D'ASIE, Calmann-Lévy, Paris, 1916）

霧をとおして届く花咲くプラムのかおりのように

つまり、翻訳という「霧」を通過しても、プラムの花の香りという元の俳句のエッセンスは、伝達できるということです。それまでの俳句の西洋への紹介者たちは、俳句は翻訳できない、あるいは俳句は詩ではないと言い続けてきたのですが、クーシューはそれを覆し、フランス語で俳句を三行の脚韻を踏まない短詩として翻訳し、自分自身でもそのように創作し、やがて二十世紀前半のフランスでhaïkaïブームを巻き起こしました。このブームは、フランスの詩や散文のみならず、ヨーロッパ諸国やラテン・アメリカの文学にまで影響を与えました。二十世紀以降の西洋のみならず、全世界の文学には多かれ少なかれ、俳句の影響があると言っても言い過ぎではありません。
クーシューのさきほどの引用は実は俳句になります。私が試みに三行フランス語にし、和訳を付けて見ます。

Haiku :
le parfum des pruniers en fleur
à travers le brouillard

俳句
霧をとおした
花咲くプラムのかおり

ところで、私はさきほど、フレルバータルさんの俳句を三言語で紹介しました。このうち、モンゴル語を私はほとんど理解できませんが、三言語で一つの俳句を味わうのは、一言語で味わうのとも、二言語で味わうのとも、まったく違う、味わい方が生まれます。三言語という三つの観点から、俳句が立体的に味わえるのです。

日本の俳句の五・七・五音の三句構造、それに俳句の三行訳。三という数字の不思議な力にここで触れざるをえません。

モンゴルにも、「世界の三つ」(Yortontsyn gurav) という口承文芸詩があります。これについては、富川力道さんが、国際俳句季刊誌「吟遊」第三一号(吟遊社、二〇〇六年七月)に評論「モンゴル民族の口承文芸詩『世界の三つ』について」を日本語で書いてくれました。それに基づいて、私の見解を述べます。一例を挙げます。

広い草原は空が青い
消えかけた火は炎が青い
流れる川は水が青い

Udam taliin tenger neg kho'kh
Untrah galiin do'l neg kho'kh
Ursah goliin us neg kho'kh

三行もしくは、三つの要素で、一つの世界を築き上げる短詩が、「世界の三つ」だということがわかります。三つの別々の要素、「空」「火」「川」の共通点が「青い」と表現することによって、この世の本質がとらえられています。

これを、少し変えてみます。

広い草原の空
消えかけた火の炎
流れる川の水は青い

Udam taliin tenger

Untrah galiin do’l
Ursah goliin us neg kho’kh

これはすでに、立派な俳句です。「〜は青い」（neg kho’kh）という表現の繰り返しを避け、最後にのみ置きました。

R・スチンチョクトさんが、「これだ！」と思って、わが家を突然訪問してくれた理由も推察できます。

私は、俳句について、「ことばの三本柱によって新宇宙を生み出す短詩」と説明したことがあります。

日本神話においても、『古事記』には、三柱の神々が列挙されて、一つの世界が暗示されていることがしばしばあります。

石拆神《いはさくのかみ》　根拆神《ねさくのかみ》　石筒之男神《いはつつのをのかみ》

岩を裂き、木の根も裂く、石の「つつ（筒）＝つつ（星）」、つまり隕石の地上への落下のさまが、三柱の神々の名前の列挙だけによって暗示されているのです。

俳句という短詩の最も根源的な特徴は、日本神話やモンゴルの「世界の三つ」が示すように、三つの要素によって一つの世界を生み出すことにあります。五・七・五や季節感ではありません。

一つの俳句を構成することばの三本柱は、かなり性質の異なるものです。私が初めて内モンゴルとモンゴルを訪れた二〇〇七年八月に作った一句を例にとります。

満月や馬に悪夢を食べられる

The full moon—
my nightmare
eaten by a horse

Тэргэл саран
Дарсан хар зҮҮдийг
Морь залгина

日本語原句は五・七・五音で書かれています。英語では三・三・四音節、モンゴル語では四・五・三音節ではないでしょうか。

「満月」は日本の保守派俳人は、秋の季語としていますが、私はそうではなく、特定の季節に限定していません。英語でも「full moon」は特定の季節につながっていません。モンゴル語でもそうでしょう。

三句、もしくは三行に使われていることばについて分析します。

日本語では、

一句節　名詞＋助詞
二句節　名詞＋助詞　名詞＋助詞
三句節　動詞＋助動詞

英語では、
一行目　冠詞＋形容詞＋名詞
二行目　代名詞＋名詞
三行目　動詞＋前置詞＋不定冠詞＋名詞

モンゴル語では、どうなっているかわかりませんが、英語よりは日本語に近い文法構造だろうと推測されます。

いずれにせよ、俳句を構成する三本のことばの柱のそれぞれの文法的な性質はかなり異なるということです。それだけ自由な構成が書き手に許されているわけです。

私の俳句は、古典俳句の巨匠、松尾芭蕉の一六八四年作の俳句が、どうやら発想の裏にあったようです。

道の辺《べ》の木槿《むくげ》は馬に喰《く》はれけり

Near the roadside

a Japanese hibiscus flower
eaten by my horse

旅の偶発事を詠んだ一句で、仏教から派生した無常観を背景にしています。季語「木槿」は、秋の季語ですが、この植物を知らない人には、特定の季節感は連想できないでしょう。英語では「hibiscus」と翻訳され、熱帯の光景とさえ解釈されてしまいます。季語に世界的共通性がないいい例です。ただし、季語はローカルなキーワードとして俳句に使ってもいいのです。

私の俳句は、モンゴルでの旅で生れ、「馬」が私の「悪夢を食べ」た、つまり悪夢を浄化してくれた感動を詠んでいます。

二〇一五年三月末の私の二度目のモンゴル訪問は、モンゴル俳句協会創立というすばらしい夢の実現を伴っています。俳句は、日本のみならず、古くからの詩の伝統を背景にしながら、新しく更新される短詩でもあります。モンゴル語俳句の発展を祈ります。

モハメド・ベニスの俳句について

スロヴェニアで開催された国際詩祭ヴィレニッツア二〇〇一で、私はモロッコの代表的詩人モハメド・ベニスに出会った。作者モハメド・ベニスによるアラビア語の詩の朗読は、舞台が洞窟の底だけに、いっそう印象的だった。彼の詩の音楽性は、とてもすばらしいと同時に少しの悲しみが混じっていた。次の俳句を私が作ったのはそのときだった。

沈黙を歌うモハメド洞窟の底

في قلب الغار
محمد
يتهجد بصمت

この俳句は、私のモロッコでの初出版『30俳句』（アジャンス・ド・ロリアンタル、モロッコ、二〇一六年）に収録されている。

二〇〇四年から、モハメド・ベニスの俳句は私たちの俳句季刊誌「吟遊」に、私の和訳付きで登場する。

まず最初に、彼の俳句は、十分エロチックだ。

薔薇に薔薇
君への旅立ちに
エクスタシー

僕はすでに登った
すでに
海は君だ

「エクスタシー」(「吟遊」第二三号、吟遊社、二〇〇四年七月)

彼の俳句における垂直的あるいは水平的な距離は、本質的に彼の欲望である。彼の一句が語っているように。

別の国に
別のレモンの木
わがまなざしは欲望

「炎のことば」(「吟遊」第三〇号、吟遊社、二〇〇六年四月)

一三〇四年にタンジェで生まれたイブン・バットゥータは、全世界で最も偉大な旅行家の一人である。彼の欲望は、自分のまなざしを全地上に持ち運ぶことだった。モハメド・ベニスは、たしかにイブン・バットゥータの継承者である。

一歩と一歩のあいだ
顔生える
音楽は国々の中心

「道」(「吟遊」第三六号、吟遊社、二〇〇七年十一月)

超現実主義は、その起源から俳句と密接な関係があった。その結果、ベニスの俳句に超現実主義を発見するのは自然である。《音楽》は、彼の詩であると同様に俳句であり、驚異的なものすべてを具現する。

彼の俳句は、超現実と同様に現実に直面する。

爆発をへて
かたちは揺れる
ここにただ平安

「彼ゆえに」(「吟遊」第四三号、吟遊社、二〇〇九年七月)

さまざまな声と手
街路に生える
アラブの春!

「街路の春」(「吟遊」第五三号、吟遊社、二〇一二年一月)

モハメド・ベニスの俳句は、激しい混乱に見舞われる現実の証言をしている。不幸と幸福はつねに私たちの現実を織り成す。彼の俳句の暗示性は、そのような証言をするには、極度に有効だ。彼の俳句の最も深刻なものは、洪水のような流血を歌っている。

都市から都市への血
恐怖でいっぱいに流れる
逃亡の夜

「血の日記」（『吟遊』第七〇号、吟遊社、二〇一六年四月）

不幸にも、この俳句は、私たちの現状況の恐ろしい証言であり、しかも私たちの未来の予言でもある。

けれども、彼の俳句の一つは、私たちの永遠の希望を啓示している。

ただ青だけ
歌は遊び続ける
耳のうしろ

「ことばとともに」（『吟遊』第六三号、吟遊社、二〇一四年七月）

『30俳句』
（モロッコ、2016年刊）

俳句と風景

俳句と風景画は、本質的な違いがあるにもかかわらず、俳句は実際のところ風景画と密接な関係にあるのではないでしょうか。それは私が今まで考えていた以上に大きな課題です。何よりもまず、「風景」は、十六世紀にヨーロッパで創成された新しい絵画の分野です。フランス語「paisage」（paysage の古体）が一五四〇年ごろに誕生して以来、イタリア語では風景画を表す単語として「paesaggio」が生まれ、それからオランダ語では「landschap」、そしてイギリス英語では「landscape」が生まれました。これらヨーロッパの単語にはすべて、「pay」、「paese」、「land」が含まれており、それらは、「国」、「地域」、「田園」の意味であり、そこでは自然的要素が人間的、人工的なものに優越しています。

日本では「landscape」の概念を表す言葉として「風景」という単語を使っていますが、その原意は「風と光」で、ヨーロッパ諸語の原意とは極めて異なっています。日本語の「風景」は、風と光という空気的な要素から構成されていて、そこには地上的な要素が欠如しています。この単語「風景」は、『懐風藻』という古い日本のアンソロジーにすでに登場します。『懐風藻』は八世紀に編纂されたものであり、そこには日本の貴族が中国語で書いた詩が収められています。もちろん、この単語は中国語起源であり、古代には絵画とは全く関係のない単語でした。私自身、十九世紀になぜ日本で「風景」が「landscape」の同義語として使われるようになったのか知るよしもありません。

いずれにせよ、「landscape」はヨーロッパの絵画に起源を持っており、この単語はのちにはより広い意味で、田園の光景や自然の光景を表すことばとなってゆきます。十九世紀から二十世紀への近代化の時期、中国語起源の「風景」という日本語は、「landscape」の同義語として選ばれました。

今日では、風景自体を考察した場合、風景は絵画と写真に似た枠組みと構成を持っていることに気づきます。私たちは瞬時に風景全体を見たり、想像したりすることができます。しばらくしてから、細部を見たり想像したりできます。全体とその細部は、風景にとって欠くことのできないものです。

一六九四年に書かれ、一七〇二年に出版された松尾芭蕉の詩的旅行日記『おくのほそ道』の中で芭蕉は、「風景に魂うばはれ」と述べ、「風景」という単語を使っています。これは芭蕉がこの課題についての俳句を作らなかった理由です。芭蕉は俳句詩人であり、美しい風景を愛し、賞賛もしていました。しかし、ときによって美しい風景は、彼が俳句詩を詠む妨げになります。芭蕉にとって俳句と風景の関係とは何でしょうか。

芭蕉のこの旅日記から一つの名句を紹介しましょう。

荒海《あらうみ》や佐渡に横たふ天《あま》の河《がは》

この俳句で芭蕉ははっきりと風景を描こうとしたのでしょうか。「はい」と言ってしまいたいところですが、いくつかの理由でそうとは言えません。

この句は見まごうことなく、三つの要素から成り立つ俳句と呼ばれる短詩です。「荒海や／佐渡に横たふ／天の河」。これら三つの要素は、線状にあるいは時系列的に次から次へと配置されています。言い換えれば、私たちはこの俳句全体を一度に鑑賞することはできません。それは、風景を見る場合と異なっています。

最初の句節「荒海や」は、単なる記述でもなければ、俳句の枠組みを表すものでもありません。二番目の句節「佐渡に横たふ」は、主語のない動詞を使った単なる記述でしょう。三番目の句節「天の河」は、無数の天体の集団のことですが、第二句節の主語とも言えます。この俳句の構造は極めて巧妙で、ことばのアクロバットの一種です。

この芭蕉による俳句のみならず、ほとんどすべての俳句創作は、私たちが風景を思い浮かべるのに十分な記述を与えるのに失敗しています。一つの俳句のなかの三句節は、三本のことばの柱であり、新しい一宇宙を築き上げるには、読者は壁や屋根を付け足さねばなりません。これが俳句の理解と受け入れの出発点です。

既出の芭蕉俳句の三句節は、俳句の枠組み全体を理解するのに、私たちが補足的な情報やことばを見つけるよううながします。補足物を与えられて、その後ついに、この俳句のイメージ全体が佐渡ヶ島の対岸から見ることができたと理解するようになります。その結果、第一句節「荒海や」は前景、第二句節「佐渡」は中景、そして第三句節「天の河」は遠景となります。最後に私たちは、これらの三景から構成される風景全体をとらえることができます。

現実には、天の河は佐渡ヶ島の対岸から見ることはできません。芭蕉は自分が見た自然の光景を、俳句のなかで理想的な光景に変えました。芭蕉は自然の風景を見ることを愛しており、また魂をうばわれてさえも、風景をより美しく、より暗示的に、より感動的にするために、風景を自分の理想にかなうものに変質させました。芭蕉は俳句で風景を描こうとせずに、私たちの想像力、知性、感性を活発にして、風景を想像するようようながしています。俳句は、半分隠れた風景の種を私たちに与えるのです。

十八世紀の優れた画家でもあった与謝蕪村というもう一人の古典俳人がいました。俳人としての彼にとって風景は何なのでしょうか。一七七七年に詠まれたとても印象的で絵のような俳句を取り上げましょう。

さみだれや大河を前に家二軒

この俳句は三つの句節、第一句節「さみだれや」、第二句節「大河を前に」、そして第三句節「家二軒」からなっています。芭蕉の句と比較すると、この蕪村の名句は、作品はよりいっそう完全な風景を私たちに提供しています。というのも、第一句節「さみだれや」は、周囲全体であり、近景であり、第二句節「大河を前に」は中景であり、第三句節「家二軒」は遠景で、それだからこそ、困難もなくこの俳句の読者は、危機的な風景をうち立てることができます。この俳句における風景との関係は、芭蕉の場合よりも密接です。それにもかかわらず、俳句はただ単に風景詩なのではありません。

さて二十世紀には、西洋詩に影響されて、日本の自由律俳句は、実り多い勃興を迎えました。その一つの傑作が種田山頭火の次の作品です。

分け入つても分け入つても青い山

山頭火による自然の記述は、最小限主義的《ミニマリスティック》であり、古典俳句にくらべてより断片的です。心理的な表現は彼の俳句に顕著に見られます。「青い山」は極めて近代的で、抽象的表現であり、記述的ではありません。その結果として、彼の俳句は、自然の風景よりは、心理的または精神的なイメージをより多く私たちにもたらしてくれます。日本の俳句の近代化の一つの特徴は、心理的、精神的なイメージ群の優勢です。このような近代的イメージは、風景とは密接ではありません。

この事実は、絵画の近代的印象主義と表現主義の原則と共鳴しており、風景全体よりも部分的あるいは断片的イメージにより大きな重要性を与えます。背景となるイメージ群を欠いた部分的あるいは断片的イメージは、近代俳句を先導する役割を演じています。

二十世紀半ばの日本の近代俳句詩人で、際立った業績を挙げた一人は、富澤赤黄男です。彼の業績はこの新しい俳句の特徴を例証しています。

蝶落ちて大音響の結氷期

この俳句では、墜落している蝶があるだけです。風景からはかなり離れた俳句ですが、「結氷期」にいる瀕死の蝶は、第二次世界大戦中の極度に抑圧的なイメージと雰囲気を暗示しています。断片的なイメージが、その暗示性を凝縮しています。

この傾向は、戦後の前衛俳句詩人たちによってさらに追及されます。高柳重信によって書かれたこの傾向の作品を引用してみましょう。

海へ
夜へ
河がほろびる
河口のピストル

四行で表記されたこの俳句は、三つの要素から成り立っています。最初の要素は海と夜で、死を象徴しています。二つ目の要素「河」は、作者の「人生」のメタファーです。三つ目の要素「河口のピストル」は、彼の自殺願望を暗示しています。これら三つの要素は、読者に内的風景を想像するよう仕向けます。なぜならば、作者によって生み出された「河口のピストル」のイメージは、それほど独創であり、超現実的だからです。

二〇〇〇年以来、私は世界俳句協会のディレクターとして活動してきましたが、多くの俳句愛好家がビート世代のアメリカ詩人ジャック・ケルアックの影響を受けていることに気づきました。彼の小説『ダルマ・バムズ（The Dharma Bums）』（一九五八年）の中で、正岡子規の俳句、

ぬれ足で雀のありく廊下かな
The sparrow hops along／the veranda／with wet feet

を、ケルアックは「最も偉大」と絶賛しました。率直に言えば、この俳句はつまらないことをスケッチしただけの極めて凡庸なものです。

In the morning frost
the cats
Stepped slowly

朝霜に
猫たち
ゆっくり歩いた

これはケルアックが作った俳句です。子規の平凡な俳句を模倣した、つまらない出来事のスケッチです。彼の俳句は単純すぎ、平板すぎます。俳句はその短いかたちの中に、もっと深いもの、もっとダイナミックなもの、もっと独創的なものを必要としているのです。ケルアック以降、多くの海外の俳句愛好家はこの単純化と平板化を避けられなくなっています。

一九九七年に私がフランスのブルターニュを訪れたとき、海べりの大きな岩に出会い、それは印象強烈でした。私は次のような俳句を書く衝動にかられました。

天へほほえみかける岩より大陸始まる

From the boulder
smiling up at heaven

the continent begins

これは海べりに立つ印象的な巨岩の単なる記述ではありません。たしかに、この俳句は三つの要素、「岩」「天」「大陸」から成立しています。まず、最初で最重要な要素「岩」のイメージが、この俳句で主導的で優勢な役割を演じ、天の助けを得て、広大な大陸を再創造しています。私たちは近景にまず岩を思い描き（英語版での語順による分析）、突然私たちの視線は垂直に動いて、全てをおおう空へと移動します。そして、まなざしは大陸を生み出す岩へと下降します。そうです、この俳句は平板で平凡な風景を描いたものではありません。一つのイメージの動力学は、現実的で生き生きとした俳句に必要不可欠です。

俳句と風景について述べてきましたが、独創的で、暗示的で、能動的なイメージが今日の俳句にとって重要だと気づくようになりました。そういうイメージは、風景の種です。

チュニジアとモロッコで破壊され再創造された俳句ビジョン

俳人としての私にとってアラブ世界とは何だろう？　この意義深い問いに答えるために、二回にわたる私の海外旅行、私の母国であり、住んでいる日本とはもっとも異質で可能な限りまったく異質な国への旅を振り返ろう。

一九九七年一月、研究者として滞在しているパリから、地中海を渡ってチュニスへ初めて飛んだ。それは私の初めてのアフリカへの旅だった。空港で両替業者が私に手渡した古くてしわくちゃの札束が、大変印象的で、衝撃的で、日本ともフランスとも異なる別世界に自分がいるとの自覚をもたらした。

日本とフランスの相違は、チュニジアと日本の相違に比べれば、何でもなかった。チュニジアは日本の対極だった。その乾いた気候、その人々の動きの緩慢さ、その古さ、その茫漠性、その空虚さ、その広大さなどなど。そのような予想外の雰囲気に直面して、極東の島国の環境と制限のなかで作られた私の俳句ビジョンの枠は、破壊され、無効になった。

父と子が乗るロバ赤い土の崖

『地球巡礼』（立風書房、日本、一九九八年）

Father and son
riding a donkey--

cliff of red soil

Padre e filglio
in groppa a un asino--
rupe di terra rossa

Pellegrinaggio terrestre ／ *Earth Pligrimage*（Albalibri Editore, 2007, Italy）

ولدٌ ووالدٌ
يمتطيان حماراً
بالأتربة المنحدر الحمراء.

Flying Pope（Agence de L'oriental, Morocco, 2016）

チュニジアでの六日間の旅の間の句作のつらい格闘ののち、上記の一句を含むこの最初のアラブの国についての俳句をいくつか書いた。それらの数句は、異なった数言語に翻訳された。アラビア語訳も出現し、ヘブライ語とともに横書き右始まりの表記となる。

この日本語での俳句で、私は五・七・五音構造を守った。けれどもそこには季語はない。この俳句によってとらえられたチュニジアの田舎道のイメージは、季節の背景と制約を必要としない。時間から自由で、時間を超えた奇跡のような古い光景に私は遭遇したのである。忍耐強い驢馬に乗った男とその息子が保つ伝説的な調和とバランスがもたらす平和なあたたかさを、私は深く感じた。広大なサバンナに小さい崖として積み上がった赤土が、チュニジアの自然、人間、動物の強健な力を象徴していただろう。

不注意とアラブ世界についての無知により、チュニスのメディナ（旧市街）で、私は一人の男の詐欺にひっかかった。もちろん、私の思い出の汚点である。チュニジアの無数の扉や窓枠の青を見つめて、一つの俳句が私の手から生まれた。

チュニジアン・ブルーは詐欺をかるくする　『地球巡礼』

Tunisian
blue lightens
the swindling

Blu tunisino
allevia
l'inganno

Pellegrinaggio Terrestre／Earth Pligrimage

الزرقة في تونس
تخفف من وقع

地上と空の純粋な青は、私のチュニジア体験の汚点を浄化してくれた。私は自分の体験からでさえ解き放たれた。青は絶対的な自由を暗示する。

結果として、これらの二句は何を私にもたらしただろうか？　日本語によるこれらの短詩は、五・七・五音構造を守っていたけれども、日本の四季や環境によって限定されるよう無意識に制約されていた想像力に固着するいわゆる日本の俳句の枠を破っている。私の俳句は斬新で、拡張された次元を獲得して、日本の詩の仮定条件という制約の外側に立つことになった。

その上、チュニジアの人々とは無関係な孤独な旅人として、私はこれらの俳句を作った。その結果、日本とチュニジアの両方の共同体から分離された、二重の孤立に私は置かれた。

二〇一六年七月、私はモロッコに三週間いた。それは二度目のアラブ世界訪問だった。チュニジアの旅とは対照的に、妻が同伴し、ヨーロッパからの詩人に加え、この北西アラブ王国や、他のアラブの俳人たちが、俳句会議のためにウジュダに集まった。その後、この暑い王国で、私は二つのイベントに出席した。

この訪問中、全部で三十句創作した。これらの俳句は九言語（日本語、フランス語、ポルトガル語、イタリア語、ブルガリア語、英語、モンゴル語、中国語、アラビア語）で、インドで『砂漠の劇場／The Theater of the Desert』（サイバーウィット・ネット社、二〇一七年）として出版された。

それなら、私の俳句は、アラブ世界の西端での二番目の滞在によってどのように息吹を吹き込まれたのだろうか？
その演劇の伝統で世界的に有名なジェラダという名の小さい町の劇場で劇を観たのち、私は次の俳句を書いた。日本語での創作以外では、フランス語と英語の粗訳を行なった。

砂漠の劇場魂を買う金がない

Le théâtre du désert
pas d'argent
pour acheter l'âme

O teatro do deserto
não é preciso dinheiro
para comprar a alma

Il teatro del deserto
non c'è denaro
per acquistare l'anima

Театър в пустинята

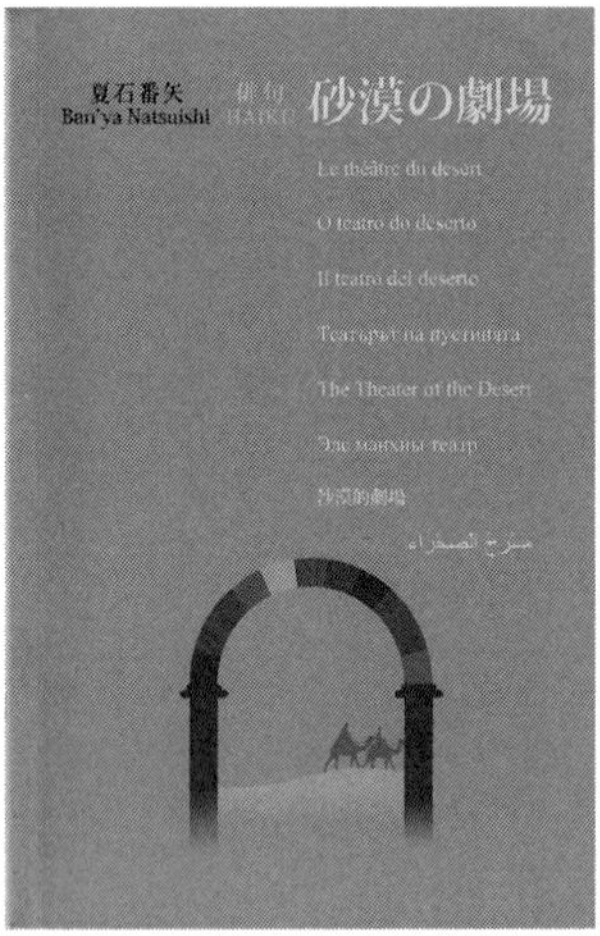

『砂漠の劇場』
（インド、2017年刊）

не се купува с пари
душата

The theater of the desert
no money
to buy a soul

Элс манхны театр
Сүнсээ худалдаж авах
Сохор мөнгө ч үгүй

沙漠的劇場
欲買魂魄
手無分文

مسرح الصحراء
لا مال
لشراء الروح

『砂漠の劇場／The Theater of the Desert』

この俳句は、日本語では、季語なしで、八・七・五音で構成されている。この作品のために私は日本における因習的な俳句の枠組みを抜け出る必要があった。私にとって並外れた暑さがモロッコの最も顕著な特徴であり、日本では前代未聞のことがらだったからである。何度も内陸部で摂氏四十九度の記録を体験した。このような過酷な環境では人間生命は、幻影のようだった。われわれの命は、いかなる実体もない幻影だっただろう。それにもかかわらず、厳しい諸条件をものともしないこの世に生きる力強い信念を、私は発見した。

マラケシュにあるベン・ユーセフ回教学院の壁の装飾は、蜂の巣の形を反復している。そのなかに、私はアラブ世界の最も本質的な中核を見出した。代数と幾何はアラブ世界で偉大な進展を遂げ、モロッコの建造物に反復される蜂の巣の形は、それらの科学の進展を断固として支えているように思えた。

蜂の巣は幾何学の母虚無の敵

Le nid d'abeilles est la mère
de la géométrie
l'ennemi du néant

O ninho das abelhas é a mãe
da geometria

o inimigo do nada

Il nido d'api è la madre
della geometria
e il nemico del nulla

Гнездото на пчелите е майка
на геометрията
и враг на нищото

Honeycomb:
the mother of geometry
and the enemy of nothingness

Зөгийн ҮҮр бол
Геометрийн эх
Хоосон чанарын дайсан

蜂窩是

幾何学之母
虚無的仇敵

عشّ النحل هو أمّ
الهندسة
عدوّ العدم

『砂漠の劇場／The Theater of the Desert』

日本語で季語なし（私の信念によれば）、五・七・六音でこの俳句を書き、モロッコの表面的現実の背後に回り、そのエッセンスを把握しようと試みた。「虚無の敵」としての蜂の巣は、厳しい環境に生きる信念へとつながっている。

情け容赦のない炎暑にもかかわらず、金銭を持たない男は失った自分自身の魂を買い求め、肯定的なエネルギーに満ちた蜂の巣はこの世に生きる信念を私に暗示する。

チュニジアで一度破壊され再建された私の俳句ビジョンは、モロッコ滞在で再び更新された。私の俳句創作は、アラブ文学共同体へ近づいたかもしれない。そのことがアラブ世界での俳句創作を推進することを願っている。

しかしながら、詩人の使命が、これまで未開拓のことばの宇宙を生み出すことならば、詩人は生地の共同体から離れ、解放されなければならないし、新しい共同体に出会わなければならない。けれども、それのみならず、私はこう信じている。本当の詩は、おそらく現在よりずっとさらに、いつかある日、私たちの想像しなかった新しい共同体に生きる人々によって、驚きをともなって深く読まれ理解されることを。

二元論を乗り越えるための詩
——ポール・クローデルの『百扇帖』について

ポール・クローデルの東京で出版された『百扇帖』(小柴印刷所、一九二七年)と題された短詩群は、とても難解でとても魅力的な大きな謎である。けれども、この一七二篇の詩は、クローデルの一九二〇年代の日本滞在によってひらめき、これらのすべての短詩は、彼の日本についての本質的な印象の言語による結晶であると断言することができる。彼の印象は、すぐれた詩人に特有の感性と知性の結実である。植物、水、太陽という三つの要素は、彼の日本についての印象のなかで、もっとも際立つ。

たとえば、第三〇番の詩は、「牡丹」という植物、とりわけ日本を象徴するその花に光を投げかけている。

Une　　　aussi blanche
pivoine　　que le sang
　　　　　est
　　　　　rouge

牡丹　　　血が
一つ　　　赤い
　　　　　ように
　　　　　白い

私はこの詩を、とても洗練された三行の俳句にしたい。

Une pivoine　　牡丹一つ
aussi blanche que le sang　　血が赤いように
est rouge　　白い

俳句には必要ないこの詩の題「紅白」は、二つの漢字で構成されている。最初は「紅」であり、「赤」を意味し、二番目は「白」であり、「白」を意味する。この二つの色は、大変対照的だが、その根底において共通している。これがこの詩のテーマの中核である。

牡丹の花の白は、二次的な色ではなくて、その反対に本質的である。日本の近代化と西洋化以前、中国の伝統に従って、牡丹は花々の女王であった。アジアの二か国において、牡丹は富と美の権化だった。

クローデルの詩が、赤い牡丹の花ではなく、完全に白い牡丹の花を詠んでいることに注目すべきである。血の濃い赤とくらべれば、白は日本的精神の凝縮した純粋性である。この比較は、これらのかなり対照的な二物による二元論に由来する。

日本的精神の凝縮した純粋性は、第三〇番の短詩で牡丹の花の白に具体化されている一方で、第一三一番の詩「米稲」では稲の花に出現している。

Cette　comme　黄色　火　と
fleur　un　と　光
jaune　mélange　白の　の
et　de feu　et de　この　融合
blanche　lumière　花　として

これを三行の俳句にすることができる。

Cette fleur jaune et blanche　黄色と白のこの花
comme un mélange　火と光の

de feu et de lumière　融合として

題である「米」と「稲」という二つの漢字は、米を意味し、日本の全植物のなかで最も重要な精髄である。黄色に取り囲まれた白は、日本の風土が生んだ最も純粋な花を彩っている。

第三〇番の詩の赤は、私にイエス・キリストの流血を連想させる。フランスを含むキリスト教の国々で、赤は最も本質的で最も濃密な色である。だからこそ、二元論と白・赤の対比は、牡丹の花の純粋性と血の純粋性を同一視する第三〇番の詩によって乗り越えられたのである。

本当の意味での詩人たちと同じように、ポール・クローデルは純粋性を熱愛した。すでに検証してきたように、最も純粋な日本の色は白である。金もまた、日本的純粋性の権化のもう一つの色である。第一六五番の詩を見よう。

Apprends　que　l'or　知りなさい　金が
peut　être　ミルク
doux　のように
comme　やさしく
le　lait　ありえることを

「知りなさい」という動詞を除けば、この詩は三行の俳句になる。

L'or peut être
doux
comme le lait

金が
ミルクのように
やさしくありえる

金と純白の同一化は、ここに明確に実現されている。金と白の二元論は、おだやかにこころよく融和させられ、乗り越えられている。

日本は水の王国なので、クローデルが水によってひらめきを得た多数の詩を作ったのは当然である。朝日は日本の象徴である。その結果、この二物を詠んだ詩を簡単に見つけることができる。第六七番は最も典型的。

D'un　　le Soleil Levant
côté　　et de l'autre côté
du　　il arrive
lac　　un Serpent
　à sept têtes

湖　　朝日
の　　もう一方より
一方　　七つ頭の
より　　蛇
　到来

ここでは、フランス語のテキスト左横に置かれた、墨書の題「日蛇」にある二つの漢字、その最初の「日」は、「太陽」を意味し、二番目の「蛇」は、「蛇」を意味する。水で満たされた湖は太陽と蛇を結び付ける。
フランス語原詩から「il」を省いて、この詩を三行の俳句にすることができる。

D'un côté du lac le Soleil Levant　湖の一方より朝日
et de l'autre côté　もう一方より
arrive un Serpent à sept têtes　七つ頭の蛇到来

超自然的でとても超現実主義的なイメージが、多くを私たちに暗示している。「七つ頭の蛇」は、『ヨハネの黙示録』第一二章第三節の「七つの頭と十本の角」を持つ「火のように赤い大きな竜」に由来する。これは恐ろしい怪物であり、この世の終末を告げ知らせる。朝日は日本と夜明けの象徴である。したがって、極東と西洋とともに、一日の始まりとこの世の終わりが、第六七番の詩の澄んだ湖の上で共存していることになる。ここでは二元論が神秘的にそして華麗に働いている。この二元論は前例のないすばらしい新世界へ私たちを連れてゆく。純粋な水の王国は二元論を飛び越え乗り越えている。
『百扇帖』一七二篇の詩を作りながら、フランス詩人ポール・クローデルは、フランスの本質を再認識しながら、日本の本質を把握しようと試みたにちがいない。それが『百扇帖』の詩群を生き生きとさせる奥深い原因である。その結果、最もうまくできた詩は二元論を乗り越えることができるのである。これがフランスの、そしてコスモポリタン詩人ポール・クローデルの偉大で華々しい成功である。

世界俳句の二十年についての考察

もちろん、私たちは、なにがしかの言語で、話し、考え、書いている。言うまでもなく、人間存在にとって言語は、必要不可欠である。言語は、個人にさまざま種類の活動を可能にする。一見、言語に関係ないと思われる人間の活動も、ひそかに、深く言語に支配されている。言語活動は、私たちの活動の、血液であり、心臓である。

不幸なことに、私たちは言語によって分断されている。多言語の人間がいくつかの言語をほこらしげに話したとしても、すべての言語に堪能ではありえない。地球上にいくつの言語が存在するのだろうか。正確な数を私は知らない。言語が多ければ多いほど、言語の壁は増殖し、私たちを分断する。

全人類史において、誰が言語の壁を乗り越える方法を発見しただろうか。高度な翻訳は、言語の壁を跳び越えることができただろうか。翻訳はほとんど完璧であっても、事実はそれほど単純ではない。翻訳に完璧はない。

十年以上前、私はこの言語のジレンマについての俳句を作り、一冊のインドの本に掲載した。

涙は赤く血は黒くとも言語は檻

Red tears

black blood
our language is a cage

『ハイブリッド天国／Hybrid Paradise』（Cyberwit.net, 2010）

この二言語の俳句は、いくつかの暗示を与える。三行目の「言語は檻／our language is a cage」は、二〇〇〇年の世界俳句協会創立後の諸経験に由来がある。創立後の翌年、世界俳句協会の使命の第四項は、次のように公式化された。

英語を現在の国際的言語として使うことを認めながら、俳句を世界で共有するようううながすために、すべての言語での俳句創作と俳句翻訳の実践を促進すること。

このような項目は、奇妙な英語の「檻」を私たちに示している。「現在の国際的言語」とは何だろうか。いかなる「現在の国際的言語」も、普遍的でも永遠でもない。ただ一時的ではかないものだ。しかしながら、その使用が「認められ」、強要された。

今日、最も優勢な言語のひとつは、たしかに英語である。より正確に言えば、「英語」にはさまざまな種類がある。その上、他の国際的言語を私たちは知っている。スペイン語、ロシア語、フランス語、アラビア語など。いまの時代と世界で、英語の有用性を否定しようとしているのではない。本協会の共同創立者であるアメリカ人によって書かれたこの項目に、思い上がりと認識不足を私は見つける。おそらく、この思い上がりと認識不足は、第二次世界大戦後のアメリカ合衆国の軍事的政治的経済的優勢とともに、二十一世紀はじめから推進されてきたグローバル化の結果である。皆さんもご承知のとおり、いかなる詩も、その名に値するものは、この世界における一時的優勢さから逃れなければならない。

私の俳句に話を戻せば、この一句の最初の二句節（英語では最初の二行）「涙は赤く／血は黒くとも（Red tears／black blood）」は、戦後の状況的な諸条件を超えて、もっと本質的な何かを言っている。

第一句節「涙は赤く」（Red tears）は、日本語表現「血涙」に基づいている。八〇六年に白楽天（七七二〜八四六）が作った長編詩「長恨歌」に起源を持つ表現である。英語では「bitter tears」（苦い涙）を意味する。この俳句の英語表現は、実にうまく日本語から翻訳された。いや、それを超越して、この英語表現は、日本語原句より詩的であり、より原初的である。それはなぜかと言えば、二つの基本的単語「赤い」（red）と「涙」（tears）が、何の説明もなく、驚きを発すべく横並びにされているからである。これは翻訳の奇跡だろう。第二句節「血は黒くとも」（black blood）も同様である。先ほど述べたことに反して、すぐれた翻訳は、少なくともある時は、言語の壁を超えることができ、奇跡を起こす。

言うまでもなく、俳句と呼ばれる短詩では、各単語の重要性が増す。二十一世紀に書かれた俳句で、最も印象に残るものの一つは、ブルガリアの女性詩人アレクサンドラ・イヴォイロワの手になる。

Pain.

In it
the infinity

痛み／そのなかに／無限　　　　　『世界俳句二〇〇五　第一号』（西田書店、二〇〇四年）

この俳句はたった五単語だけでできている。しかし、その暗示性はほとんど無限である。第一行を占拠する「痛み」（pain）という単語は、無制限に焦点が当てられ、強調されている。この俳句の短さは、より長い詩で言えることを超えている。

別の言い方をすれば、このような短さは、沈黙に隣接している。沈黙は、人間の知恵をしのいで、果てしなく、限りなく、そして豊かである。だから、俳句は最も本質的な短詩なのである。退屈にもなりうる、簡単に作れる短いことばの集まりになる危険性を招きながらも。

すでに触れた私の俳句とアレクサンドラ・イヴォイロワの俳句は、俳句詩の新しい段階を例証している。両方とも、季語から自由である。ほとんどの日本人はいまだに季語を絶対的な必要条件とみなし、海外の俳句詩人は、その必要性に迷っている。俳句創作が、あらゆる言語、あらゆる気候で、可能で将来性があるならば、この短詩にとっての基準となる気候や季節は存在しない。あれこれの大陸、国、地域において、すべての季節は、相対的で多様である。たとえば、ネパールでは六季節ある。二〇〇〇年、アメリカ合衆国のイリノイ州で、私は一日のうちに四つの季節を体験した。二〇一六年七月、第二回モロッコ俳句セミナーの全参加者は、極度の暑さに耐えた。多様性に満ちた地球には、季節についての共通基準はない。俳句詩人は、季語を使ってよいのだけれども、同時にその相対性に気づかねばならない。
今度は、俳句の詩形について述べなければならない。私とアメリカの翻訳家エリック・セランドは、世界で一番有名な俳句の新しい英訳を作った。

古池や蛙《かはず》飛びこむ水の音
松尾芭蕉（一六四四〜一六九四）

Old pond—
only a water sound
as a frog jumps in
Basho Matsuo (1644-1694)

優に百以上のこの俳句の英訳が生まれ、多数の単行本や雑誌に印刷され、無数のホームページにアップロードされている。英語以外の言語への翻訳を数え上げることは不可能である。少なくとも、この翻訳は、最もよく知られた俳句の最高の英訳のひとつだろう。日本語の原典では、五・七・五音。この英訳では、二・六・五音節。この二つのバージョンの違いは何だろうか。一方がすぐれているのだろうか。もう一方が劣っているのだろうか。誰が思い切って判断するのだろうか。

固定された音節の数は、世界的な俳句創作では重要ではないが、定型は創作から排除されるべきではない。どのような言語での定型も、創作の豊かな多様性の一要素である。したがって、俳句という詩の諸形式の新しい多様性に、私たちは直面しているのである。

ポルトガルの代表的詩人によってたくみに作られた俳句一句を取り上げてみよう。

eis o paraíso
quando nossos corpos cantam
a mesma canção

カジミーロ・ド・ブリトー『MEMÓRIA DO PARAÍSO（天国の思い出）』（Editora Licorne, Central Africa, 2018）

ズラトカ・ティメノヴァによる仏訳と私による和訳は、国際俳句季刊誌「吟遊」第八二号（吟遊社、二〇一九年四月）に掲載された。

voilà le paradis
quand nos corps chantent
le même chant

ここに天国／われらのからだ／同じ歌うたうとき

ポルトガル語、フランス語、日本語での同じ俳句は、別々の形式と音楽性をしめしているが、いずれも三行もしくは三句節を維持している。「三」という数が、多様な世界的俳句創作にとって、最も重要である。

簡潔に言えば、一要素は、ただ単独で存在し、働く。二要素は、複数の始まりで、ペアもしくは関係を形成するのに取りかかるが、相互に牽制する。三要素は、関係を相互接続させ、一つの宇宙を構成する。俳句を作っているとき、ときどき私は、三要素からなることばの星雲を生み出している錯覚を感じる。

俳句の多様性とその本質的で、根源的な性質がゆえに、私はあらゆる言語による俳句創作を信じる。

見えない戦争と俳句

世界に前代未聞の混乱をもたらしたパンデミックとは何だろうか。昨年の新型コロナウイルスについて多くが学ばれてきたが、誰も確信をもってその最深部の真相を知らない。悲惨な伝染病感染を引き起こし、駆り立て続けているのは、COVID-19だと言われている。そうかもしれない。けれども、このウイルスは、変異し、それ自身の遺伝子を変化させているので、このパンデミックの不変の原因は存在しない。それにもかかわらず、この広大な災厄はいま世界中に拡がっている。

網あまねく広げられ／捕まった蝙蝠たち／フライパンで料理

ベトナムの俳句詩人ディン・ニャット・ハインは、中国の蝙蝠がCOVID-19の中心的な原因と考えている。彼は正しいだろうか。正しいかもしれない。現在、多数の国々で、蝙蝠は悪と病気の象徴である。これとは反対に、蝙蝠は中国語で「蝙蝠」と書き、その二番目の文字「蝠」は、皮肉にも幸福を意味する「福」と同じく発音される。ウイルスに感染したものをも含んだ生き物にとって、拡大は幸福。ディンの俳句は、COVID-19の増殖を賛美しているのか。「フライパンで料理」された蝙蝠は、私たちに生命力を与えるのだろうか。現在、私たちは問題と混乱に満ちた現実に直面している。

闇の銅像のように／無人の街なかで見る／記憶が去ってゆく

ロンドンに住むイラクの代表的詩人、アブドゥルカリーム・カシッドは、パンデミックによって起きた都市の空白を指摘する。なぜ街はからっぽで無人なのか。たった一つのウイルスは感染流行を引き起こすにはちっぽけすぎる。他方、簡単にかつ急速に増えるウイルスは、極度に厄介だ。密集した人々はこのウイルスの繁殖を許す。そもそも、都市は住人の密集と接近によって成立している。通常の都市生活がウイルス生育の源となる。密集の正反対の空白は、都市からその固有の特徴を奪い去る。カシッドは自分の時間の失われた濃密さのなかに、濃密な記憶を掘り出している。
このパンデミックの期間中、「ソーシャル・ディスタンス」ということばが数限りなく言及された。これは世界的な常套句である。

空気が悪くなるCOVID-19ここにいる／ソーシャルディスタンス実践
カルネッシュ・アグラワル（インド）

春の朝蜜蜂の群れソーシャル・ディスタンス
ティム・ガーディナー（英国）

恐ろしい夢／私のまわりにたくさんの異邦人／距離を保たず
ナデイダ・コスタディノヴァ（ブルガリア）

コロナの時期ソーシャルディスタンス保たれ孤独が友
クリシュナ・バジガイ（ネパール＊英国）

クリシュナ・バジガイが俳句で言うように、都市の密集のさなかの強制されたソーシャル・ディスタンスは、各都市民に孤独を生み出す。一人の個人が他の個人にとって不可触となる。いかなる社会もソーシャル・ディスタンスによって深く分断される。
このパンデミック期間に、マスクは日常生活で最も重要である。マスクなしの人は、常識はずれの人間である。

マスクを二つ／そいつは誰だ／コロナレンジャー
ニール・ホイットマン（米国）

マスクせぬ男はきっと帰還兵
石倉秀樹（日本）

気を付けろ！／マスクした／スカラベが来る
ジャン・アントニーニ（フランス）

マスクした風は垂直の海に吹く
古田嘉彦（日本）

マスクの群れ／疑い深いまなざし／交差する

人はマスクを盾とし雀は朝のおしゃべり
アレクサンドラ・イヴォイロワ（ブルガリア）
夏石番矢（日本）

マスク付きの日常生活は、本質的に異常であり、慣れた期待を転倒させる。マスクにおおわれた人間の顔は、個人の孤独と社会の分断をよく表わしている。人間間のいかなる関係も、痛々しく破壊された。

何が問題だろうか。何が原因だろうか。誰が敵なのか。誰も本当の状況を認識できない。ほとんどの人類は、見えない敵と戦っている。

この戦争のようなパンデミック期にさえ、詩人は俳句に美しいイメージを生じさせることができる。

わらべうた／身近な窓から／今聞く
アブドゥルカリーム・カシッド（イラク＊英国）

オンライン会議声はときどき音符になる
夏石番矢（日本）

「わらべうた」、そして「音符」は、妄想好きな夢見る人から湧き出たのではない。俳句詩人は、広大で見えない敵との戦争期間中でも、秘められた希望につながる凝縮された言語によるイメージを創造できるのである。

注：引用句はいずれも『世界俳句二〇二一　第一七号』（吟遊社、二〇二一年）より

II

言語・国境・ジャンルを超える視座

評論・エッセイ　二〇〇四〜二〇二三

身体のゲリラ
――金子兜太の句業

1　奇怪な巨岩

金子兜太という俳人は、私にとって、近くて遠い俳人だ。いや、遠くて近い俳人と言ってもいいかもしれない。中学時代にこの俳人の名を知り、その作品がいくつも私の愛唱句になっているにもかかわらず、その全体像をとらえようとすると、するりと逃げてしまう。と言うよりは、私の小さな手には収まりきらない巨大さや幅広さ、あるいは奇怪さが、金子兜太の最大の特徴である。

金子兜太を何に例えればいいだろうか。これも難問だ。考えあぐんだすえ、数年前、ヨーロッパの最果てで見た岩を思い出し、金子兜太に一番似ているとの結論に達した。

フランス北西部のブルターニュ地方、ここには古代ローマ以前のケルト文化が色濃く残っている。私は一九九〇年代の後半、この地にひかれて何度も訪れた。なかでも、大西洋に突き出しているヴァン岬は、忘れられない場所の一つ。花崗岩でできた岬と荒波が、一年中格闘している。高い台地をなしているヴァン岬の突端付近に、面白い巨岩があった。波打ち際から少し急斜面を登ったところの、ある角度から見ると巨人のかたちに見え、別の角度から見ると蛙のような恰好をした、ひびだらけででこぼこの巨岩である。この岩は、はじめて見たにもかかわらず、どこかなつかしく、私は強風の小道に立ち止まって、しばらく眺めていた。この岩の裏には大西洋、こちら側はヒースとハリエニシダが岩間に茂る荒地。青空には大きな入道雲。

そう言えば、金子兜太も本州最南端の鹿児島で、

溶岩《らば》につづく緑野莫大なこの阻害　『金子兜太句集』（風発行所、一九六一年）

と詠んでいた。最北端の下北半島では、

最果ての赤鼻の赤魔羅の岩群《いわむれ》　『蜿蜿』（三青社、一九六八年）

と、奇怪な光景を、これまた奇怪な異体の俳句に詠んでいるではないか。むろん、奇怪な巨岩は金子兜太自身でもある。このような奇怪な巨岩、どこか日本離れした巨岩としての金子兜太を、ここでは、一つの視点から、読み解いてみることにしよう。

2　岩としての身体

金子兜太の句業全体が、大西洋沿岸の巨岩によく似ているとしても、そこには生身のからだを持つ人間が作った痕跡がはっきりと残されている。たとえば、自己のからだをも含めた人間の身

体を、一句の中核とする俳句が、金子兜太の初期から現在にいたるまでの句集に頻繁に出現している。

機銃音寒天にわが口中に　　『少年』（風発行所、一九五五年）

この第一句集の冒頭近くに登場する俳句で注目しておきたいのは、「わが口中」という表現が、けっして自己の肉体の喜びにつながっていないことである。第二次世界大戦中の閉塞感そのものを受けとめる、敏感な受信装置となっている。

蟻つぶす狂者不満の顔うつむけ　　『少年』
かんな燃え赤裸狂人斑点《しみ》あまた　　〃
噴水涸れ学生の顔頑なに　　〃
吾が顔の憎しや蝌蚪の水にかゞみ　　〃

同じ句集に収められたこれらの俳句の、「狂者」や「狂人」は、傍観すべき赤の他人としては描かれていない。むしろ戦時下の社会に同化できない、あぶれ者や疎外された者としての自己の暗喩として読むことができるだろう。「蟻つぶす」という子供じみた行為しかできない「狂者」は、「不満」の塊である金子兜太の自己そのものの姿である。その「顔」が鬱屈して「うつむ」いている。あるいは、あかはだかになった「狂人」は、顔のみならず、からだ全体が醜い「斑《し》点《み》」におおわれている。なぜこれらの俳句で、身体の負の要素が強調されているのだろうか。また、右の第三句の「学生の顔」や第四句の「吾が顔」への嫌悪感は、思春期や青年期にありがちな発達し始めた自意識から生じる自己嫌悪にとどまらず、それ以上の心性を暗示しているようだ。

私がここで確認しようとしているのは、戦時下の鬱屈や憤懣を、金子兜太が初期作品で表現したことではない。それは同世代の文学者とくらべてみても、それほど珍しいことがらではない。当事の検閲に引っかからないよう留意する注意は必要ながら、とても自然な表現行為であった。金子兜太が戦時下の鬱屈や憤懣を、身体表現に託して表現したことが、金子兜太という特異な俳人の、表現方法の根幹を形成してゆく重要な契機となったことをここで押さえておきたいのである。

それは、次に引用する句集『少年』の「後記」にある、金子兜太の特異な自己規定「感受性の化物」とは何かを理解することにもつながる。

> 僕の青春時代はいわゆる戦時下の青春という奇妙に印象的なものであつたが、多くの友人達が暗黒の支配に抗して、或いは捕えられ、或いは自殺し、また一方では無概念な民族的情熱に駆られて熱狂していたなかで、僕は茫然たる不快と反撥以上には何もなく、一種の感受性の化物として、その日その日を流していたわけだつた。

左翼思想であろうと右翼思想であろうと既成概念を信じずに、「感受性の化物」となることは、決して金子兜太にとって愉快な行為ではなかったはずだ。けれども、既成の先入観なしに、自己を含めた人間を、その身体のありさまから、自分の感性を駆使してとらえてゆくことは、転変激しい時代の変化を超越した俳句表現方法を、金子兜太にもたらしたのかもしれない。これは少し急ぎすぎた推論だ。いまはさらに初期作品を見つめておこう。

霧の夜のわが身に近く馬歩む　『少年』
残る身に飛雪のバス揺れ激し　〃
青栗が落ちているなり親指《おゆび》冷ゆ　〃
曼珠沙華どれも腹出し秩父の子　〃
農夫の胸曇天の肉をつみ重ね　〃
首細き子がみる旱の貨車の群　〃
過去はなし秋の砂中に蹠埋め　〃
靴に充つる冬の足指ひとりの兵　〃

たとえば、画家にとっては基礎的なデッサンのような俳句と言えるかもしれないが、これらの俳句には、即物表現にありがちな冷たさを逃れた味わいがある。フランスから戦後の日本に移入され、流行した実存主義文学の手法を、すでに戦時下の金子兜太が直観的につかみとっていたとも考えられる。それはともかく、人間を安易に美化せず、その基本とも言うべき身体の様相から本質に迫ろうとする金子兜太の俳句方法が、すでに初期作品に芽生えている。とくに初期の秀句の一つである「曼珠沙華」俳句は、戦時下の貧しい農村の子供たちを活写している。粗末な衣服を無頓着に着て、ズボンとシャツのあいだから「腹」を見せている幼児らは、そのむき出しの「腹」によって、庶民的生活の現在のありさまのみならず、貧しい村落の来歴をも端的に表現している。と同時に、素朴で無防備な善良さが、かれらの精神的基調であることも暗示している。

金子兜太にとって、人間を身体の様相から、感性でとらえることは、観念や思想からの退却を意味したが、砦に籠城して防戦するように、身体描写に徹底すると、そこからの前進が見込まれないとしても、それ以上の退却や退廃を避けることにつながった。

いや、敗戦以前の初期作品のころは、「過去はなし」の句が語るように、過去を捨て、かと言って明るい未来もない、現在ただいまの確認が、身体描写によってなしとげられた。そのことが、金子兜太という人間を、人間であることに、そして人間とともにいることにつなぎとめていた。

3　陽転する身体

金子兜太がもしも、南太平洋のトラック島ではなく、旧満州などの寒い地域に派兵されていたなら、その戦後の句作は、かなり違ったものになっていただろう。あるいは句作を断念したかもしれない。金子兜太が、トラック島で、裸に近い服装で生活している人々と接触があったことが、戦後の金子兜太の句作を、よりいっそう陽気でエネルギッシュなものにしたと、私は推測している。たとえ現地でいかに悲惨で酷烈な体験をしようとも。

自己が退却しないですむ砦としての身体描写において、トラック島民を、たとえ「土人」という今日では差別用語とされる単語で言い表わしたとしても、当時の社会的バイアスのかかった色眼鏡をはずして見ることを可能にした。

土人の足みな扁平に蟹紅し　『少年』
マンゴーの杜四肢長き土人の子　〃
暁の色しみいる黒き肌の群
未刊句集『生長』（『金子兜太全句集』所収、立風書房、一九七五年）

裸であることは、貧しい未開ではない。むしろ文明の束縛からの解放を意味する。素朴な生活は、それぞれの瞬間に原初的な重みと喜びを与える。

誕生日飯食い始む星座の前　『少年』
暁のスコール飯食う膝に飛沫きつつ　『生長』

このトラック島での食事風景を詠んだ二句も、殺伐とした人工的環境に閉じ込められた文明生活では味わえない、原始的で動物的な快感を謳歌している。
あまりに材料が少ないので、断定はできないが、既成の観念や思想から遠ざかった金子兜太は、日本を遠く離れた南洋の島で、別の世界を知った。別の生活を知った。別の身体を知った。このことが、虚飾を去った奔放な南方的生き方への志向を強めたのではないか。

舌は帆柱のけぞる吾子と夕陽をゆく　『少年』

これは戦後日本での一句だが、トラック島民の生活のワンシーンと言っても十分通用するだろう。陽気で南方的な生き方を、金子兜太は戦後日本で追い求めようとしたようにさえ思われる。

縄とびの純潔の額を組織すべし　『少年』
暗闇の下山くちびるをぶ厚くし　〃
夜の果実喉で吸う日本列島若し　〃
まら振り洗う裸海上労働済む　〃
髪に陰《ほと》に塵《ごみ》つけ晩夏の運河の子　〃
漁場の友と頭ぶつけて霧夜酔う　〃
子はゴムの樹が好き父は鼻毛むしり　〃

これら一九五〇年代の作品には、南方的な陽気さが満ち溢れている。戦後日本の解放感と金子兜太の直前の記憶である南洋生活が、人間の身体を表現する俳句のなかで、すんなりと快活に結び付いたのである。さらには、戦後、妻を娶り、一子を得た家庭生活の活気も、加わっている。

4　躍動する身体

さらに金子兜太の身体表現は、一九五〇年代から六〇年代はじめへと続く。いわゆる前衛俳句の時期の、最も実験的な書き方を模索していた時期の俳句に、人間の身体が、変化に富んだアクセントを付けられ、さまざまな角度から照明を当てられて登場しているのである。このことは、金子兜太にとって、俳句の新しい作り方という方法と、詠まれる対象としての身体が、両方とも同時に必要不可欠であったことを意味している。

車窓より拳現われ旱魃田　『金子兜太句集』
どどと裸かの学生熱して寒夜をとぶ　〃
軽快に黄色い朝の尿を残す　〃
手が長くだるし赤茶けた製鋼煙　〃
摩羅おどらせ君等は駈ける朝の干潟　〃
華麗な墓原女陰あらわに村眠り　〃
白い漁港に生々と垂るぼく等の四肢　〃
男根も魚も汚れて使徒の子孫　〃
顔にちらばる豹斑の陽に揉まれる刻《とき》　〃
海にでて眠る書物とかがやく指　〃

強い怒りを表わす「拳」。青年の放埓を示す「裸」。健康のしるしの「黄色い尿」。疲労のあまりに「長く」なったと感じられる「手」。必ずしも陽気さの指標ではない身体の部分部分ながら、その躍動のさなかで、荒々しく生き生きととらえられている。

「華麗な墓原」は、長崎で詠まれた一句。それほど豊かな暮らしを営んでいるわけではない集落で、立派な石材（花崗岩だろう）で作られたうえ、墓石に彫り込まれた文字には金箔が貼られている。墓地では、それら「華麗な」墓碑が林立している。もう一方の生者が暮らす家々では、女は女性器をためらいなく露出して無防備に眠り込んでいる。金子兜太は、こういう現実を大胆に赤裸々に詠み込んだ。奇麗事の自然詠では決してとらえられない現実把握が、「女陰」という性器を核になしとげられた。「女陰」と「墓」の深い類似が、この俳句を単なる珍奇さにとどまらせず、普遍性の厚みを帯びるにいたらせている。生者にとっての、この世の入口である「女陰」。死者にとっての、あの世への入口である「墓」。沖縄の亀甲墓は、まさしく女性器をかたどっている。

一度だけ訪れたコルシカ島で、ちょっとした家ぐらいの大きさの、美しい墓を見たことを、私はこの俳句から連想する。生者の家に劣らない立派な墓を造営する文化は、洋の東西を問わず存在するのである。

これらの俳句のうち、とりわけ最後の「海にでて」は、過不足のない、均整のとれた名句。実際に金子兜太は読書家であるが、戦時下以来、知識のもろさを熟知している。海上の船で、潮風に吹かれ、陽光に照らされて、それ自身の輝きを放つ「指」は、金子兜太の身体中心の俳句表現の象徴でもあろうか。この句は私の二十代の愛唱句だった。
次の一九六〇年代の俳句では、どうだろうか。前衛俳句の闘将と呼ばれていた時期の作品である。

打音のビル耳にみどりの昆虫いて　『蜿蜿』
どれも口美し晩夏のジャズ一団　〃
沼が随所に髭を剃らねば眼が冴えて　〃
屋上バレーの手挙がる超高空の空　〃
手を挙げ会う雲美しき津軽の友　〃
乳房掠める北から流れてきた鰯　〃
蝌蚪つまむ指頭の力愛に似て　〃
赤い街脇毛も赤く裸の葬　〃
鴉に襲われ馬喰《ばくろう》青年の細眼　〃
月夜の仲間なまこのかたちの足で逃げる　〃
人体冷えて東北白い花盛り　〃

あるときは「髭を剃らねば眼が冴え」る生臭さを表わす人体、あるときは「手を挙げ」て快活な人体、またあるときは「鴉に襲われ」「細眼」になる恐怖に陥る人体。どれも、さまざまな人体の様相を、くっきりととらえた俳句作品である。「耳にみどりの昆虫」を感じる金子兜太の感受性には、特異な繊細さが見られる。これらのなかで、とくに傑出しているのは、「どれも口美し」の俳句と「人体冷えて」の一句である。

前者の「ジャズ一団」は、「口」をクローズアップされ、若々しい生動が強調されている。後者の東北地方の「人体」は、その全体が寒冷な風土という環境に包み込まれて把握されている。

ここでとくに注目したいのは、後者。これまでにない要素が出現しているからである。東北地方という必ずしも恵まれていない地方で生き抜く人々の来歴を、「人体」によって暗示している。ここに、中年期に入って獲得した金子兜太のやや苦い認識が見られるだろう。みちのくの人々が抱く運命愛を自作の一句で受け止めることによって、金子兜太が自らの人生への運命愛を表出しているのではないだろうか。青年期・壮年期という人生の前半期から、中年期という後半期への移行を告げる一句ではないだろうか。これ以降の金子兜太の句作において、人体表現は、実際のところ、かなり変貌してゆくのである。

5　動物という身体

後半生の人体表現へと目を移すまえに、別の角度から、金子兜太の句業を眺めておきたい。それは、動物を詠んだ俳句である。金子兜太に特徴的なのは、人体俳句と並んで、動物俳句が多いことである。まずは初期作品を押さえておこう。

花粉まみれの蜜蜂とび交いひもじけれ　　　『少年』

蛾のまなこ赤光なれば海を恋う　〃
緑蔭に星のごとくに蝶いたり　〃
なめくじり寂光を負い鶏のそば　〃
愛欲るや黄の朝焼に犬佇てり　〃
牛憂う九月の河へ尻を向け　〃

これらは、トラック島への出征以前の作品である。のちの俳句のような激しさは見られないが、戦時下の人間よりずっと自由な生物として、それぞれの動物が描かれている。自分も含めた人間たちが飢餓に苦しむとき「花粉まみれ」の活発さを示す「蜜蜂」。自らの欲求を目に露出する「蛾」。小さななめくじさえ、自分の存在感を「寂光」によって鮮明にうち出している。これらは、実のところ金子兜太の分身だろう。

南太平洋のトラック島での作、

犬は海を少年はマンゴーの森を見る　『少年』

は、犬と少年との同格の親愛を詠んでいる。自由で生き生きとした存在としての動物が、金子兜太の初期俳句のなかで成長しつつあったのを確認できた。

帰国をへて、戦後日本での動物俳句には、次のようなものがある。

銀行員に早春の馬唾充つ歯　『少年』
コップかざす夕焼の馬来る空へ　〃
秋暑にてめんめんと牛が馬が躍る　〃
黒牛遊ばせ青年磧をめぐり歩く　〃
汚れ犬遠くに駈けて光る犬　〃
蛇黒く住みつく家の梅酒に酔う　『金子兜太句集』
青年鹿を愛せり嵐の斜面にて　〃
晴天の日の騒鬱な赤い馬　〃
放牧の痴情の牛と澄んだ南空《みなみ》　〃
わが湖《うみ》あり日蔭真暗な虎があり　〃

人間よりも、より正直により直接的に欲望や喜怒哀楽を表わす動物は、金子兜太の俳句表現の中軸である人体のすぐ横に位置している。作者金子兜太の肉体が若く健康であるあいだは、人体俳句が動物俳句をリードしていた。それにもかかわらず、「青年鹿を」の句や「わが湖《うみ》あり」の句のような動物俳句の秀作が生み出されている。

とりわけ、「わが湖《うみ》あり」は、映像が鮮烈であり、暗示の密度が濃い。あまり人の踏み込まない密林の奥に広がる湖。きっと透明で静謐だろう。そのかたわらに茂みがあり、その蔭に猛々しい虎が潜んでいる。これは想像力の産物である心象風景だが、金子兜太という人間の根幹に存在する、二つの対照的な志向が刷り込まれている。「湖《うみ》」に象徴される、清浄で静かなものへのあこがれ。そして、「虎」に象徴される、獰猛で奔放なものへのあこがれ。
金子兜太の動物俳句が人体俳句を圧倒する表現力を持ち始めるのは、四十代後半以降である。

風圧のわれよ木よ海に鱶の交《こう》　『蜿蜿』
白鳥来てホテル一室の灯を壊す　〃
涙なし蝶かんかんと触れ合いて　『暗緑地誌』
一飛鳥蒼天に入り壊《こわ》れたり　〃
犬一猫二われら三人被爆せず　〃
谷に鯉もみ合う夜の歓喜かな　〃

「涙なし」の句の、「蝶」による心象風景は、すぐれているが、まだ序の口の段階。「赤い犀――野卑について――」連作で、金子兜太の動物俳句は、新境地を展開する。そのいくつかを抜き出そう。

赤い犀鼻はもっとも赤からず　『暗緑地誌』
赤い犀草食ばかりで被害面《づら》　〃
秋の湖一とこ凹ませ赤い犀　〃
湖畔掘る赤い犀ときに銭《ぜに》の音　〃
赤い犀車に乗ればはみだす角　〃

これはたぶん、「赤い犀」に託した、具体的な人物風刺だろう。ある俳人を茶化した作とも言われている（私は、高柳重信から石原八束がモデルと聞いたが、真偽不明）。この滑稽な「犀」の実際のモデルを知らなくても、十二分に楽しめる俳句である。「野卑」が副題に明示されているように、滑稽さ、それもどこか間の抜けた狡猾さが、「赤い犀」に体現されている。同じ句集には、野生を体現した「白馬」（「狼毛山河」連作）の秀句も収められている。

山上の白馬暁闇の虚妄　　『暗緑地誌』
山上奔馬空の残影冴えるかな　　〃

中年期の動物俳句は、野性的エネルギーを秘めつつ、かげりを帯びていた。これは、中年期の金子兜太の心境の反映であろう。
このののち、おおらかな説話や童話の主人公のような動物を詠んだ俳句も、金子兜太は詠んでいる。

あおい熊チャペルの朝は乱打乱打　　『早春展墓』（湯川書房、一九七四年）
あおい熊冷えた海には人の唄　　〃
骨の鮭アイヌ三人水わたる　　〃
骨の鮭鴉もダケカンバも骨だ　　〃

北海道という日本の最北端の風土の清新さや、アイヌのアニミズムに触発されての、動物俳句である。
動物俳句は、ときには野性を、ときには純真さを、ときには童話性や説話性を示しながら、老年期の金子兜太から紡ぎ出されている。

高原晩夏肉体はこぶ蝮とおれ　『旅次抄録』（構造社、一九七七年）
山蔭に野猫躍るよみな笑うよ　〃
梅咲いて庭中に青鮫が来ている　『遊牧集』（蒼土舎、一九八一年）
正夢の手長猿いるなにもいわぬ　〃
去つてしまつた猪どもの火の顔　〃
猪がきて空気を食べる春の峠　〃
犬の睾丸ぶらぶらとつやつやと金木犀　『皆之』（立風書房、一九八六年）
冬眠の蝮のほかは寝息なし　〃
樹下の犀疾走も衝突も御免だ　『両神』（立風書房、一九九五年）
おおかみに螢が一つ付いていた　『東国抄』（花神社、二〇〇一年）

とくに最後の「おおかみ」一句は、角のとれた柔和さが基調となり、勇猛さと神秘性が混合した民話的世界を指し示す秀句である。

6　人体の俳諧

四十代終わりからの金子兜太の俳句において、人体がどのように変貌してゆくかが、今回の論考で最後に残された作業である。まず指摘できるのは、その数がぐっと減ってきたことである。とは言え、人体は金子兜太の一生涯にわたる主要テーマであることに変わりはない。そのいくつかを引いてみよう。

二十のテレビにスタートダッシュの黒人ばかり　『暗緑地誌』
火山一つわれの性器も底鳴りて　〃
暗《あん》みちて腸《はらわた》ふかく美童ひとつ　『早春展墓』
峠二つ眼はうるみたり山の婆　〃
ホテル出る白頭ひとつ霧の海　未刊行句集『狡童』（『金子兜太全句集』所収）
肛門の毛まで描く老ピカソ東に月　『遊牧集』
中秋や魔羅立ちかねて焦るなり　『皆之』
沢蟹に白頭映す秩父かな　〃
生生しく生生しくと禿げにけり　『両神』
長生きの朧のなかの眼玉かな　〃
臍に陽を当て目指す長寿や春日遅遅　『東国抄』

禿頭に尿おとしけり嫁が君　〃

これらの老境の作品のなかで、「二十のテレビ」一句は例外的であり、「黒人」の短距離走者の力みなぎるスピード感をリズム面でもシャープに表現している。

また、「暗《あん》みちて」の俳句も異色作で、金子兜太は、美少年への同性愛的性向を、妖美な雰囲気を濃厚に漂わせながら表明している。こういう意外な作が突然噴出するところが、金子兜太の魅力でもある。

そのほかの人体俳句ではいずれも、老年の悲哀がユーモラスにうたわれている。みずからの男性器の衰えや白髪頭やはげ頭を、老いのあらわれと素直に受けとめ、悲しみながらも受け入れ、その諦めからユーモアへと転換している。さらには、いっそうの「長寿」への意欲をも詠み込んでいる。

7　身体のゲリラ

このように金子兜太を見てきて、この俳人を「身体のゲリラ」と呼んでみたくなった。既成のイデオロギーを信じず、鋭敏な感受性を宿す自分の身体を根拠にして、本来はそれほどの破壊力を持たないと思われてきた俳句という小さいが鋭い武器を自在に使いこなして、前線を突破してゆくゲリラ的単独者俳人。このゲリラ的に奔放な俳人は、ときには予想外の奇怪さや新奇さも帯びる、独自の幅広く変化に富んだ世界を、身体俳句や動物俳句を中心に築き上げてきた。これは、日本の詩歌史、文学史において、稀有な業績である。金子兜太の句業によって、それまで狭小で貧血気味だった俳句というジャンルが、より開かれ、より活気に満ちた短詩になりえることが例証されたのである。

注：引用句は、出典句集初版の表記に従った。

肉声と多言語句集
――俳壇二〇〇八年回顧

1　画期的な国際詩祭

二〇〇八年十月三十一日から十一月二日まで、明治大学駿河台キャンパスで開催された東京ポエトリー・フェスティバル二〇〇八を終えた満足感と疲労のさなか、この一文を書いている。

このイベントは、日本を含む世界二十一か国四十一詩人を招いての、日本初の本格的国際詩祭である。アジア、ヨーロッパ、中近東、北米、オセアニアからの二十か国二十人のすぐれた詩人たちに加えて、日本国内からは、短歌・俳句・詩の三分野から第一線の二十一人の書き手が、自作を朗読した。華やかで、しかも親密な雰囲気に包まれた国際詩祭だった。

昨年十一月に立ち上げられた東京ポエトリー・フェスティバル協議会による一年間の地道な努力が、十二分に結実したことになる。これが、二〇〇八年の俳壇のみならず、日本の詩歌全体の最大の成果だろう。

東京ポエトリー・フェスティバル協議会は、夏石を理事長とし、副理事長に八木忠栄、理事に福島泰樹、事務局長に秋尾敏、会計に雲井ひかりと、俳人が中核になりながら、歌人、詩人を網羅する、これまでの日本では実現できなかった生きた組織となった。

全出演詩人の朗読作品は、『東京ポエトリー・フェスティバル二〇〇八アンソロジー』(東京ポエトリー・フェスティバル協議会編、七月堂、二〇〇八年)に、海外詩人は原語と和訳、日本の詩人は日本語と英訳で収録された。さらに、インターネット時代を反映して、全四十一詩人の朗読ビデオが、YouTubeにアップされている。現在、次のURLからアクセスできるので、ぜひお楽しみいただきたい(http://jp.youtube.com/profile?user=9kunisan&view=videos)。

それでは、東京ポエトリー・フェスティバル二〇〇八をとおして、何が新しく明確になったのだろうか。

これまで朗読からは一番関係が薄いと思われてきた俳句が、この先入観を打破して、出演した俳人や詩人によって、かなり個性的で感動的なパフォーマンスを展開できた。

俳句だけを朗読したのは、全四十一詩人中、イタリアのトニ・ピッチーニ、スウェーデンのカイ・ファルクマン、日本の阿部完市、田中陽、馬場駿吉、夏石番矢、鎌倉佐弓ら。自由詩と俳句を朗読したのは、日本の八木忠栄、ポルトガルのカジミーロ・ド・ブリトー、ブルガリアのペータル・チューホフ、オーストラリアのグラント・コールドウェルの四人。一句でも俳句を朗読した詩人は、合計十三人と、全体の約三分の一を占める。

それぞれの俳句朗読の特色を簡潔にまとめておきたい。ピッチーニは直線的な批評精神を、ファルクマンは優雅な観察を、阿部はゆとりある幻想を、田中はぶれのない反戦主張を、馬場は主知的な美的世界を、夏石はユーモラスな越境を、鎌倉は抑揚のある感受性を、八木は余裕あるユーモアを、ド・ブリトーは骨太な詩的認識を、チューホフは日常の不可思議を、コールドウェルは静かな自然凝視を、それぞれの肉声によって、活字以上に表現豊かに朗読した。俳句とは、このように多様で多彩で、内実のあるものだと、自然に納得できる。

虹のむこうに／網はない／わたしの曲芸
トニ・ピッチーニ（イタリア）

蜻蛉の／羽根をとおして／詩を読む
カイ・ファルクマン（スウェーデン）

百銭つかつて風の日はすごしけり
阿部完市（日本）

反戦、あるく黄金虫と夏が
田中　陽（日本）

金獅子の眼下に歌劇場の火事
馬場駿吉（日本）

法王空飛ぶすべての枯れた薔薇のため
夏石番矢（日本）

空見る自由つぶれる自由　蟻に
鎌倉佐弓（日本）

風光る雲のきんたまぶうらぶら
八木忠栄（日本）

世界を変えられず／君がサンダルの／砂を払うを許せ

君は音楽を極端に上げ／瓶を床に落としたが／が、驚いたことに、割れなかった
カジミーロ・ド・ブリトー（ポルトガル）
ペータル・チューホフ（ブルガリア）

静かな木／空／君を動かす
グラント・コールドウェル（オーストラリア）

これに対して、旧来の句会や俳句コンテストなどは、個人の自由な発想を損なう抑圧的で色あせた俳句の催しとなったようである。また、朗読では、単調な定型よりは、それぞれ変化に富んだリズムが生きてくるし、作者の人格もあらわになる。

この国際詩祭をとおして、もう一つ明確になったのは、現代の詩としての俳句に対する、海外詩人の熱い注目と敬愛である。有季定型のなかで、萎縮し衰弱している俳句ではない。

2　多言語句集隆盛へ

悲しいことに、日本国内では、大多数の句集は、日本語だけで、しかも自費出版、葬式饅頭のような配りものに近い。

そういうほとんど読者を持たない句集でも、目を引くものがあったので、紹介しておこう。

北斗七星に達してコンパスを失くした抽象のエスプリ
由良哲次『吾亦紅』（沖積舎）

刃物研いで顔写してみる母の留守
大本義幸『硝子器に春の影みち』（沖積舎）

ちなみに、夏石番矢一人が審査員で、国内外のすぐれた句集やアンソロジーに贈られる吟遊俳句賞は、二〇〇八年度は、八木忠栄句集『身体論』（砂子屋書房）と、アメリカ俳人ジム・ケイシャンの多言語句集『その後ながらく』（アルバリブリ社、イタリア）の受賞となった。

八月が棒立ちのまま焦げてゐる
フン、戦闘終結だつて？　どぜう汁
八木忠栄『身体論』

初恋／彼は彼女の名を／雪に書く
発熱／夢で見る／ありえない色
ジム・ケイシャン『その後ながらく』

八木の句集に見られる、ユーモアや批判精神の価値は俳句発祥国にふさわしく高いが、ジム・ケイシャンの『その後ながらく』は、二つの観点から、その出版に意義が認められる。その一つが、多言語句集であること。収録された俳句は、すべて英語・イタリア語・ドイツ語の三言語。右に抄出したのは、夏石による和訳。

実は、世界では日本語抜きの多言語句集が出版され始め、かなり勢いを持ち始めている。日本の出版社や俳人は、どう対処するつもりだろうか。いつまでも無視はできないはず。

その多言語句集を、イタリアのアルバリブリ社は、これまで四冊出版した。イタリア語と英語のトニ・ピッチーニ『俳句外典』（二〇〇七年初版、二〇〇八年第二版）、イタリア語と英語のリータ・ティーロニ『静寂』（二〇〇七年）、日本語・英語・イタリア語の夏石番矢『地球巡礼』

（二〇〇七年）、そして英語・イタリア語・ドイツ語のジム・ケイシャン『その後ながらく』（二〇〇八年）である。今後もこの句集シリーズは発刊され続ける。

この九月に、私はアルバリブブリ社版『地球巡礼』の朗読イベントのため、トリノ近郊のカシーナ・マコンド、ベルガモ、ミラノ、トリエステを訪れた。いずれも盛況だった。

未完成ピエタはとがり雲の道　　夏石番矢『地球巡礼』

俳句は、ますます海外で受け入れられ、実体のある現代の詩となっている。これに対応できない俳人とは何だろうか。

『地球巡礼』
（イタリア・アルバリブブリ社、
2007年刊）

究極の俳句へ

1　「有季定型」というバブル

日本国内の俳句にあまり興味を持てなくなった。この理由をつらつら考えると、いまだに日本国内の俳句愛好家たちが、「有季定型」という、近代に生まれた窮屈な妄想のなかに閉じ込められているからだろう。

一九八〇年代に角川春樹が登場し、虚勢を張って俳壇を一元的に支配しようとした。同時に、「高浜虚子」という、さして独創性を持たない、近代俳人の一人が、なぜか当時の俳句愛好家の関心の的になった。もう一方で、記憶にも、印象にも残らない俳句らしき書き散らしが量産され、自費出版の句集も量産され、これが「有季定型」という俳句バブルを生んだ。うすっぺらな存在感しかない古新聞が、大量に、奇妙なもの音を立てて、私の目の前を通過していったような気がする。

この俳句バブルは、私の俳句とは無縁である。この俳句バブルには、好意的なまなざしを向けることはできなかったし、私が進む俳句の道とは無縁だった。

2　突出する表現

私が俳句に関心を持ったのは十代のころ。姫路の淳心学院中学・高校時代、同級生が、学研発行の学習雑誌「中二コース」「中三コース」「高一コース」などの俳句欄に投句し、入選していたのがきっかけだったように記憶している。選者として、秋元不死男、中村草田男、金子兜太、飯田龍太などがいた。いま思えば、ずいぶん文学的な学習雑誌だった。

これらの学習雑誌での私の入選作は、ここでは省きたいが、そのころ気がかりだった俳句を一句挙げるとすれば、次の俳句ということになる。

赤き火事哄笑せしが今日黒し　　西東三鬼（『夜の桃』、七洋社、一九四八年）

この俳句の最後の「黒し」を私は理解できず、「馬酔木」に投句を続けていた現代国語担当の福本泰雅（俳号：白泡）教諭に質問しに、職員室にいった。残念ながら、その答えをいまは覚えていない。

この一句のポイントを、火事が冬に多いとか、作られた時代の不安定さなどから言及するよりも、この「黒し」という表現にとくに注目し、そこに表現のすごみがあると言うべきではないだろうか。

「今日暗し」ではなくて、「今日黒し」なのである。今日という日を、真黒な絵の具で塗りつぶしてしまう、そういう突出した、暴力的で、超現実的な表現方法を、すでに俳句は持っており、十代の私に衝撃を与えたのである。

3　未来より

三鬼の句に魅せられて以来、約四十年。高柳重信、八木三日女、金子兜太、安井浩司、阿部完市など、さまざまな先輩俳人から学んだ私の俳句は、いまは何種類もの日本の高校の教科書に掲載されている。最も多く登場するのが、この一句。

未来より滝を吹き割る風来たる
　　夏石番矢『メトロポリティック　Métropolitique』（牧羊社、一九八五年）

この俳句には、英訳、仏訳、ポルトガル語訳などがあり、好評を博している。たとえば、私の海外最初の単行本、『A Future Waterfall: 100 Haiku from the Japanese』（Red Moon Press, USA, 1999 & 2004）のタイトルは日本語で「未来の滝　日本語からの百句」で、この一句に由来する。そして、ここに収録された英訳は、次のような三行になっている。

From the future
a wind arrives

that blows the waterfall apart

日本語、英語ともに、別の持ち味ながら、「未来」あるいは「the future」という異次元が、突然、現在の「滝」あるいは「the waterfall」に介入してくる。もしかすると、三鬼の突出した表現をさらに増幅することができたのかもしれない。

この俳句で、「滝」を夏の季語とし、夏の涼味と関係付けても、一句の核心とはあまり関係ない。

日本語では五・七・五音になっていて、英訳が四・五・八音節になっている違いも、私の追い求める俳句にとっては、あまり意味がない。

英訳の三行目に使われた「blow apart」という動詞は、爆弾による爆破への連想を働かせる。

翻訳されてよりいっそう明確になるのは、俳句がことばの三本の柱によって立てられる宇宙だということである。そして、柱の長さや、太さ、色や、材料が、均質でないほうが、豊かな宇宙を生じさせることができるということである。その豊かな宇宙では、未来も、現在も、過去も、人も、自然も、動植物も踊っている。

私とは無縁な「俳句バブル」では、五・七・五音ののっぺりした、死んだことばが腐った丸太のように並べられるだけで、何も始まらないし、外部から何も訪れはしない。

そう言えば、東京大学学生・大学院生時代に、俳句の教えを乞うた、前衛俳句の雄、高柳重信は、こう説いてくれた。

「夏石君、俳句のことばは足し算ではない。掛け算だよ」

4　ヨーロッパ大陸での転機

一九九六年から一九九八年まで、日本を離れて、フランスで暮らした。勤務先の明治大学が許した在外研究のため。この二年間は、私の俳句に大きな転換をもたらした。アパートを借りたパリという都市よりも、古代ローマよりさらに原始的な文化の痕跡の残る、ブルターニュが、私にさまざまなインスピレーションを与えた。

天へほほえみかける岩より大陸始まる　　夏石番矢『地球巡礼』（立風書房、一九九八年）

これは、大西洋に面した岩だらけの、ブルターニュのとある海岸で着想を得た。奇妙なかたちの花崗岩が、かすかに微笑を天空へと送っている、そういう心の奥底に響く印象から一句を作った。そこから自然に、大陸の誕生神話が私に湧いてきたのである。大陸が生まれるのだから、春夏秋冬が固定化され、明瞭になる以前を、この俳句は表現している。いわゆる無季俳句だが、「無季」は、季語や季節が欠落しているマイナスではなく、季節を超えた世界、あるいはすべての季節を種として内部に含み持っている豊かな世界だとすれば、俳句の新しい発展的成果でなくしてなんであろうか。

この俳句にも英語版がある。同じく『A Future Waterfall: 100 Haiku from the Japanese』に収録されている。

From the boulder
smiling up at heaven
the continent begins

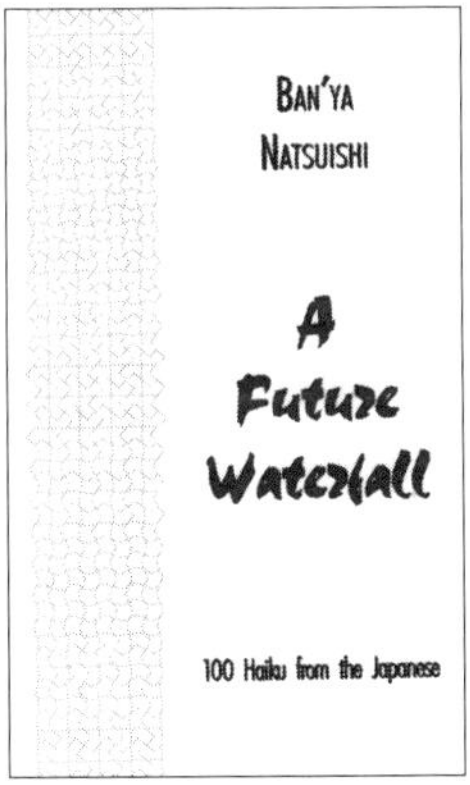

『A Future Waterfall: 100 Haiku from the Japanese』
（アメリカ、1999年刊）

日本語では、「てんへほほえみ」「かけるいわより」「たいりくはじまる」と、七・七・八音。この長い音からなる三本の柱が、息の長い雄大さをかもしだし、広い宇宙を作りあげていると言えば、我田引水になるだろうか。

英語では、四・七・七音節。最後の「begins」（始まる）という動詞が、厳しくおおらかに響く。大陸を誕生させてしまった、そのような俳句はなかっただろうし、詩でもありえなかっただろう。

この俳句では、大陸が生まれる太古が現在として、せり出してきている。これも、突出した表現としての俳句と言ってもいいのではないだろうか。

5　空飛ぶ法王

一九九五年から、海外の俳句イベントや国際詩祭に参加したり、自分が開催するようになった。観光も含めて訪れたのは現在二十九か国。

そういう時間のなかで、二十一世紀の初め、九・一一直後の二〇〇一年秋から、「空飛ぶ法王」連作俳句を書き始めた。

二〇〇八年にはインドのCyberwit.net社と、日本のこおろ社から、日英対訳で句集として出版し、二〇二一年にはイタリア語版も加えた三言語版をCyberwit.net社から出版した。

インターネットのYouTubeにも、作者によるこれらの句の朗読がアップされている。

暗黒や弾より速く空飛ぶ法王

Darkness—
the Pope flies
faster than a bullet

「空飛ぶ法王」は、ローマ法王ヨハネ・パウロ二世（一九二〇〜二〇〇五）の愛称であったが、私は地球上のすべてを目撃し、それに関与できる人物として、俳句に登場させた。

二十一世紀には、インターネット、飛行機などを通じて、私たちは、世界の人々と、意思疎通、誤解、交流、争いを頻繁に経験せざるをえなくなった。

そういう状況のなかで、俳句は、三つのことばの柱からなる宇宙を圧縮し、弾丸のような高速度で、地球上を移動できる短詩となった。その大切な短詩を、私は究極まで追い求めてゆきたい。

世界文化としての俳句

1　『地球巡礼』三言語朗読

日本語、英語、イタリア語の三言語で、俳句朗読の猛練習をした。大阪は通天閣下のライブハウス「残され島」で二〇〇九年四月三日、自由詩の今野和代さんと、朗読セッションを行うため。ここでの、私の俳句朗読は、最新句集『空飛ぶ法王　161俳句／Flying Pope: 161 Haiku』（こおろ社、二〇〇八年）からの作品と、イタリアで出版した『地球巡礼』からの作品。和敬由三郎さんの三味線、中村どんどんさんらのジャズとのコラボレーションもおもしろかった。

ところで、私の句集『地球巡礼』には、三種類ある。まず、一九九八年に、日本の立風書房から出版したもの。次に、二〇〇〇年に、スロヴェニアのアポカリプサ社の出版。三番目が、二〇〇七年に、イタリアのアルバリブリ社から出版したもの。同社の「俳句の世界」シリーズの第三弾。

実際に、朗読をしたのは、アルバリブリ社版『地球巡礼』の最初の二章。立風書房版にはなかった「アニミズムの日本」という巻頭の章には、次の一句が収められている。

島のそこここ命の元が落ちている

Scattered here and there
on the ground of an island
the elements for life

Sparsi qua e là
per un'isola
elementi di vita

宮古島を訪れたときに、陽光あふれるその土地の生命に満ちた豊かさを讃美したくてできた一句。見えないけれども、「命の元」が島のあちらこちらに、ふんだんにばらまかれているように感じられた。

アルバリブブリ社版では、日本語、英語、イタリア語で、一ページをゆったり使って印刷されている。

イタリア語は、まだマスターしていないが、イタリアの俳句友だちトニ・ピッチーニに朗読を録音してもらい、それを聞きながら、自分でも発音をまねてみた。

三言語で朗読してみて、それぞれの言語の特色のようなものに気づいた。たとえば、先ほどの「命の元」の俳句。

しまのそこここ／いのちのもとが／おちている

日本語は全般的におおらか。素朴でゆったりしている。その性質は、ややもすると鈍重になりかねない。

英語の俳句を片仮名で表してみる。

スキャタード　ヒア　アンド　ゼア／オン　ザ　グラウンド　オヴ　アン　ナイランド／ディ　エレメンツ　フォー　ライフ

英語は、アングロサクソン人の性格を反映してか、音が尖っている。強く発音すると、とても攻撃的になる。

イタリア語はどうだろうか。

スパルスィ　クア　エ　ラ／ペル　ウニゾラ／エレメンティ　ディ　ヴィッタ

音の響きは、日本語と英語の中間。イタリア語訳が、かなりすっきりしているので、一語一語に重みがある。

それぞれの言語の優劣を私は主張したいわけではない。それぞれの言語の違いが、この地球上の人類の多様な豊かさにつながっていると、改めて目を開かれる。

この一句を含む「アニミズムの日本」は、立風書房版『地球巡礼』には存在しない。二番目のアポカリプサ社版ではじめて出現した章である。

「地球巡礼」という題は、おおげさかもしれない。世界各国の一部分にすぎない二十九か国を旅してみて、日本の自然環境の豊饒さを再認識し、山川草木に神を見出した古代人のメンタリティーに共感できた。自国だけが尊いとする狭い国粋主義ではなく、日本と世界の多様性を受け入れ、楽しむアニミズムの可能性が、二十一世紀には必要とされているのではないだろうか。こういう思いから生まれた章である。

今回の朗読は、アルバリブリ社版『地球巡礼』第二章「アメリカのむこう」も三言語で行われた。

古いＵＦＯのようなニューヨーク葦原より

From the reed marsh
New York appears
like an old UFO

Come vecchio UFO
appare New York
da un canneto

九・一一以前に二度訪れたニューヨークという巨大都市。摩天楼が林立するこの町も、少し離れた川べりから眺めると、古いまぼろしのように見えた。

アルバリブブリ社版『地球巡礼』には、立風書房版やアポカリプサ社版の誕生よりあとに訪れた都市や国を詠んだ「光の剣、ジェノヴァ」と「マケドニアの道」の章がある。

2　詩を変えた俳句

日本では、短歌、俳句、自由詩という詩歌の主要領域の全般にわたって批評できる人がほとんどいない。個別のジャンルごとの、あくまでも狭い見解が交わされるにとどまっている。

それでは、結局、八世紀の『万葉集』から記録された長い歴史を持つ日本の詩歌の、全体にわたる教養や見識が育たないことになる。悲しむべき現実である。

とくに海外で注目されている俳句について、その本質や新しい展開について言及できる批評家が皆無に近いのは、日本の批評の貧しさを物語る。

それでも、数少ない例外があることは、救いである。その例外的成果が、吉本隆明『詩の力』（新潮文庫、二〇〇九年一月）。もともと、「毎日新聞」の連載記事を集めた毎日新聞社刊の『現代日本の詩歌』（二〇〇三年）を改題して、文庫本化した本。

詩人で、幅広い領域についての評論を書き続けてきた吉本隆明は、「はじめに」という自序で、こう述べる。

小説作品が着飾った盛装姿だとすれば、詩は身体の骨格であり、その身体にやや古風な伝統的衣装をじかに身につけたのが古典詩の世界だと言うべきかもしれない。

日本の詩歌についての、端的で妥当な見取り図が表現されている。「身体の骨格」としての詩は、人間に欠かすことができない存在。

ところが、注意が必要なのは、「やや古風な伝統的衣装」を着た「古典詩」に俳句は入れられるのだろうが、これが翻訳されると、「伝統的衣装」は消えて、より根源的で斬新な「詩」に豹変することである。すべての俳句がそうなるわけではないが、しっかりと書かれた俳句はそうなる。吉本隆明は、これに気づいていないかもしれない。

西洋詩を模倣して生まれた、最も新しい日本の自由詩や散文詩よりも、俳句はずっと根源的で斬新な「詩」となりうる。これが、珍説奇説でないのは、フランス二十世紀の前衛詩人たちがすでに証明している。彼らは、俳句のフランス語訳から、独自の短詩を創作していた。

たとえば、ピカソやアポリネールと親交のあったユダヤ系詩人マックス・ジャコブ（一八七六～一九四四）は、『さいころ筒』（一九一七年）に、無季俳句にも似た、題のない短詩を数多く残している。少し和訳してみよう。

彼女の白い両腕がわが地平線のすべてとなった。

火事は孔雀の開いた尾の上の薔薇。

説明なしのイメージだけの短詩。終わり方が、唐突なのが新鮮。

ダダイスム、シュルレアリスムという前衛文学・芸術運動を推進した詩人ポール・エリュアール（一八九五～一九五二）。この詩人は、「ここに生きるために」（一九二〇年）と題した十一の俳句を書いている。二つを和訳しておこう。

うたう歌に心をこめ／雪を融かす／鳥たちの乳母

ああ、千の炎、一つの火、光／一つの影／太陽が僕を追う

マックス・ジャコブは一行で、ポール・エリュアールは三行で、俳句もしくは俳句に近い短詩を書いた。彼らは書きながら、より根源的で斬新な「詩」の鉱脈を探りあてた。

こういう二十世紀フランスの詩の流れは、例外的な流れではなく、むしろ二十一世紀では、世界の詩の本流となっている。

私はこれまで、スロヴェニア、イタリア、マケドニア、ポルトガル、ニュージーランド、リトアニア、ラトヴィア、エストニア、フィンランドなどの国際詩祭に招かれ、講演したり、自作俳句を朗読したりした。その反響は、予想をはるかに超えるものだった。

その原因は、こう言えるだろう。二十世紀以降、詩は基本的に短いものになり、簡潔で斬新な

表現が主流となっていること。そのきっかけが、日本の古典俳句の翻訳であること。日本の古典俳句とは違う、現代的展開を明確に示した私の俳句が、冗長で散漫になりがちな海外の詩に、衝撃やヒントを与えていること。

小説のように、日本の大手出版の後押しなどなしに、私の海外出版は、単著だけでも、米国、スロヴェニア、ラトヴィア、イタリア、そしてまだ訪れたことのないルーマニア、ハンガリー、インドで刊行された。

インドで出版された『無限の螺旋　俳句と短詩／Endless Helix: Haiku & Short Poems』（サイバーウィット・ネット社、二〇〇七年初版、二〇〇九年第二版）には、次の俳句を含む五十句が、日本語、ポルトガル語、英語、フランス語、スペイン語、リトアニア語の六言語で収録されている。

無限の螺旋／黙して歌う／われらが体内

インドから俳句を世界へ

近年、インドで二冊、句集を出版した。正確に言うと、一冊は俳句と短詩を収録した本。もう一冊は純然たる句集。

突然、見ず知らずのインドの編集者からEメールで、出版の依頼がやってきた。そこで、何を出版しようか熟考して、次のように決めた。

ポルトガルの詩人、カジミーロ・ド・ブリトーとの、発句だけの連句百句『連句　虚空を貫き』（七月堂、二〇〇七年）のうち、自分が作った五十句だけを切り離し、できるだけ多くの言語で、まとめてみよう。

そこで、すでに完成していた、日本語、ポルトガル語、英語、フランス語の五十句に、さらにスペイン語訳とリトアニア語訳が付け加わった。これで、六言語の五十句が揃った。題も、新しく「同心円」とした。一句だけ、六言語でご紹介しよう。白猫のエロティックな清純さを詠んだ俳句である。

あの白猫の／舌は／天使を呼ぶために

A língua desse gato
branco parece invocar

um anjo

That white cat
has a tongue
to summon an angel

Ce chat blanc
possède une langue
pour appeler un ange

Ese gato blanco
tiene una lengua
para invocar un ángel

Tos baltos katės
liežuvis gali
prišaukti angelą

後半は、秘かに書きためていた短詩を収録することにした。結局二十篇の短詩を収めることになったが、これらはいずれも、自分が実際見た夢を、行分けの自由詩として記録したもの。この二十篇は、日本語と英語で収録。総題は、そのものずばり「夢」。各短詩に番号を付けた。一篇の日本語と英語でお目にかけよう。

夢　4

廃屋で歌姫が歌い
極彩色の歌の寺に変貌する
四方の家々にも五色が戻る
明日の夕方
二百六十年ぶりの
歌の大祭に集まれ

Dream No. 4

In a deserted house, the songstress sings;
suddenly it becomes a colorful temple of song.
The houses around it recover their seven colors.
Gather to the grand song festival
tomorrow evening
after an interval of 260 years!

沈滞した日本の詩歌の再生をはかるため、国際詩祭を開く決意が、夢となったのだろう。

実は、このインドの出版社は当時、日本語のフォントを持っていなかったので、CDに焼き付けて郵送した。

その結果、二〇〇七年二月に誕生したのが、『無限の螺旋　俳句と短詩／Endless Helix: Haiku & Short Poems』。出版社は、サイバーウィット・ネット社。

この出版社の編集者カルネッシュ・アグラワルは三十代。仕事熱心で、土日も働く。ネルー、ガンジー、シンなどの首相を輩出した、北インドのアラハバード市を拠点とする。

二〇〇八年には、彼にメールでお尻を叩かれて、『空飛ぶ法王　127俳句／Flying Pope: 127 Haiku』を出版した。これも、序文、著者略歴、俳句のすべて日英二言語。

暗黒や弾より速く空飛ぶ法王

Darkness—
the Pope flies
faster than a bullet

混迷の二十一世紀を暗示する一句。

私の二冊の本について、海外で好意的書評が寄せられた。私に続き、鎌倉佐弓『薔薇かんむり

／A Crown of Roses』（二〇〇七年）、丹下尤子『傷ついた薔薇／Injured Roses』（二〇〇九年）といった句集も、同じ出版社から、日英二言語で刊行された。
私はこれ以降も、このインドの出版社からたびたび句集などを、日英二言語、あるいは多言語で出版することになった。

句集という別天地

高校三年生の一九七三年十一月十一日、郷里の兵庫県相生市の実家近くで交通事故に遭い、結果を諦めていた、東京大学文科Ⅲ類の入学試験に合格し、大学生として上京したのが、一九七四年四月。

最初の下宿は、杉並区久我山四丁目。久我山駅から徒歩三分。そこから、吉祥寺、渋谷、新宿の新刊書店に足を運ぶようになり、個人句集にはじめて出会う。また、当時、新大塚にあった俳句専門古書店の文献書院にも通うようになった。

私がはじめて買った個人句集は、何か、いまは覚えていない。大学一・二年生ごろに入手し、現在も手元にあるのは、次の二句集である。

阿部完市句集『にもつは絵馬』（牧羊社、一九七四年）
林田紀音夫句集『幻燈』（牧羊社、一九七五年）

いずれも、久我山から京王井の頭線ですぐ行ける吉祥寺の弘栄堂書店の店頭で買った句集。とくに、『幻燈』は、

鬼の棲む三日月を見せ肩ぐるま　　紀音夫

という一句が、落款付きで揮毫してあり、ずっと蔵書として大切にしてきた。

闇の世界を凝視しつづける林田紀音夫らしい一句だが、購入当初は十分理解できなかった。

俳句の魅力は、一句単独の面白さや奥深さだけにとどまらず、個性と見識のある作者ならば、句集としてまとめられた俳句群が、また別次元のことがらを語り始める点にもある。

阿部完市句集『にもつは絵馬』には、

栃木にいろいろ雨のたましいもいたり
さがし居り白山山系のなかのいもうと

など、これまでの二次元どまりの俳句の時空とはまったく違う、想念の四次元世界が展開されていた。

私が最も影響を受けた、高柳重信という俳人の句集では、文献書院で高い値段が付けられていた『高柳重信全句集』（母岩社、一九七二年）が、大学生時代に最初に手に入れた一冊だろう。この句集には、高柳重信による毛筆による署名が記されている。

その高柳重信の個別の句集では、『伯爵領』（黒彌撒発行所、一九五二年）が、内容とデザインから見て、飛び抜けて面白い。

私が持っているのは、万年筆で、「湊喬彦様　高柳重信」という献辞が書いてある一冊。私自身では購入出来ず、知人から譲り受けた。湊喬彦は、のちに東京大学文学部国文科教授となった三好行雄の、若いころのペンネーム。百部限定出版句集のうちの、これまた貴重な一冊が、私のところに転がりこんできたものだ。

『伯爵領』については、二十代の終わりに、評論を書いた。「『伯爵領』における〈女性〉」である。これは、私の第一評論集『俳句のポエティック　戦後俳句作品論』（静地社、一九八三年）に収録された。

ところで、ウイーン大学から明治大学に留学中の若い女性カリン・デグルさんは、現代俳句が研究テーマだが、二〇〇九年八月、彼女が留学を終えて帰国するさい、私の第一評論集をプレゼントできたのは、古書のインターネットで自著を入手したからであった。

句集『伯爵領』の魅力に話を戻そう。いくつかの点で、この句集はユニークである。まず、扉に「伯爵領案内絵図」が貼り付けてあること。本文の左ページが、挿絵であること。収録された俳句がすべて多行俳句であること。あとがきには、高柳重信ではなく、大宮伯爵の署名があること。

詳細は、私の若書きの評論に譲るが、若々しく挑発的な遊び心が満ち溢れている句集である。

●●○○
●○●●○
★?
○●●
—○○○

句集最後の右の一句は、人を食ったような記号だけの俳句。記号も文字の一種ならば、これも俳句でなくて何だろうか。

森の奥　の
　夜　の
雪のおくの
眞　紅
の　まんじ

まさしく、卍型に配列された一句。卍は、古代インドに生まれた神聖な記号。日本では、仏教と結び付いているが、私はマケドニアにおいて、初期キリスト教のセミナリオ遺跡の床で、モザイクの卍を見たので、初期キリスト教でも用いられた神聖な印でもあることを知っている。

高柳の俳句では、この卍は、妖艶な雰囲気を濃厚に放つ。

高柳重信も、私も、日野草城に始まる日本の俳句のモダニズム、新興俳句の系譜。その系譜の草城の次に位置する、高屋窓秋の句集『河』（龍星閣、一九三七年）も、貴重なわが蔵書。

母も死に子も死に河がながれてゐた　窓秋

無季の収録句が、右のように著者が墨書している一冊。高屋窓秋の満州生活の体験が反映した俳句であろう。現在も、東南アジア、パレスチナ、アフリカあたりで、こういう悲惨な光景が見られるだろう。

句集『河』は、天金の書物。左右のページの喉近く、色刷りされた龍が一頭ずつ向いあう。一ページ一句組み。気品と威厳を兼ね備える句集。

俳句のモダニズムは、海外の前衛文学や前衛詩の間接的影響を受けて生まれているが、二十世紀のはじめから、海外の前衛文学や前衛詩は、日本人が気づかないまま、日本の俳句から霊感やヒントを受けていた。

海外初の個人句集は、ポール＝ルイ・クーシュー（Paul-Louis Couchoud）による私家版『水の流れのままに』（*Au fil de l'eau*, France, 1905）だろう。私は持っていないが、フランスの友人の書庫で現物を見たことがある。

日露戦争開戦直前に来日し、中国を経て帰国したクーシューが、フランス国内を、友人たちと運河をたどって旅行したときできた七十二句を、フランス語で収録。夏石による和訳のみご紹介したい。

夜の大河の上
町がシルエットとなる
青い交響曲

その後、俳句は、海外では、戦争時に秀作が出現するようになる。それは一度だけではない。まず、第一次世界大戦に従軍したフランス人が、すぐれた俳句を書き、のちに出版する。ジュリアン・ヴォカンス（Julien Vocance）の『ハイカイの本』（*Le livre des haïkaï*, Société française d'éditons littéraires et techniques, France, 1937）がその嚆矢である。

二つの塹壕
二つの鉄条網
二つの文明

第一次世界大戦のみならず、第二次世界大戦、あるいはその後の冷戦体制まで予告した秀句である。

第二次世界大戦中と戦後は、日本人が多くの秀句を残した。これはここでは割愛する。

ベトナム戦争では、帰還した元兵士の精神治療を行ったアメリカ人エドワード・ティック（Edward Tick）が、小句集『聖なる山の上で　記憶されたベトナム』（*On Sacred Mountain: Vietnam Remembered*, High/Coo Press, USA, 1984）を出版した。いわゆる豆本。戦場の絶望と希望が名詞の羅列だけで表現されている一句を次に引いておこう。

戦火
廃墟
太陽光

旧ユーゴスラヴィア分裂に伴う戦争では、感動的な俳句が、スラブ諸語で作られ、英訳も付けられて句集となった。

それらの句集を代表するのが、ディミータル・アナキエフとジム・ケイシャン（Dimitar Anakiev & Jim Kacian）編の『結び目　南東ヨーロッパ俳句詩選集』（*Knots: The Anthology of Southeastern European Haiku Poetry*, Prijatelj, 1999）であり、スロヴェニアで出版された。

爆発音
ガラス窓にテープのX
空を分割

ゾラン・ドデロヴィッチ

この選集では、本のまんなかに穴をあけ、そこに葡萄の茎を乾燥させて作った紐を通して、本を結び付ける仕掛けが、見事。

昨今の日本の句集は、あまりに間のびした単調な句ばかり並び、つまらない。若々しく冒険心にあふれた日本の句集に出会いたいものだ。

世界の文学のエッセンス、俳句

私はたぶん純粋な日本人のようだが、日本という国は実に不思議な場所で、自分たちの長所も短所もわからずに、時流や情報というまぼろしに流されている、と嘆くしかない。

たとえば、浮世絵がどれだけフランス印象派を含む海外の画家、音楽家、文学者にインスピレーションを与えたかを知らないまま、ほとんどの日本人が教育され、大人になってゆく。とくに葛飾北斎の『富嶽三十六景　神奈川沖浪裏』の与えたインパクトは、はかりしれない。ことは印象派、セザンヌ、ピカソなどに限定されない。つい最近、バルト三国の一つのリトアニアが誇る天才画家、ミカロユス・コンスタンティナス・チュルリョーニスが、一九〇八年に描いた『第五ソナタ』に、北斎のこの木版画の余波を発見して驚いた。

私がディレクターとなって、東京ポエトリー・フェスティバル二〇〇八を、勤務先の明治大学で開催したさい、ノルウェーを代表する詩人ヤン・エーリック・ヴォルは、自作の詩「北斎——かつて誰もなしえなかった手法で波を描いた老画聖」を朗読し、北斎への尊敬を表明した。海外の浮世絵熱は、単なる異国趣味ではなく、極度に単純で大胆で根源的な芸術が浮世絵に展開されているからである。

単純で大胆で根源的で、ときには繊細で、ときには野蛮な美学は、十九世紀後半以降の世界の文化の中心的動力であり、日本の浮世絵は図らずもそれを先取りしていた。

同様に、この美学を推進しているのが、実は俳句である。

ところが、不幸なことに、たいていの日本人は、浮世絵も俳句も、古臭いものと思い込んでいる。

それだけならまだしも、浮世絵からインスピレーションを得た海外の絵、あるいはそういう海外の絵を下手に模倣した日本の大家の絵がすぐれていると錯覚している。西洋詩の中途半端な模倣をしたいわゆる詩が、俳句より高級だと信じ込んでいる。

私は一九九五年から俳句の国際イベントに参加するようになり、二〇〇〇年には世界俳句協会を旧ユーゴから独立したスロヴェニアで創立し、二〇〇一年から国際詩祭に参加するようになった。この間、ドイツ、イタリア、フランス、英国、米国、スロヴェニア、マケドニア、ポルトガル、ブルガリア、ニュージーランド、リトアニア、内モンゴル、ラトヴィア、エストニア、フィンランドの俳句、詩、文学の国際会議に参加し、もう一方で、世界俳句協会大会を日本の国内外で開催してきた。

二〇〇八年には、前述の東京ポエトリー・フェスティバルという、日本初の大規模国際詩祭を開催し、二〇〇九年秋のリトアニアでは、第二〇回ドルスキニンカイ詩の秋と第五回世界俳句協会大会二〇〇九を共同開催した。

いずれの国際イベントでも感じるのが、俳句という短詩の現代性であり、俳句が詩や文学の究極の姿であるということだった。これは、日本以外の文学者が十分に認識していることだが、日本の文学者やマスコミ・出版界があまり理解していない。

十九世紀の終わりごろから、西洋世界に翻訳紹介されてきた俳句は、イマジズムやシュルレアリスムなどの前衛文学運動にヒントを与えて、知的な説明を退けた断片的で喚起力のある直観的言語表現が、二十世紀以降の文学の主流となった。

二〇〇一年スロヴェニア開催のヴィレニッツア国際詩祭で出会ったポルトガルの詩人カジミーロ・ド・ブリトーは、松尾芭蕉の「古池や」に刺激されて、

歌うにつれ／沈黙の池へ／落ちてゆく

という俳句をポルトガル語で作っていた。ド・ブリトーとは、二人で発句だけの百連句をメールを通して書き上げ、日本語、ポルトガル語、英語、フランス語の四言語の共著『連句　虚空を貫き』（七月堂、二〇〇七年）を刊行した。このうち、夏石が作った五十句が、『無限の螺旋　俳句と短詩／Endless Helix: Haiku & Short Poems』（サイバーウィット・ネット社、二〇〇七年）というインドでの出版、『同心円』（プンタ社、二〇〇九年）というセルビアでの出版に再録された。前者は、既出の四言語にスペイン語とリトアニア語、後者は日本語にドイツ語、セルビア語、マ

ケドニア語、ブルガリア語といった多言語出版である。

無限の螺旋／黙して歌う／われらが体内　　夏石番矢

いずれの多言語出版にも登場する、わが一句。芭蕉の「古池や」に刺激されたド・ブリトーの俳句を、人体内の遺伝子宇宙へと転換させた作。定型や季語にこだわらない自由な書き方。

米国で出版した『未来の滝　日本語からの一〇〇俳句』(レッド・ムーン・プレス社、一九九九年)は、海外の英語俳句のバイブルとなり、二〇〇四年に改訂第二版を出した。ハンガリーでは、『鳥50俳句』(バラッスィ・キアド社、二〇〇七年)を、全句私の墨書と現地の画家エーヴァ・パーパイの鳥の水彩画を添えて出版した。五〇句すべて、日本語、英語、ハンガリー語の三言語。

燕の子千年待てば天使来る　　夏石番矢

固定観念にとらわれず、俳句の単純で大胆で根源的な詩学を、さらに現代的に生かせば、俳句にはもっともっと創造的な発展と展開が可能だと例示させてもらった。

有季定型というトリック

かつて、本名・高浜清という、一八七四年に愛媛県で生まれた男がいた。小説家になれず、下宿屋経営にも失敗し、俳句にはそれほど愛着はないが、月刊の俳句雑誌で生計を立てようとした。多くの庶民から、金銭と尊敬を集めるためには、どの時代の、どの国の、どの政治家も行ったように、トリックが必要とされた。そのトリックは、二十一世紀初頭の日本の首相・小泉純一郎が得意とした、短く単純で中身のないキャッチフレーズによって可能となる。それが、「有季定型」である。

歴史を振り返れば、二十世紀の日本では、俳句はもはや、「自由律」にしか存在理由がなかった。「有季定型」の「定型」は、「自由律」に対するアンチテーゼだった。

子が寝入れば吾家に風が集まれり　芹田鳳車
あいまい宿屋の千枚漬けとそのほか　中塚一碧楼
青空移す井を見てもかまくら　荻原井泉水
大地の苔の人間が帽子をかぶる　尾崎放哉
ながい毛がしらが　種田山頭火
場末で夕日となつてころがつてゐた　栗林一石路
無礼なる妻よ毎日馬鹿げたものを食わしむ　橋本夢道

あくまでも、荻原井泉水を先頭とする、これらの俳人による「自由律」の隆盛があってこそ、「定型」という、あまり輝かしさのないことばが、存在しえたのである。

荻原井泉水が、自由律俳句を二十世紀はじめに提唱し始めたのは、日本国内のみならず、世界文学の視野のなかで、十分に根拠のあることだった。

十九世紀後半のフランスから、自由詩（vers libre）が始まり、個人のそのときどきの個別の思いにふさわしいリズムを詩で探求することが、その後の世界の詩の圧倒的な主流となった。

言い換えれば、「定型」は、それ以後、時代錯誤、保守反動、個人の抑圧の代名詞となった。

一九九九年八月、ベルリンの世界文化ハウスで開催された俳句イベントで、元前衛俳人の金子兜太が、日本の俳句の要点について、「定型、定型」と繰り返し、主催者の信用失墜と、聴衆の落胆を呼び起こしたのを現場で目撃したが、日本では報じられなかった。

この事件は、「定型」が西洋世界では、時代遅れの保守反動に過ぎないからだった。しかも、ベルリンの壁が崩壊し、共産主義という個人の自由を奪った「定型」が消えた土地で、これを元前衛俳人が行ったのだから、これによって日本の俳句の信用は落ち、日本抜きのドイツ独自の俳句創作へと進む流れが強まったのは言うまでもない。日本ではこのことが、ほとんど理解されていない。

五・七・五音を「定型」と考え始めたのも、実は、明治以降のことだろう。芭蕉、蕪村、一茶は、「定型」という単語を使っていない。

「定型」という単語は、古代中国にもあったが、文学では、西洋の fixed form（英語）、forme

fixe（フランス語）、Feste Form（ドイツ語）などの翻訳語として近代日本に再登場し、とくに日本の短詩型に適用されたが、ここに大きな間違いが生じた。

西洋から輸入した、時代遅れの概念「定型」を、日本の短歌や俳句の世界では、中心的な概念として、疑うことなく、またその根拠を考えることなく、神棚の中心に祀っている人がまだいるらしい。その神棚には、いかなる神も仏もやって来ない。

ところで、世界で最も知られた日本の詩人、松尾芭蕉の俳句は、「有季定型」と考えていいだろうか。たとえば、芭蕉の最高傑作の一つ、

荒海《あらうみ》や佐渡に横たふ天《あま》の河《がは》

は、五・七・五音で書かれているが、この翻訳はまず五・七・五音にはならない。

a rough sea
stretching over to Sado
heaven's river

これは、いい英訳かどうかは別にして、三・八・四音節（日本語の「音」と英語などの西洋言語の「音節」は同じではない）の現代英語詩として、『BASHO The Complete Haiku』（Translation by Jane Reichhold, KODANSHA INTERNATIONAL, Tokyo, New York, London,2008）に収録され、

世界に広まっている。

また、英語では、「天の河」が、「heaven’s river」（天国の川）と訳されている。新しい感覚の翻訳だが、ここには季節の限定のない、天上世界の美しい川があるだけだ。もともと、芭蕉のこの一句に、宇宙性、天上性があり、英訳では季節を捨てて、天上性が強調されたのである。どちらが重要だろうか。

私は、「世界俳句」を二〇〇〇年から提唱してきた。これは、いかなる言語でも、俳句創作は可能であり、俳句が、それぞれの言語での、最も高度なエッセンスとしての詩になる理想を追求することである。この理想の実現のために、かなりハードな毎日を送っているが、それよりも、「世界俳句」の成果を、『世界俳句二〇一一　第七号』（七月堂、二〇一一年）から、日本語版で、少し紹介しておきたい。

青空／だけが限界のない／生命　　レオンス・ブリエディス（ラトヴィア）
魂の明るい青の炎を焼き払う　　ジム・ケイシャン（米国）
完璧な丸などなくて日が沈む　　鎌倉佐弓（日本）
猫にさそわれ雲から雲へ飛ぶ父よ　　夏石番矢（日本）
まっすぐまがっている國がある　　野谷真治（日本）
駅は軍港　セーラー服の夕暮れ色　　アンドレアス・プライス（ドイツ）
孤島に／果実生えず／恋生まれる　　スイェー（内モンゴル）
夏草やスカートの下に迷路　　八木忠栄（日本）

文明の鈍器が牛の眼を襲う

吉田艸民（日本）

いずれも、多様な書き方の俳句だが、「有季定型」というトリックからは自由で、人類的観点、世界的観点から生まれた詩的ビジョンが、花開きつつある。

米国に、ユウキ・テイケイ俳句協会があり、そこでは、季語もなく、五・七・五音節ではなく、ただその国の言語による、三行の俳句が作られている。

日本では、「有季定型」俳句を、若いころから作り、賞をもらい、弟子も多い俳人が、没後、その存在も、俳句も、すっかり忘れ去られる運命を、どう逃れるかが緊急課題になっているらしい。

秋元潔の俳句と詩

七月堂の木村栄治社長に頼まれて、『秋元潔詩集』のゲラをすべて読んだ。率直なところ、秋元潔については、『評伝　尾形龜之助』（冬樹社、一九七九年）の著者ぐらいの知識しか持ちあわせていなかった。ゲラを読むと、意外にも秋元潔は、十代のころから寺山修司と交友があった。秋元自身も、俳句を書いている。初期の俳句には、いくつか光るものがある。

星条旗はしたしみやすし雨の光
睫毛おずおず開けば台風圏の基地
「アメリカが何だ！」氷雨に歌ふ義足兵
ぶらんこを大きく漕げば海ひかる
港町ひまわり帆柱より高し
暗殺団踏み分けて行く不眠の夜

東京で生まれ、戦争中は富山県に疎開し、敗戦後は横須賀で育った秋元は、戦後日本のいびつな姿を、横須賀で目撃した。星条旗が毎日たなびく横須賀で、少女が米軍のジープで轢死する横須賀で、独立国ではなく、戦勝国アメリカの属国である日本、属国である矛盾を自分では解決できない日本を、目にしている。

「星条旗はしたしみやすし」とは、本音とアイロニーがないまぜになった表現である。また、ありきたりな季語ではなく、「雨の光」を結句に持ってきたところは、この句に新鮮なリアリティーを与えている。

「アメリカが何だ！」には、米軍基地の現実が、なまなましく刻み込まれている。

「睫毛おずおず開けば」には、思春期の不安が、おそれおののきの響きとリズムによって詠まれている。

「ぶらんこを大きく漕げば」や「ひまわり帆柱より高し」は、清潔な抒情をうたいあげている。

「暗殺団」は、初期俳句ではないが、中年期の秋元潔の苦悩と鬱屈を、力強く詠んでいる。ことばに弾力がある。

ところが、その後の秋元潔の俳句は、浅い俳句的情緒に逃げ込んだ書き方をしており、すべてが同じ顔つきをしている。

ふざけるな!君が代・日の丸夏の海
米軍家族の住む家ありて冬日向

こういう俳句には、主張があるが、その主張にリアリティーがない。ありきたりの「季語」で一句を締めくくり、それが一句を広げてゆかず、深めてゆかない。また、秋元潔の俳句全般には、淡い鬱屈が投げやりに漂っている。

いきもののむくろを埋めて木の葉坂
死に近き母生き延びて夏の蛸
おれはもう死んでいるらし春の朝
そうめんときちがい茄子ゆでている
太陽が涙ぐんでる冬の旅
夏雲のよりどころなきよりどころ

この淡い鬱屈の正体は何だろうか。そこで、詩集にも目を通してみた。処女詩集『ひとりの少女のための物語』（薔薇科社、一九六〇年）は、やや屈折しているが、美しい青春詩集。

「恋」

虹のしづくなのだろうか
ぼくの頬はびっしょりぬれている

いくぶん冗漫だが、純度の高い表現が、秋元の早熟な詩才を証明している。

当然、その延長線上にあると予想した第二詩集『博物誌』（JCA、一九七七年）だが、そうではなかった。現実の醜さを知った屈折が、詩作品のすべてからにじみ出てくる。そのなかでも、「河の書」の、次の表現が、秋元潔が直面した困難を象徴している。

河のほとりで私は紐になる。わたしを縛り、わたしを結ぶ。鋏で切る。それでも生きている
ひも暮らし

自立できず、明確なかたちをもたない「ひも」の苦悩は、実は、秋元の詩そのもののあり方までを表している。行ごとの展開があざやかな詩ではなく、未完成な短編小説のような、あるいは饒舌な繰り言のような日本語、つまりは「ひも」のつなぎあわせで、秋元は、不倫を含む恋愛や、家族や、戦後日本の不条理について書く。「ひも」とは、戦後日本のメタファーでもあった。

そのかたわらで、秋元はややくつろいで、俳句を詠んでいた。だから淡い鬱屈が同じ顔で並ん

でいるのだろう。
淡かろうと濃かろうと、この鬱屈は、戦後日本のいびつさに根があり、そういう意味では、秋元潔は、まぎれもなく日本の戦後詩人だった。

南米と俳句

中南米のスペイン語圏で俳句創作は、ホセ・ファン・タブラダというメキシコ詩人が始めたと言われている。日本滞在経験もあるタブラダは、二十世紀はじめに、訪れたパリでの俳句創作ブームに同調して、スペイン語で俳句を作った。

白孔雀／水晶の扇開く／勝ち誇って

この流れは、同じくメキシコのノーベル文学賞受賞詩人オクタヴィオ・パスに引き継がれ、発展した。「真昼」という題の短詩は三行。

光は点滅せず

時間から分《ふん》が消え
鳥は空中に止まった

万物が停止したような真昼を簡潔に詠んで、まぎれもなくすぐれた俳句である。

こういう予備知識を持ちながら、二〇一一年七月に南米コロンビアで開催の、第二十一回メデジン国際詩祭に招待参加した。東京成田空港から片道、飛行機を乗り継いで二日間の長旅だった。ちょうど私の誕生日、七月三日に、インド、ミャンマー、イスラエル、イランなどアジアの詩人たちと、植物園の野外劇場で、最初の俳句朗読の機会に恵まれた。

私は主催者に敬意を表して、この国際詩祭にあたって出版された『第二十一回メデジン国際詩祭の思い出』（プロメテオ芸術と詩社）に収録された、私の俳句を日本語で朗読し、そしてスペイン語は地元の文化人ペドロ・アルトゥーロ・エストラーダが読んでくれた。

未来より滝を吹き割る風来たる
日本海へ稲妻の尾が入れられる
月を追う国境より山上教会へ
ニューヨーク夕日に遊ぶほこり恐ろし
三日月と十字架並ぶ首都の夜
天へほほえみかける岩より大陸始まる

二十代後半の作から近作まで、国内外のさまざまな場所で生まれた自作をとり混ぜての朗読だった。

メデジン国際詩祭の聴衆は、世界でも指折りの質の高さで知られている。かつては、麻薬、暴力、貧困で悪名高かった都市メデジンに、この詩祭の創始者で現ディレクターのフェルナンド・レンドンは、詩の朗読によって精神的な豊かさをもたらそうとしてきた。その努力は成功し、気取らず、素直で、しかも詩作品に対して的確で暖かく、時には熱狂的な反応を示す聴衆が育った。

私の俳句は、この最初の朗読で、すんなりと好意的に聴衆に受け入れられた。そして、その聴衆の中に、コロンビアの代表的詩人で、俳句を長年作っているラウール・エナオとその友人たちがいた。

第二十一回メデジン国際詩祭には、五大陸から約百人の詩人が集まった。今回は、「文明の起源の精神」としてのアフリカに焦点があてられ、とくにカメルーンのウェレウェレ・リキングが弓からできた弦楽器をつま弾きながら、「地下納骨堂でなく、ゆりかご」と子守唄のように歌い出すと、私も大聴衆とともにうっとりする。心の奥底からの熱い詩が音楽と一体となっていた。

七月二日から九日までの全日程で、私は合計七回俳句朗読を披露できた。とりわけ「空飛ぶ法王」俳句は、ヨーロッパの若い詩人たちから、「おめでとう！」の賛辞を何度も浴びせかけられた。

長い長い手紙を抱いて空飛ぶ法王
太陽の黒点となる空飛ぶ法王

情熱的に同じ内容の詩句を言い方を変えて繰り返す多くの詩とは対極的に、簡潔で斬新で、ものごとの本質を突く私の俳句技法が、注目されたということではないか。

この国際詩祭は、ヌティバラの丘のカルロス・ヴィエコ野外劇場での朗読で締めくくられた。はじめて訪れたメデジンへ捧げた俳句を私は朗読した。

神々から貧しさへの坂道歌は花火
Todos は熱い波詩人は太陽

高いアンデス山脈を下った窪地にあるメデジン、そこで貧困と隣り合わせになりながら暮らす人々を、詩と歌は溶け合って勇気づけている。「Todos」は、みんなを意味するスペイン語。この単語は、一人一人が自発的にのびのびとみずからの意志を発しながら、暖かい精神的共同体を形成している聴衆にぴったりだ。

これらの俳句を朗読している最中、「ブラヴォー!」の掛け声を大聴衆からもらう。

メデジンでは、国際詩祭に続いて、花祭りフェスティバル二〇一一にも参加した。七月八日と九日に、ベレン図書館公園で開かれ、開会式では、駐コロンビア鈴木一水大使も教養豊かな挨拶をされた。

日本文化を幅広く紹介するイベントで、コロンビア人による生け花、盆栽、雅楽、講演に加え、コロンビア人と日本人の混成バンドの音楽演奏も若い聴衆を集めた。

そこに九日午前の「世界の俳句の現状」シンポジウムが設定され、既出の詩人ラウール・エナオたちと意見交換できた。この詩人の俳句は、ユーモアたっぷり。

警察の検問／天国への／入場料支払い失念

自然を詠んでも、人間を暗示する俳句の技法があること、スペイン語では五・七・五音節でなくてもいいこと、そして南米には南米特有の新しい俳句創作の可能性があることを助言した。

世界俳句の旅

一九九三年の中国を皮切りに、ドイツ、イタリア、フランス、イギリス、米国、スロヴェニア、マケドニア、ポルトガル、ブルガリア、ニュージーランド、リトアニア、内モンゴル、ラトヴィア、エストニア、フィンランド、ハンガリー、韓国、イスラエル、コロンビアと、大学でのシンポジウム、国際詩祭、国際俳句祭に招待され、講演や俳句朗読を積極的に行ってきた。

この間、国内外での国際アンソロジーや単行本に、自作俳句が、日本語以外では、英語のみならず、さまざまな言語で収録された。

俳句という翼を持つ小さな龍に乗って、私自身も驚く、予想外の旅をしてきたように思える。
最近では、二〇一一年七月はじめに、南米コロンビア開催の第二十一回メデジン国際詩祭（The 21st Medellin International Poetry Festival）に参加し、七回俳句朗読の光栄を与えられた。これまでの作品に加えて、現地で作った俳句も朗読し、約五千人の聴衆から「ブラヴォー！」の掛け声をもらった。

神々から貧しさへの坂道歌は花火

On the slope
from gods to poverty
a song is fireworks

Todos は熱い波詩人は太陽

"Todos" is a hot wave
a poet
the sun

コロンビアを含む中南米の人々は、貧困と隣り合わせになりながら、歌と詩をこよなく愛し、互いを元気づけて暮らしている。

また、「Todos」は、みんなを意味するスペイン語。この単語は、一人一人が自発的にのびのびとみずからの意志を発しながら、暖かい精神的共同体を形成している聴衆にぴったりだ。

ところで、旅と日本の詩歌の深いつながりは、日本神話の神武天皇、大国主、ヤマトタケル、『万葉集』、『土佐日記』、西行、芭蕉、山頭火など、その前例は枚挙にいとまがない。

旅先の異郷の地での発見や驚きが、詩歌作品となり、他者や後世の人間に感動を与える。このような伝統が日本には根強くある。

私は、二〇〇〇年九月に、中欧のスロヴェニアで、世界俳句協会を、多くの国の俳人たちと共同創立した。「世界俳句」とは、あらゆる言語での俳句創作の可能性を信じ、促進し、詩のエッセンスとしての俳句を産み出してゆく活動を意味する。

この世界俳句推進のために、世界各国を訪れ、予想外の経験を重ねてきた。

最もうれしいのが、海外での出版だった。ドイツとイタリアで俳句を広められた、元駐バチカン日本大使荒木忠男の尽力により、一九九六年に『Haiku: antichi e moderni』（俳句　古典と現代）という俳句選集がイタリアのガルザンティ社（Garzanti Editore）から出され、自作三句がローマ字とイタリア語で収録された。これが私の知るかぎりの、自作俳句の海外出版デビューである（実のところ、私の知らないまま、海外出版に私の俳句が収録されていることがあり、その実態はつかめていない）。

初めての海外単行本は、米国で一九九九年に出版された。これが『A Future Waterfall: 100 Haiku from the Japanese』（Red Moon Press）であり、百句をローマ字表記の日本語と英語で収めた。

この本は、米国の俳句愛好家に衝撃をもたらし、一部に反発も起きたが、二〇〇四年に改訂第二版が同じ出版社から世界へ向けて販売されるほど、読者に支持された。タイトルにもなった収録の一句。

未来より滝を吹き割る風来たる

From the future
a wind arrives
that blows the waterfall apart

この俳句は、日本の高校生向けの国語の教科書に掲載されているが、「滝」が夏の季語という愚かな説明が付けられている。実は、この俳句は、日本的季節感を超えた「滝」を詠んでいる。未来と現在がぶつかり合う時空をとらえているからだ。英訳されると、違った様相が出現する。日本語で五・七・五音（西洋の音節とは異なる）だった俳句が、四・五・八音節になる。「吹き割る」という日本語が、爆弾による爆破を暗示するパンチの効いた動詞「blow apart」によって置き換えられている。こういう転換や変化が翻訳によって起き、その結果、アメリカ英語による最先端の短詩になっている。翻訳が原作を裏切るという消極的なとらえ方ではなく、翻訳が新天地を創造すると、私は考えている。

『地球巡礼』（立風書房）は、日本で一九九八年に出版されたが、これがスロヴェニアで二〇〇

○年に『Romanje po Zemlji』（Apokalipsa）としてスロヴェニア語だけで刊行され、立風書房版ではなかった「アニミズムの日本」（Aministic Japan）の章が付け加わった。そしてさらに、イタリアで『Pellegrinaggio terrestre』（alba libri）として、二〇〇七年に出版され、「マケドニアの道」（Macedonian Road）や「光の剣、ジェノヴァ」（Genoa, A sword of Light）の章が加わる。このアルバリブリ社版には、すべての俳句が日本語、英語、イタリア語の三言語で収録されている。

私が地球上を移動すると、私の俳句も、たくましくさまざまな境界を超えて、世界各国で多様に本のなかに出現している。

飛びぬけて楽しく美しい本は、ハンガリーで二〇〇七年に出版された句集。『MADARAK／BIRDS／鳥　50 HAIKU 俳句』（バラッシ・キアド社）。五十種類の別々の鳥を詠んだ私の俳句を、英語、ハンガリー語、日本語は私の毛筆で、そしてハンガリーの女性画家エーヴァ・パーパイの水彩画をすべての俳句に付けた本。興味深いのは、私の揮毫俳句を黒でなく、落ち着いた赤で印刷しているところ。これも、日本国内からは生まれない新発想が、句集を視覚芸術としてよりクリエイティブにしている。そのうちの一句。

ペリカンの口には詩より重たい魚

A fish
heavier than a poem
in the pelican's mouth

『MADARAK BIRDS　鳥
50 HAIKU 俳句』
（バラッシ・キアド社、ハンガリー、2007年刊）

A pelikán talán
még versnél is nehezebb
halat tart csőrében

最も評価の高かったのが、「空飛ぶ法王」（Flying Pope）俳句。このシリーズ俳句は、二〇〇三年北マケドニア、二〇〇五年ニュージーランド、二〇〇六年イタリア、二〇〇九年日本、二〇一一年コロンビアの国際詩祭で朗読し、予想外の大反響を呼び、大爆笑を生じさせ、大拍手を受けた。

本としては、三冊の句集が異なった国々で出版された。まず、インドで『空飛ぶ法王 127俳句／Flying Pope: 127 Haiku』（サイバーウィット・ネット社）として、日英対訳で、二〇〇八年に刊行された。

子供とキリンにだけ見えている空飛ぶ法王

Flying Pope
visible only to children
and a giraffe

『空飛ぶ法王 127俳句／Flying Pope: 127 Haiku』（サイバーウィット・ネット社、インド、2008年刊）

日本では、清水国治のモノクロのドローイングを挿絵にして、二〇〇八年に日英対訳版『空飛ぶ法王　161 俳句／Flying Pope: 161 Haiku』（こおろ社）が生まれた。

熟睡の老婆へ津波空飛ぶ法王

Tsunami toward an old woman
deeply asleep
the Pope flying

この句集は、ブラックユーモアに満ちた大人の絵本となり、二十一世紀はじめの世界の大変動を予告している。

二〇一〇年には、イタリアでしゃれた小さい句集『Il Papa che vola: 44 haiku』（Rupe Mutevole）が、日本語とイタリア語で「空飛ぶ法王」シリーズ俳句を収録。

誰もが忘れた彼岸のそらを飛ぶ法王

Vola il Papa
nel cielo dell'aldilà
oblio di tutti

自意識過剰で、自我を昇華させる宗教や哲学を失った二十一世紀の愚かな人間たちに対する批判もこめられた俳句である。

国際詩祭や国際俳句祭で出会い、親しくなった海外の詩人たち、ラトヴィアのレオンス・ブリエディス、ルーマニアのヴァシーレ・モルドヴァン、セルビアのドラガン・J・リスティッチらも、私の多言語俳句集を単行本のかたちで、それぞれの国で出版してくれた。

二〇一一年には、私のこれまでの句業をまとめた日英対訳自選五百句集『ターコイズ・ミルク／Turquoise Milk』（レッド・ムーン・プレス社）が米国で刊行された。この本に収録された一句。

雲からの声は光の馬を生む

Voices from the clouds
give birth
to a horse of light

私自身も、私の俳句も、「光の馬」となって、これからも地球上を駆けめぐるだろう。

ブダペストでの俳句展覧会

二〇一一年十二月に、『A TENGER VILÁGA／THE WORLD OF THE SEA／海の世界 50 HAIKU 俳句』（バラッシ・キアド社）がハンガリーで出版された。夏石が海洋生物五十種類を詠んだ俳句五十と、ハンガリー随一の水彩画家の絵のコラボレーションによる、多色刷りの本。左ページに俳句英訳とハンガリー語訳、右ページにエーヴァ・パーパイの水彩画、その下に作者による俳句墨書を赤で配する華やかな構成。

この出版を記念して、ブダペストの中心街で、二〇一二年春、「夏石番矢俳句とエーヴァ・パーパイ水彩画展覧会」が開かれ、その開会式に招待された。

前年の世界俳句フェスティバル・ペーチ二〇一〇参加に次ぐ、二度目のハンガリー訪問となる。展覧会に先立って、ハンガリー俳句クラブの隔月の会合にも招かれ、三月十七日、ブダペストのフェレンツ・ホップ極東美術館で、日英対訳自選五百句集『ターコイズ・ミルク／Turquoise Milk』（レッド・ムーン・プレス社、米国、二〇一一年）収録の『地球巡礼』から日本語と英語で朗読。ハンガリー語訳は、同俳句クラブ会員のフェレンツ・バコシュが読む。朗読の締め括りの一句。

天へほほえみかける岩より大陸始まる

同俳句クラブ会員も自作を持ち寄って朗読。『世界俳句二〇一二　第八号』（七月堂、二〇一二年）に、次の俳句を寄稿している日本学専門のカーロリ大学教授ユディット・ヴィハルがクラブを指導している、なごやかな会合だった。

二匹の蟻さえ／違う／孤独のしずけさに

この会合の暖かい余韻が続くなか、展覧会開会式が、三月二十日夕方、エリザベス・コミュニティー・センターで開催される。

十九世紀の格調の高さを誇る会場では、『海の世界　50俳句』から、対になった墨書俳句と水彩画二十点を選び出し、額装して展示。

開会式では、会場のディレクター、ハンガリーを代表する美術評論家、駐ハンガリー日本大使がスピーチし、現地の児童合唱団がハンガリーと日本の歌を披露する。

日本からは、若い音楽家笹久保伸作曲「海の世界」録音ＣＤが会場で何度も流され、セレモニーのムードを盛り上げる。

そして、既出のヴィハル教授の教え子が、『海の世界　50俳句』から、

南洋時間ヒフキアイゴの口が真っ赤

などの十句を、日本語、英語、ハンガリー語で見事に朗読し、作者に喜びを与える。

メインの俳句朗読では、俳句五十句のハンガリー語訳をこなしてくれたヴィハル教授がその翻

訳を、そして夏石が日本語オリジナルと英訳をゆったりと読む。

マグロ皇帝輝けば人の子が泣く

太平や人魚の鱗に映るダボハゼ

などに、約百五十人の聴衆の共感的反応がとくに高まった。

異体の童心
――大沼正明第二句集『異執』について

大沼正明第二句集『異執』(ふらんす堂、二〇一三年)収録句すべてを数度読んで、大沼の作風が円熟や平明などという逃げ道にはまり込んでいない喜びを最初に感じている。一九八九年から二〇一二年にかけて作られた彼の俳句およそ八百句を通読するのは、かなり知的腕力を必要とするので、その喜びにはハードなスポーツ終了後の疲労感と爽快感が混じる。

一九七五年の初夏だったか、大沼正明と出会ったのは、当時金子兜太と堀葦男をトップに戴く同人誌だった「海程」の月例東京句会だった。金子兜太の周囲には、地方出身の反抗精神旺盛な若者が集まっていた。その一人が大沼正明で、作風は当時も今日も異彩を放ち、咀嚼するのに知的腕力が少なからず要求される。

金子兜太がテレビで句会をプロモートしたおかげだろう、現在では句会を俳人が開いているということが、人々に広く知られるようになっているが、当時、俳句や句会は、一般の人にはほとんど無縁だったし、魅力のない骨董のような遺物でさえあった。時代は変わったものだ。

それでは、さまざまな種類の句会が頻繁に開かれている現在、日本の俳句は隆盛をきわめているかと言えば、そうではない。「有季定型」という近代に生まれた幻想の枠内で、小器用な俳句らしきものが量産され、読者を得ることなく消滅しているだけである。

元来、室町期からの俳諧は、反骨精神や批判精神なしにはありえず、日本の四季に付随したいくばくかの感情を、従順に穏健に詠み込むものではなかった。古典俳句の大成者の、

蛸壺やはかなき夢を夏の月　　松尾芭蕉

にしても、和歌では決して詠む対象となりえない「蛸壺」という卑俗で猥雑な漁師の道具を指す俳言《はいごん》（和歌では使われない、俗語、卑語、漢語、諺など）で一句を始め、『源氏物語』から引いてきた「はかなき夢」でみやびな王朝美学へと切字をはさんで転換し、それまで長くめでられてきた秋の月ではなく、「夏の月」の新奇な美を突然提出し、叙述を続けず断絶感をたたえて一句を終わらせている。

俳句とは、実は、大胆な異体の言語パフォーマンスを試みる短詩であり、一句中のことばの流れや中断が、つねに実験的ではらはらさせるから、短さが生きるジャンルである。この根本的俳句詩学が、句会が氾濫する現在の日本で忘れられているのは、奇妙で残念としか言いようがない。この句集『異執』の題名は、まずもって、異体の言語パフォーマンスという俳句詩学に固執する大沼自身のマニフェストである。

コーラ缶ほどの小火さびしいぞ江戸川

本句集第二句にしても、正当な俳句詩学に忠実だ。江戸の火事ではない、現代の東京の「江戸川」の「小火」に卑俗な美があり、そこに自分自身の卑俗と卑小を投影している。「小火」を形容するのに、「蛸壺」にも匹敵する、戦後日本の俳言「コーラ缶」を持ち出す。

三・一一以降の東日本の放射能汚染を思い合せれば、かなりの放射能汚染が隠蔽されている「江戸川」。「江戸川」もむろん俳言。俳言に満ちたこの俳句の異体ぶりは、黙示録的でさえあるだろう。

「コーラ缶」は、コカコーラという低品質の米国大量消費システムに呑み込まれてしまい、抜け出すことのできない戦後日本の象徴でもある。

『異執』の全句通読に苦痛を与えたのは、これまでの俳句はむろんのこと、日常生活でもあまり使わない現代の俳言が数多く使われているからでもあった。

これはさまざまな辞書を引くより、インターネットでGoogle検索をかけると、解決する場合がすべてではないがかなりあった。現在の日本では、辞書などの紙媒体ではリアルタイムの現実に追いつけなくなっている。

魚付林のお天気雨を頰張るらん

この「魚付林」も、「魚つき林」としてWikipedia日本語版の項目が立てられ、海岸近くの魚が寄り集まる林ということが理解でき、陸の植物と海の動物の共生の場に、晴天のさなか、雨の恵みがあり、それを享受する作者の叫びが聞こえてくる。

日本に限定されないアジア的な自然をとらえた一句である。

ここでアジア的と言い出したのは、偶然ではない。この句集を咀嚼するには、アジア、少なくとも東アジアを視野に入れなくてはならないからだ。

大沼正明は、一九四六年中国東北地方の鞍山生まれ。最年少旧満州引き揚げ者。自分の生地へのこだわりから、一九九一年から一九九五年にかけて、長春を拠点として生活した。その時期の俳句が、たとえば次の二句である。

蟲追ウ仕草デ南へ盲流《マンリウ》オロオロト
主義とは何？皮蛋《ピータン》内部の闇を舐める

大沼正明が長春にいた一九九三年十月、私も彼の手助けを得て、長春に吉林大学招聘講師として滞在し、同大学で講演を行った。その間、大沼と吉林大学の男子学生とともに、かつて満州鉄道と呼ばれた鉄道の混雑した列車に乗ってハルビンも訪れた。

この旅の前後の北京滞在を含め、大沼とはよく語り合ったし、中国の現実を彼から教わったりもした。ここで問題にしたいのは、彼はほとんど記憶の伴わない生まれ故郷、中国東北地方で何をしていたかということである。より正確には、俳人としてどのように自分自身の存在の基盤である世界像を変えたかである。

『異執』の作品群を読んだ上での私の推測を述べておこう。

日本人が近世までは一方的に崇拝していた文明大国である中国の、きわめてドライでときには野蛮で残酷な現実。

あまりに出自も個々の性格も雑多で、自らの欲望に正直な人々が多いので、この広大な領域を統治するには、強硬な方針を打ち出さざるをえないこと。それでも、統制の笊の目が粗いので、疎漏が少なからずあること。主義や思想が、声高に唱えられる割には、信じられていない。

全般に、環境は日本よりも劣悪。しかし、その劣悪に負けず、人々はたくましく生きている。あの当時、吉林大学の学生が、私の勤める明治大学の学生の数倍勉学に励んでいるのを見て、大いに驚いた。

パール・バックの小説『大地』にも記されているように、中国人は土と縁を切って生活できない。北京の紫禁城も土埃まみれ。中国国外の中国人も土のにおいを大なり小なりまとっている。その典型が、世界各地のチャイナタウン。

大沼の世界像というよりは、私自身の粗末な中国観を述べたにすぎないが、矛盾に満ち、奇怪さに満ちた、得体の知れない巨大なかたまりである中国を包括できる世界像は、日本語で十分に表現できないかもしれない。
そういう世界像は、異体のパフォーマンス言語で、その異体を最大限生かして表現するのにふさわしいのではないだろうか。

鱈の白子を菊と呼ぶ地で金策せり
園児すでに旅人シーソーに日と月
散骨や吹かれてクローン山羊の髭に
小さな天の尻餅のような文鎮ください
テキ屋きて社会の窓からいわし雲
フランスパンに騎《の》ったら騎ったで巨根戦争す
ラッシュ車内に立寝しバオバブ呼んでいる
刑場ちかくの臓器市場ちかくの綾取り

『異執』の異体の秀句を抜き出してみた。とりわけ、「小さな天の尻餅」を好む。この句のおおらかな童心が大沼の世界像の中心軸かもしれない。

能と俳句

一九七四年四月、私は東京大学入学後すぐに東大観世会の部員となった。このクラブの新歓コンパで「能の幽玄に惹かれる」と背伸びして挨拶してしまった。

約一年間、当時の四年生、中村安秀、別所浩郎、小長井一男、正木春彦といった現在それぞれの分野の第一人者として活躍する方々から、素謡や仕舞をみっちり仕込まれた。いまは亡き鈴木一雄先生の指導のもとで。

その後、精進を怠ってしまったにもかかわらず、能と俳句の関係には、自然に気が付くことがある。

謡曲「葵上」を、『観世流謡曲全集』（檜書店、一九七四年）で読み直して、

　人間の不定芭蕉《フヂヨオバシヨオ》泡沫《ホオマツ》の世の習《ナラ》ひ《イ》。

のところで、芭蕉の俳号は、深川の庵に芭蕉を植えたからだけではなく、このくだりの無常観に松尾芭蕉が共感したからではないかと推測する。芭蕉には、

　あら何《なに》ともなや昨日《きのふ》は過ぎて河豚汁《ふぐとじる》

の一句があり、謡曲「蘆刈」などで繰り返される驚きの声「あら何《なに》ともなや」が、河豚中毒にならず無事だった安堵感へと意味が転換されて笑いが生じる。

夏草や兵《つはもの》どもが夢の跡

『おくのほそ道』の名句。ここには、「夏草」から「兵」への現在から過去、「夢」から「跡」の過去から現在への時間移動があり、それは夢幻能ではよくある時間構成で、一句の数少ないことばでそれをなしとげた芭蕉は凄い。

芭蕉に対抗しようとした上島鬼貫でさえ、

よも尽じ草の翁を露払《つゆはらひ》

があり、「よも尽じ」は、言わずと知れた謡曲「猩々」を引いている。

よも盡《ツ》きじ「よも盡きじ。萬代《ヨロヅヨ》までの竹乃葉の酒。

初期俳諧でも、発句に謡曲の詞章の一部が埋め込まれているのは、たとえば西山宗因に顕著。

花むしろ一けんせはやと存候

天も酔りけにや伊丹の大燈籠
里人のわたり候か橋の霜

これらは能楽ファンには出典を示す必要がないだろう。

近代俳句でも、阿波野青畝の、

山又山山櫻又山櫻

は、謡曲「山姥」の末尾、テンポの速い、

山また山に。山廻り。山また山に。山廻りして。行方《ユクエ》も知らず。なりにけり

から思い付いた一句だろう。

こう書きながら、それぞれの素謡の練習時の声がよみがえる。ひときわ高く目立つ声は、中村安秀さん。

私は東大観世会入部後、このクラブの機関誌「かんぜびと」の第二代編集長を務めた。初代編集長は、当時医学部四年生の中村さん。「鶴亀」を覚えたばかりでほとんど何も能について理解していないにもかかわらず、あれよあれよと言う間に、中村さんが一九七四年五月に創刊した「かんぜびと」の編集をバトンタッチされ、同年十一月発行の第八号から翌一九七五年六月発行

の第一三号までを担当した。
この雑誌は手書き原稿を青焼きコピーした、今は珍しい作り方でできた小冊子。そこには、部員紹介、行事予定、観能記、メルヘンなども綴られている。そして私の俳句も、しばしば埋め草として登場した。

肋骨の沖へと午後の白い部屋

初期句集『うなる川』(『越境紀行　夏石番矢全句集』、沖積舎、二〇〇一年所収)

能には直接関係ないが、能の詞章のレトリックの複雑さを現代語で追及しようとしていたのだろう。
明確に能のことばを意識して作った俳句は、次の一句。

これは九重《ここのへ》の倒木《たうぼく》の紅葉《こうえふ》

『メトロポリティック　Métropolitique』(牧羊社、一九八五年)

東大観世会時代に習った謡曲「東北《とうぼく》」の、

所ハ九重乃《ココノエ》。東北の霊地《レイチ》にて。王城《ヲオジヨオ》乃。鬼門を守《キモンノマモ》りつゝ。

を下敷きにして、荒れた京都の宮城内の凄まじい紅葉へと連想を移して出来上がった。

第一回越日俳句懇談会

ハノイへは、二回目の訪問となった。前回は二〇一二年二月の第一回アジア太平洋詩祭に、夏石は招待された。その際、初めてハノイ市ベトナム語俳句クラブ（略称　ハノイ俳句クラブ）会員諸氏と出会い、小さい会合を開いた。それが、二〇一四年九月の第一回越日俳句懇談会開催へと飛躍的に発展した。

九月十一日に、世界俳句協会からの派遣団、夏石番矢、鎌倉佐弓など三名は、ハノイに到着。翌十二日からは三つのイベントに参加する。

まず、十二日午後は、ベトナムと日本の交流を本格化するための儀式が用意されていた。ハノイ国立大学社会人文科学学院Eビル八階会議場で、越日交流クラブ発足式が行われたのである。このクラブの役員には、ハノイ俳句クラブ会員のレー・ティ・ビンがおり、この俳句クラブは、越日交流クラブに所属することになり、公的な組織として認定され、その活動を展開しやすくなった。このセレモニーでは、ハノイ俳句クラブの会員数名は、ベトナム語俳句を墨書した巻物を出席者へ誇らかに披露した。

続く十三日は、早朝から昼まで第一回越日俳句懇談会。「ベトナム人の心を込める俳句」がテーマ。会場は、ハノイ中心部の西湖の南にある百草公園の会議場。

午前八時半から会議は始まる。俳句愛好家を含め、約百人が集まる。ベトナムの主要な詩人、文化人も混じって、俳句がベトナムで認められている証拠となった。

九十七歳の著名な文化評論家ヒュー・ゴックは、この会議の冒頭から終わりまですべてに出席し、卓越した見識から、次のように述べる。

ベトナムでは、三つの大きな文化摂取が起きた。その第一。唐と戦い、唐の詩を受け入れ、それまでの六・八音節詩以外の漢詩も作るようになった。第二は、二〇世紀初め、フランス植民地時代、フランスのロマン主義詩を受け入れ、共同体の詩ではなく、個人の詩を書くようになった。第三が二一世紀、グロバリゼーションの流れの中で、俳句を受け入れた。

日本からは、世界俳句協会の代表として夏石が「ハノイと世界俳句」と題した、挨拶と講演を兼ねたスピーチを参加者へ発した。古代において日本とベトナムには近縁関係がある。両国の政治的事情で長らく途絶え、二十一世紀に再開した文化交流のなかで、俳句は大きな意味を持つ。フランス植民地時代の一九〇三年にすでにハノイは俳句と無関係ではなかった。俳句には二行詩的解釈と三行詩的解釈がある。『世界俳句二〇一三　第九号』(七月堂、二〇一三年)にベトナム語俳句を初収録できたことは、世界文学史上重要な出来事。その代表作に、ベトナム戦争を詠んだ、

冷たい月／霊園に／戦友の整列　　リ・ビエン・ザオ

がある、などが講演の内容。

鎌倉佐弓の講演は、「日本の女流俳句について」。田捨女、斯波園女、加賀千代女から、杉田久女、星野立子、橋本多佳子、三橋鷹女、そして自分自身の作品を分析的に紹介して、ベトナムでも多い女性俳人の創作意欲を鼓舞した。ベトナム側から、ハノイ俳句クラブの沿革が紹介され、六・八音の伝統詩と俳句の関係、ベトナム語俳句における脚韻の働きについての講演などがあった。これらは、当日配布の『日越俳句懇談会　紀要第一巻』（ハノイ俳句クラブ、二〇一四年九月）に収録された。

最後のイベントは、一四日にハノイ市交通運輸局科学及び訓練研究センターで行われた俳句朗読会。約四十名参加。途中、俳句創作についての質疑応答となる。

「俳句では形容詞が使えない」
「いいえ、使えます」
「季語はどうしたらいいですか」
「世界共通の絶対的な季語はないので、地域的なことばとして使ってください」

今回、ディン・ニヤット・ハインの四言語句集『呪いをかける月』（文芸出版社、二〇一四年）、ディン・チャン・フオン句集『月の花びら』（作家協会出版社、二〇一四年）、詩人のヴオング・

チョングの俳句も収録された『詩選集』(作家協会出版社、二〇一一年)など、俳句関係の出版物をどっさりとプレゼントされる。

ベトナム、とくにハノイに俳句はしっかりと根付き、次の段階へ成長しつつある。

海をまたぐインスピレーション
——『三国史記』『三国遺事』

私は幼いころから、郷里の兵庫県相生市菅原町の陸天《くが》神社の前庭でよく遊んでいた。あの神社での子ども同士の遊び、祭礼、ラジオ体操が忘れられない。そして、その記憶を包むようにして、神社という宗教装置の醸し出す独特の雰囲気がある。

その神社の起源をたどると、祭神の菅原道真という出雲系の貴族、その源流の土師《はじ》氏、そして古代朝鮮にたどり着く。

だが、古代朝鮮を明確に開示する本には、実はなかなか出会うことができなかった。

故郷を離れて、東京の大学や大学院で主に西欧語と西欧文化を学び、大学院同期には韓国からの留学生がいたにもかかわらず、あまり韓国についての知識は吸収できず、大学で教えるようになってしばらくしてから出会ったのが、次の三冊の本。いずれも高麗時代に漢文で書かれた歴史書である。

●一然著、金思燁訳『完訳　三国遺事（全）』（六興出版、一九八〇年）
●金富軾著、金思燁訳『完訳　三国史記（上）』（六興出版、一九八〇年）
●金富軾著、金思燁訳『完訳　三国史記（下）』（六興出版、一九八一年）

一然（一二〇六〜一二八九）は国尊という称号を高麗王朝から賜った当時最高の僧侶。金富軾（一〇七五〜一一五一）は高麗王朝の名臣で史学者。

これらの高麗時代の知性の最高峰をなす人物によって漢文で書かれた古代朝鮮の始祖から三国時代までの歴史や伝説に、現代の金思燁が付けた読み下し文、さらにはその直後に置かれた注が、とても刺激的で、私の認識を揺すぶり、想像力を活発にした。

たとえば、『三国遺事（全）』の「金閼智　脱解王代」のくだり。現在の慶州あたりの始林の木の枝に掛かっている黄金の櫃から出てきた男児、金閼智《アルチ》。金思燁による注では、

閼智＝「小児」

とあり、アチもしくはアキとも発音する。ここから、次の一句が生まれた。

去る友よ閼智《あっち》の山は赤いぞ

「あっち」という現代日本語と「アルチ」という古代朝鮮語の音の類似性をもとにした二言語掛けことばが眼目。新羅王家の金氏は、この男児から始まる。「あっち」は、こっち側の日本からの古代朝鮮を指す。

金閼智の神秘的出現の起きた時代の統治者である脱解王については、『三国遺事（全）』では、竜城国から阿珍浦に流れ着いた船に積まれた櫃から出てきたとある。『三国史記（上）』では、船は竜城国ではなくて、倭国の東北一千里に位置する多婆那国からとされ、脱解王はどうも、古代日本出身と推定できる。そこでまた俳句が誕生した。

脱解王の波また波のモノローグ

古代日本出身の新羅王が、波のうねりのようにつぶやくさまと、王自身の存在が日本海（東海）の海波と密接な関係にあることを詠んだ。「寄る年波」という言い回しの連想も働くかもしれない。それならば、脱解王老齢のつぶやきとなる。

『三国遺事（全）』「駕洛国記」に登場する、大駕洛の始祖王、首露も魅力的な名前だ。もちろん、私の俳句に登場する。

首露王を照らす北斗は枢なり

金思燁による注には、首露はスリまたはスルの音写とあり、「上」「峰」「神聖」を意味する。天上界から降臨した王らしい名前。古代人が信じた天上界の極北は「北斗」であり、北斗七星に眠る天帝からの余光を首露王は受けて、威風堂々としている。

大胆にも、古代朝鮮三国時代の王の名前を、少し改変したことさえあった。『三国史記（上）』「高句麗本紀」の冒頭に記された、東明聖王がそれ。光明王として私の俳句に詠み込まれた。

木に昇る光明王とためらいの海

最も美しい王の名は、瑠璃王。これは、『三国史記（上）』の高句麗第二代の琉璃明王から作り出した。この王を私が俳句に詠むとこうなる。

瑠璃王の東西南北みずけむり

この王の晩年、王子如津が川に溺れて死んだ。こういう史伝もこの句の裏側に秘められている。畏友・四方田犬彦は、次のようなコメントをこの俳句について書いてくれている。

当時の高句麗はまだまだ小さな古代集権国家にすぎず、王権が本格的に朝鮮半島の北部を掌握するのはさらに数代を下って、紀元二世紀の終わり頃からとされている。瑠璃王の実像は朦朧《もうろう》とした神話の霧のなかに包まれていて、窺《うかが》い難い。

『現代俳句パノラマ』（立風書房、一九九四年）

さらに悲劇的な王は、『三国史記（下）』の百済最後の義慈王。これを「慈悲王」として俳句を仕立てた。

慈悲王の座右の石は化石です

あえて悲憤慷慨を避けて、白々しく平坦な口語調で詠んだ。百済滅亡の虚脱感を表現できただろうか。

これら私の三十代の作はいずれも、第四句集『神々のフーガ』（弘栄堂書店、一九九〇年）に収録されている。そこには、日本海（東海）という、日本列島と朝鮮半島・ユーラシア大陸によって囲まれる「地中海」をテーマにした次の二句も収められている。

日本海に稲妻の尾が入れられる

虹はいま片足あげよ日本海

東アジアの地中海をまたぐインスピレーションを、これら三冊の古代朝鮮の記憶を留めた書物が私に与えてくれた。

筆の力

私たちは、豊かな毛筆の力から縁遠い、荒涼とした場所にいるのではないか。近頃こう断続的に考えている。

比喩として、「筆が速い」「遅筆」「筆まめ」「筆不精」「筆力」などと、ものを書く行為を表現するけれども、実際毛筆を使って書くのは例外的であって、かつては鉛筆、万年筆、ボールペンを使って書いていたが、現在はほとんどパソコン内蔵のワープロを使っているのが、日本人の実情だろう。いま現に私もこの一文を書くために使っているパソコンのワープロは、筆とは程遠いしろもので、欧米のタイプライターから変化した道具である。

書くことをめぐって、予想以上に大きな変化が起きているにもかかわらず、実際何がどこまで変化したのかは、ほとんど意識されていないのではないだろうか。

すぐ思いつく変化は、書くことがキーボードを「打つ」行為に変化していることである。これは実のところ、大変化である。

「書く」という動詞は、「掻く」が語源であり、つまり指や道具でものを引っ掻く行為を起点とする。この行為がワープロの席捲によって、「打つ」に変化した。

私たち日本人にとっての本来の「打つ」行為は、たとえば柏手、拍手、平手打ちが思い浮かぶが、てのひら全体を使うので、指を使ってワープロを「打つ」とはかなり異なる。一番近い行為が、タイプライターを打つのでなければ、ピアノを「弾く」行為だろう。鍵盤なら「打つ」という動詞を使う。

キーボードを打って書く行為は、ピアノ演奏に近いはずだが、そうではないだろう。私たちはワープロを打って書きながら、何をしているのだろうか。

私が筆で書く（描く）ことについて考えるようになったのには、二つ契機がある。

その一つが、これまでの混毛の筆に替えて、羊の毛だけを使った筆、栗鼠の尾の毛だけを使った筆で色紙に揮毫を始めたこと。この二種類にはもちろん違いはあるものの、共通して毛の腰や先がちょっとした力の加え具合で思いがけないかたちになり、紙の表面に予想できない墨の跡を残す。

決まりきった自作俳句を、羊の毛の筆、栗鼠の毛の筆を使って書くと、予想外の字が書ける。そうすると決まりきった俳句が、決まりきった俳句ではない様相も見せてくれる。

ワープロを打つ場合、「筆者」が狙った文字が入力できるかできないか。エラーが起きてもせいぜい変換ミス。これぐらいが問題だろう。道具としては精度が高いが、面白味に欠ける。

ピアノの鍵盤を「打つ」には、弱強、遅速などのニュアンスがあり、それが音楽演奏の妙味を生み出すが、ワープロのキーボードにはそれを期待しても意味がない。打つ力が弱いと、入力できないことも起きる。むしろ、一律の打つ力が要請される。

もう一つは、絵画における毛筆の威力。よく知られている日本の江戸期の木版画が、印象派に与えたいわゆる影響を考えると筆の力を再認識させられる。

江戸木版画は、絵師が毛筆で描いた絵を彫師が巧みに木版に写してできる。毛筆による絵がそっくりそのまま木版画になっているわけではない。

それにもかかわらず、印象派以降の西洋絵画の前衛たちは、日本の木版画から学び取った毛筆の線の重要性に気づき、西洋の絵筆などで筆のタッチや動きの可能性をそれぞれ革命的に追及してゆくのである。ゴッホ最晩年の『サン・ポール病院庭園の松の木とタンポポ』、ピカソの『泣く女』、デ・クーニングの『水』はその傑作。

近現代の日本の画家の大半は、筆の力に関しては、これら欧米前衛の後塵を拝しているのではないだろうか。

それではいま私たちは、かつて毛筆で書かれた作品をどのように変質させて、ワープロで打って書いているのだろうか。

自選百句色紙展

二〇一五年の一月末から二月初めにかけて、自作俳句を百枚と数枚、色紙に書いた。こう書くとたいしたことないような行為だが、実際やってみると大変だった。

沖積舎とOKIギャラリーの主、沖山隆久さんが、私の還暦記念に自選百句色紙展を提案し、軽く承諾したことからことは始まった。

五十枚の色紙なら、ハンガリーでの出版のため三回書いたことがある。そのうちの二回分は、ハンガリーの女性水彩画家エーヴァ・パーパイとの二冊の共著、『MADARAK／BIRDS／鳥50 HAIKU 俳句』（バラッシ・キアド社、ハンガリー、二〇〇七年）と『A TENGER VILÁGA／THE WORLD OF THE SEA／海の世界50 HAIKU 俳句』（バラッシ・キアド社、ハンガリー、二〇一一年）となった。三回目の成果は、犬についての五十種五十句を苦労して書いたものだが、これは『KUTYÁK／DOGS／犬50 HAIKU 俳句』（バラッシ・キアド社、ハンガリー、二〇一九年）となった。

色紙五十枚と百余枚では、実際書いてみて、その労力はまったく異なることがわかった。還暦記念の百余枚では、市販の墨汁は一切使わず、茶墨と青墨を自分で硯で磨って書いた。硯は麻子坑端渓。こう言うと「数十万円はするでしょう」と友人は反応するが、本物を神田須田町の清雅堂でかなりの廉価で入手した。この書道品の老舗の店頭では、池田義信さんにいろいろ相談した。名刺を交換すると、篆刻家であり、書家であった。

私は書家ではない。俳人である。だから、書家のまねをする必要はない。また、ある俳人のように知名度を笠に着て無骨な字を書き散らしても意味がない。むろん、おとなしくお習字の字を並べるのはまたこれも、俳人らしからぬ無粋な行為。

自分らしい字、これを問いながらの揮毫が、満六十歳になる直前の私の仕事となった。自選百句とは言いながら、句の良し悪しで、選んだわけではない。二〇一一年、日本は福島原発爆発でもう住めなくなるとの必死の思いで、日英対訳自選五百句集『ターコイズ・ミルク／Turquoise Milk』（レッド・ムーン・プレス社、二〇一一年）を米国で出版したが、そこに収録された俳句を中心に色紙を書き始めた。五枚セットの色紙を沖山さんに求められたので、数組作った。

足とめて見るは梅雨のうなる川

この句が自選百句の冒頭。一九七〇年郷里の相生市の鮎帰川の氾濫を詠んだ一句。ちょっと変な字が書け、予想外のアンバランスな色紙となった。それも私の事実上の処女作らしくてよしとした。

今回、三種類の筆を使った。最も活躍したのは、栗鼠の尾の毛でできた比較的毛足の長い筆。数寄和大津から調達したもの。この筆は、面白い変化を見せる筆で、できあがりを予想できない。飛白《ひはく》が、思いがけないところに生じる。

色紙百枚を縮小複製して収めた『夏石番矢自選百句』（沖積舎、二〇一五年）の題字も、この筆で書いた。飛白が「自」という字の右肩に奇跡的に出た。

神田神保町にあるOKIギャラリーは、私の本務校の明治大学駿河台キャンパスに近い。ここでの色紙展がどうなるだろうか。

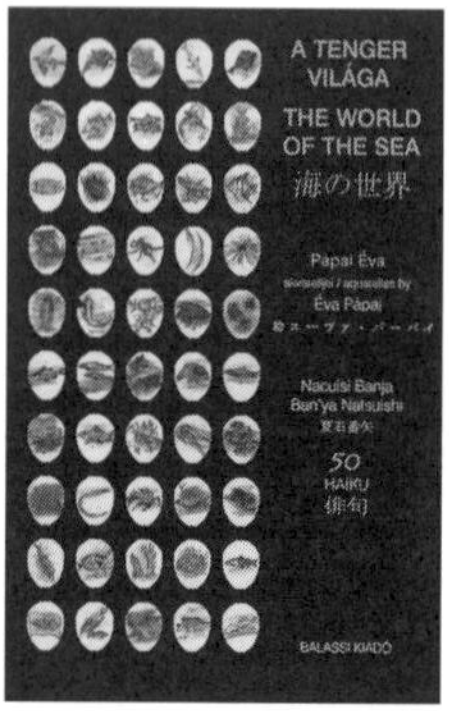

『A TENGER VILÁGA／THE WORLD OF THE SEA 海の世界 50 HAIKU 俳句』
（ハンガリー、2011年刊）

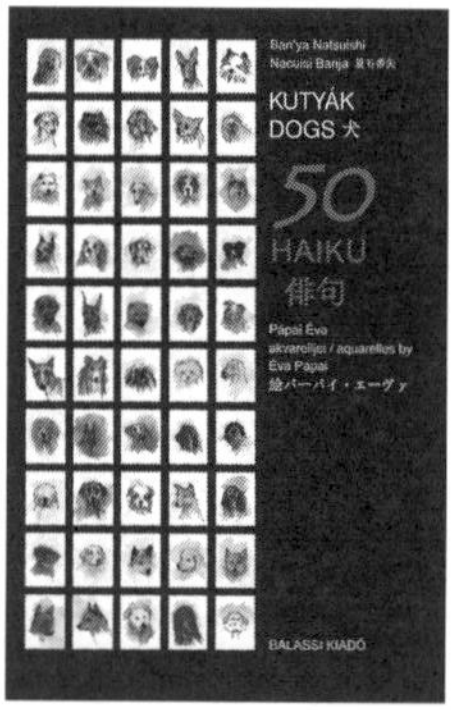

『KUTYÁK DOGS 犬 50 HAIKU 俳句』
（バラッシ・キアド社、ハンガリー、2019年刊）

世界俳句の豊かな展開

俳句は日本だけの短詩ではない。これは日本の誇りでもあり、実は脅威でもある。これが、世界俳句協会を二〇〇〇年九月スロヴェニアのトルミンで共同創立し、二〇一五年九月に第八回大会を明治大学で開催しようとしている私の信念。

母国がナポレオンのフランスに併合され、オランダ商館長として日本に長く留まったヘンドリック・ドゥーフも、

稲妻の腕《かいな》を借らん草枕　　玉蕉庵芝山編『四海句雙紙　初編』（一八一六年）

などの俳句を日本語で作っていたが、俳句が海外へ広まるのは、十九世紀中ごろの日本の開国以来の宿命だった。

初めは、明治時代、現在の東京大学文学部の基礎を作ったイギリス人バジル・ホール・チェンバレンなどが、俳句は短かすぎると否定的に英訳紹介していたが、十九世紀から二十世紀にかけての欧米の社会と文学の大変動の波のなかで、短かすぎる俳句が、それまでの欧米の冗長な詩にない可能性を輝かせ始めた。

フランス・シュルレアリスムの詩人ポール・エリュアールも、前衛的俳句、

うたう歌に心をこめ／雪を融かす／鳥たちの乳母

をフランス語で第一次世界大戦直後の一九二〇年に残す。この大戦の悲惨な焼け跡からの復興への意欲を詠んでいる。

世界俳句協会は、二〇〇〇年という千年紀の更新時に、結成の機運が高まり誕生した。創立してから、二〇〇三年に第二回大会を天理で開くまで、本当の産みの苦しみを味わう。その後大会は、隔年で、ブルガリア、リトアニア、コロンビア、日本などで開かれている。ハンガリー、ベトナム、モンゴルでの俳句大会にも世界俳句協会は協力してきた。

年刊出版『世界俳句二〇〇五　第一号』（西田書店）は、二〇〇四年十一月にようやく刊行。二〇一五年は春に『世界俳句二〇一五　第一一号』（七月堂）を世界へ送り出した。そこに収録された多言語俳句選集は、四十四か国三十言語二百四人五百三十二句に及ぶ。欧米と日本中心の出版物だったが、南米、アフリカ、アジアなどからの会員の投句者が増える。

一体何か国で作られているかはカウントできないものの、俳句が全世界の短詩となっているのはまぎれもない。世界へ広まって、五・七・五音と季語の制約を超えて、短い三句もしくは三行からなるさまざまな言語による現代の短詩へと成長した。それぞれの言語においてもっとも本質的な詩の表現、それが俳句である。

『世界俳句二〇一五　第一一号』から、秀句を抜き出してみる。

新しい愛／花屋の跡に／薬屋　　リュードミラ・バラバーノヴァ（ブルガリア）

花が痛い！／それは犀病と／医者が言う　ジョルジュ・フリーデンクラフト（フランス）

老年は自由／家の鍵無くし／君は混沌に住む　モルデカイ・ゲルドマン（イスラエル）

いずれも人間の本質をとらえた俳句。愛、病気、老年といった小説が長々と散文を綴らなければならないテーマを、たったこれだけのことばで表現している。

魚無き湖／ボートも／主もなし　ウルジン・フレルバータル（モンゴル）

この俳句は、荒れはてた自国の自然を詠んでいる。日本人も、単純な自然諷詠に安住していては、取り残されてしまう。

天冷えて青がしだいに束縛に　鎌倉佐弓
酔いながら一万年前の鯨を語る　夏石番矢
未来の子闇の長さを知ってしまう　たかはししずみ
精霊は原色で描く熱帯夜　山本一太朗

季語が強いる四季という時間、日本という空間の枠をこえた現実をとらえた俳句を抜き出してみた。

世界俳句は、多様で本質的な現実を表現するので、言語や国境を越えて切実なのである。

世界共通の俳句のルーティーン
――ことばの三本柱の魔術

1　世界俳句協会の経緯と活動

俳句創作は、二十世紀初めのフランスでブームとなってから、日本語以外の諸言語に広まってゆき、百年以上が経過した。二〇〇〇年九月に、旧ユーゴスラビアの西端の国スロヴェニアで、世界俳句協会を、十一か国六十二人の俳人・詩人たちと共同創立した。「世界俳句」とは、あらゆる言語での俳句創作の可能性を信じ、促進し、詩のエッセンスとしての俳句を産み出してゆく活動。

当協会は、隔年で世界大会を開催し、二〇〇三年日本、二〇〇五年ブルガリア、二〇〇七年日本、二〇〇九年リトアニア、二〇一一年日本、二〇一三年南米コロンビア、二〇一五年日本が開催国となった。二〇一七年にはイタリアのパルマでの開催が予定されている。

日本では二〇〇五年以来、四月二十九日に、日本総会を開き、ゲストとして、クロアチア大使、モロッコ大使館次長、米国詩人、英国詩人、ラトビア俳人、ベトナム俳人などの参加を得た。

また、インターネット上で毎月、俳画コンテストを開催し、世界各国から二次元視覚アートとしてのクオリティーの高い作品をアップしている。

2　年刊出版物『世界俳句』

当協会の最重要活動として、年刊出版物『世界俳句』の編集と発行がある。『世界俳句二〇〇五　第一号』（西田書店、二〇〇四年）を皮切りに、現在『世界俳句二〇一六　第一二号』（七月堂、二〇一六年）まで十二冊を世に送り出すことができた。

この年刊出版物には、各国会員からの俳句の多言語アンソロジー、ジュニア俳句、俳論、会合報告、俳画コンテスト優秀作が収録されているが、メインは多言語俳句アンソロジーである。表紙にうたってあるように、『世界俳句二〇一六　第一二号』では四十八か国三十三言語百六十四人四百六十一句がそこに選び出され、収録された。

国境を入れてワインは透明に　　鎌倉佐弓（日本）

Wine makes
national borders
transparent

a tiny grey bird
goes on singing:

サントシュ・クマール（インド）

the noon sun in its blood

灰色の小鳥／歌い続ける／血に真昼の太陽

これまで、季語が入り、五・七・五音で作られるのが当たり前だった俳句が、気候風土、言語、文化の違う各国共通の短詩となり、気候風土は地域によって異なるので、季語は地域的なキーワードに過ぎなくなり、必ずしも必要でない。各言語のリズムも多様なので、五・七・五音節という数に制約されない三行短詩となっている。

3　ことばの三本柱の魔術

それでは、俳句は「世界俳句」となって、国籍不明の曖昧な短詩となってしまったのだろうか？

日本語では一行表記されるので、なかなか見えてこないが、英語などの諸言語に翻訳されると、五・七・五音ではなく、三行という特性が浮き出て、輝き始める。この三行が、実に多様な世界を一句ごとに生み出している。最新の『世界俳句二〇一六　第一二号』から実例を挙げて分析してみよう。

Ses yeux de lavande

ses cheveux couleur de miel
tous inaccessibles

ジョルジュ・フリーデンクラフト（フランス）

ラベンダーの目／蜜の色の髪／すべて近寄りがたい

魅惑的な第一行「ラベンダーの目」が、新しい世界の始まりを告げ、第二行「蜜の色の髪」がその世界、美女の風貌をさらに明らかにする。そして、美女の風貌をすべて開陳することなしに、第三行「すべて近寄りがたい」によって、開陳されかけた世界が、拒絶の彼方へと隠れてしまう。とくに原語のフランス語を見ていると、三本のことばの柱が、それぞれ別の働きをして、一つの小宇宙を形成しているのがよくわかる。図式化するとこうなる。A＝第一行、B＝第二行、C＝省略された行（たとえば、こころみに「林檎の乳房」としてみる）、D＝第三行。横線は想定内の展開、縦線は想定外の展開。

A—B—（C）
　　|
　　D

土星ひとまわり天使の解体

野谷真治（日本）

Walk around the Saturn
an angel's
disassembly

この日本のユーモラスな幻想俳句も、三行の英訳で、それぞれのことばの柱の働きが明確になる。A＝第一行「土星ひとまわり」、B＝第二行「天使の」、C＝第三行「解体」、X＝予想されながら消去された行。この一句は、予想された行とは別方向の行へと飛躍し続ける展開を示す。

A―X
｜
B―X
｜
C

二例だけながら、ことばの三本柱の働きは、実に多様で自由だ。ことばの三本柱を打ち立てるのが、世界共通の俳人のゆるぐことないルーティーンであり、そのルーティーンは、ことばの魔術を魅力的に発揮する。

わがお国ことば、西播磨

1　父母の最晩年のことば

生まれ故郷の兵庫県相生市を大学入学のため離れたのが一九七四年なので、首都圏暮らしはもう四十二年となる。両親存命中は、ときどき帰郷していたが、二人とも他界し、墓も父親の出身地の神戸の一つにまとめ、実家も姪夫婦が住むようになってから、ここ数年帰郷することもなくなった。したがって、故郷のことばをまともに聞く機会がまずなくなった。それにもかかわらず、埼玉の自宅でふと呟くことばが、こういうふうだったりする。

「あかんなあ」
「なんで失敗するんやろ」
「そんな事どうでもええやんか」

あまり他人には聞かれたくない本音を、洗面所の鏡の前で、故郷のことばで呟いている自分に気づき、自分でも驚くことがある。当然のことながら、故郷のことばはそれだけ根深いことばなのだろう。

とは言え、夢見ている間に使うことばが、故郷のことばかというとそうでもない。標準語で叫んだり、ときには英語で怒鳴ったり、たまにはフランス語で話したりしている。つい先日、夢を見ながら実家に戻り姉たちを大声でなじっていたのは、標準語によるもので、この大声は隣で寝ていた妻を起こしてしまった。

最も印象深い故郷のことばは、最晩年の父母のことばである。

二〇一〇年の春に故郷で他界した父には、最後の数週間、姉や妻たちと交代で、病室で付き添っていた。

父はもう長く話せる状態ではなく、私個人に告げた最後のことばは、次のようなものだった。

「しっかり勉強しなさい！」

自分自身が父親の専横によって、尋常小学校を中退させられた父らしい一言で、私が学業に励むのを生きがいにしていた。

さらに父の衰弱が進むと、もはや二単語以上の発語は途絶え、家族が病室で会話しているとき、聞こえるたびに「はい」とだけ反応していた。これは「へい」ではなく、標準語の「はい」だった。それもとだえてしまい、後は昏睡状態が心肺停止まで続いた。

姉たちには、「あるか」か、「おるか」ということばを吐いたらしい。姉たちは、「お金があるか」か、「猫はおるか」かではないかと解釈していた。お金は入院費用、猫は餌をやっていた外猫のことである。

父は、晩年の生活の手助けをしていた姉たちには本音で最後のことばを呟き、私には父親として改まった立場で、励ましとも訓戒ともとれることばを発した。

もっとも、父が他界したのは、私にとっての生まれ故郷相生であり、父の生まれ故郷は神戸であり、同じ兵庫県でありながら、父は異郷で他界した。「おるか」以外は、標準語であって、イントネーションだけがお国ぶりを見せていた。とりわけ、「しっかりべんきょうしなさい」の傍点部分に、尻上がりの強勢アクセントが付いていたのが忘れられない。四拍子の遺言でもある。

私の生まれ故郷は、母の生まれ故郷で、父母は一九四四年に神戸で新婚生活を数か月送ってからは、空襲を恐れて母のふるさとの相生で暮らした。

晩年の衰弱はまず母に訪れ、自宅を離れて介護施設と病院を行ったり来たりの生活が二〇〇九年から続く。視覚も聴覚もほとんど利かなくなっていた母が介護施設に入りたてのころ、見舞いにゆくと別れぎわ、よくこう懇願した。

「手えにぎってえなあ」

手によるスキンシップがこれほど大事だとは、それまで忘れていた。衰弱が進むと母は認知症になり、ときたま見舞いに来る私のことばに、こう冷たく標準語風に反応した。

「わかりましぇん！」

この後、母とは会話ができないまま、二〇一一年冬、母の訃報を姉から電話で突然受けることになった。

2　姫路のことば

生まれ故郷の兵庫県は、摂津、播磨、但馬、そして丹波の寄せ集めの地域で、かなり地域差がある。一番なじみがあるのは、十八歳まで住んだ生地の相生市、次いで中学・高校の六年間通った姫路市、そして父までの代々住み、墓のある神戸市。それぞれ独特の方言がある。もっともきつい方言は、相生市のもの。元は南端が漁村だったせいか、響きの尖った表現がある。

「ほんまけえー？」

これは標準語では、「ほんとうですか？」。なんともあけすけなわがお国ことばである。私は直接知らないが、瀬戸内海のある島の漁師の妻たちが、日本で一番きついことばを話すと、広島県福山市出身の女性から聞いた。

淳心学院中学校・高等学校の合計六年間、姫路に通った。これは、私にカルチャーショックをもたらした。淳心学院はカトリックの淳心会が運営するミッションスクールで、お坊ちゃんが通う受験校。一学年約百二十名ながら、毎年東京大学には十名前後が合格していた。毎日ネクタイを締めて、当時の国鉄・山陽本線で通学した。

ことばの面では、相生市では聞いたことのない方言に出くわした。たとえば、「〜してあげる」

の意味の「〜しちゃる」。

「この本貸しちゃる」

この「〜しちゃる」は、医者の息子で、現在、姫路市で産婦人科医院を継いでいる太田和美君がよく口にしていた。太田君は、額の広い、目の大きいおっとりした少年で、相生市では見られない上品なお坊ちゃんだった。私は彼の白くてつるつるの額をよく戯れに軽く叩いたものだった。

淳心学院の校長は、ベルギー人神父で、副校長や教諭にもベルギー人神父がいて、彼らからベルギー訛りの英語を教わったり、いささか奇妙な日本語も毎日耳にした。ある神父は、私の本姓「乾（いぬい）」を正確に覚えてくれず、「いのい」と発音していた。また、同じ神父は「ダメだよ」を「ペケよ」と言うつもりで、

「ペコよ」

と発音し、同級生たちのやんちゃな笑いを誘った。

思えば、姫路の淳心学院六年間では、方言、異言語、訛りと、この世の言語が一様ではないことを、知らず知らずのうちに学んでいた。

最も印象深いのは、福本泰雅教諭で、現代国語担当。早稲田大学文学部国文科出身の文学青年で、水原秋桜子系の俳人でもあった。姫路の通学路沿いの書店に置かれた俳誌「馬酔木」の投句

欄に掲載された、

千姫の化粧櫓やこぼれ萩

の句をからかったら、「つまらん絵葉書俳句にすぎません」と謙遜されていたが、決して悪くない俳句だ。

この福本先生の独特の口調を思い出させた小説がある。車谷長吉の『漂流物』である。この小説家は、姫路市飾磨の出身で、淳心学院同期生に同じ苗字の生徒がいた。彼とは一度もことばを交わしたことがないが、同姓のこの小説家のいとこにあたると近頃知った。

『漂流物』の登場人物、青川は、神奈川県茅ケ崎生まれで、二十七歳まで茅ケ崎にいたという設定だが、主人公の「私」に対する異様に長い告白では、「〜の」を口癖とする。これは茅ケ崎出身者にはありえない口癖で、作者の思い違いではないか。

料理人ちゅうのは、悲しいの。粋やの。あッ、小学校の時に、学校で検便いうのがあったの。

福本先生は現代国語の授業で、「そうやのー」「〜やのー」を連発され、発語の末尾が長く引き伸ばされていた。この小説を読んでいて、授業の光景がしきりに思い出される。この語尾には、自己主張しながら、相手を仲間内に引き込むなつかしい情緒がある。

万葉集

——波路のコスモロジー

私は瀬戸内海沿岸の兵庫県相生市で生まれた。戦後は造船業で繁栄した田舎町だが、いまは造船業衰退とともにさびれている。そういう町にも万葉歌碑が二基建てられている。そのうちの一つに刻まれているのは、次の山部赤人の一首。

357 縄《なは》の浦従《ゆ》そがひに見ゆる沖つ島、漕ぎ廻《た》む船は釣りせすらしも

相生湾の奥に古くからある那波《なば》が、「縄の浦」ではないかと考えられている。瀬戸内海はおおむね穏やかで、そののどかな海景を詠んだ歌。この歌碑は那波よりもっと海に突き出た岬の上に建てられ、そこから波静かな海に小島がいくつか浮かんで見える。もっとも、折口信夫の『万葉集辞典』は、縄の浦をわが故郷以外の神戸近辺に比定している。

わが故郷沖の唐荷島も、赤人は942の長歌と943の短歌で詠んでいる。赤人は陸路ではなく海路でゆったりと、わがふるさと近くまで旅してきたようだ。

『万葉集』収録全四千五百十六首のうち、私がとくに共感するのは船旅の歌で、これも瀬戸内海沿岸で生まれたためだろう。しかし、飛行機のない古代、長旅は船旅とならざるをえなかった。

朝鮮半島や中国大陸への旅は、遭難の危険もはらんだ船旅であった。

　通読してみた『万葉集』の作品群のなかで、最も興味深いのは、巻第十五の大半を占める「遣新羅使等の歌」百四十五首である。遣新羅使一行が実際詠んだ歌にその他の歌を加えて、大伴家持が一つの作品として、あるいは数々の歌による旅物語として私たちに今日残してくれた。

　この歌による旅物語は、天平八（七三六）年の使節団船出後に詠まれた短歌で始まる。

3578　武庫《むこ》ノ浦の入り江の洲《す》鳥、はぐくもる君を離れて、恋ひに死ぬべし

　外交使節団の旅立ちの歌としては、あってしかるべき気負いよりは、かなり個人的な家族との別離の悲しみを詠んでいる。しかし、これは時系列から見て、旅の起点を示していない。すでに難波津から出航し、進行方向の右側に見えた砂州上の鳥から、都の家に残してきた母を思い起こしている。

　本当の旅立ちは、3589の秦間満の生駒山越えを詠んだ短歌から始まる。山下からさらに西へ移動し、大伴の三津と呼ばれた難波津から一行は乗船した。大伴氏の根拠地が近くにあったから大伴の三津と呼ばれたようだ。

　ここから西へ向けての長い船旅が、いくつかの長歌や旋頭歌、百以上の短歌によって綴られてゆく。その長い物語は、海に浮かぶ島々のように並べられた歌によって語られる。

　武庫《むこ》、印南《いなみ》、飾磨《しかま》、藤江、明石などは、下船することなく、船から眺めて歌が詠まれた。いずれもわが故郷兵庫県南部の瀬戸内海沿いの地名。海からの、あるいは船からの視線は、実は『古

事記』にも見られる視線で、島国日本の人々の記憶の奥底に保存されている。

国生み神話は、なぜか淡路島から始まり、イザナキ・イザナミ二神は西へ移動して、四国、九州、壱岐、対馬を産んでゆく。実はこれは遣新羅使の往路とほぼ重なる。出発点だけが異なり、遣新羅使は奈良の都に家があり、ここからはるか西へと派遣された。3592の短歌にあるように、遣新羅使は「海原《うな》に浮き寝」する。そのさびしさ、心もとなさがこの歌に詠み込まれているが、イザナキ・イザナミ二神は、勢いよく次々に島を産みつづける。ここには、陸路ではなく、海路をたどり、西日本を支配していった古代人の記憶が隠されているのではないだろうか。

日本古代史には解き明かされていない謎が多い。イザナキ・イザナミ二神の出自にはこの一文では触れないが、実母の出身が蘇我氏である二女帝の持統天皇、元明天皇を別として、蘇我氏が詠んだ歌が一首も万葉集に収録されていない。この欠落にも日本古代史の謎が秘められているし、また『万葉集』が蘇我氏の存在を無視したいわゆる大化の改新以後の歴史観によって編纂されていることが察知される。

遣新羅使一行は、陸上のわが家から離れ、往路では離れてゆくばかりで、船上という特殊空間に身を置いている。彼らは、たいていの旅がそうであるように、旅の不自由さ、所在なさに襲われたとともに、日常を離れたのびのびとした解放感も味わったにちがいない。旧暦六月に船出して、七夕は船上で迎えた。

3611　大舟にまかぢしじ貫《ぬ》き、海原《うなばら》を漕ぎ出《で》て渡る、月人男

誰の作の短歌かはわからない。ひょっとして、家持が手持ちの資料から挿入した歌かもしれない。しかし、遣新羅使の歌のなかにはめ込まれると、この歌の自由自在な空想が生き生きしてくる。「七夕の歌」と題されても、さらに自由な宇宙詠短歌となっている。天空を航行する巨大な船。赤土が舷に塗られて鮮やかだろう。折れそうもないしっかりとした櫓が無数に設置され、大勢の屈強な男たちが掛け声を唱和させながら漕いでいる。それを指揮しているのが、月に住み、月世界を支配する美男の貴人で、彼は彦星であるらしい。織姫に逢いにゆくのだろう。あるいはどこか別天地へ向かうのか。地上の空想の産物ととらえるより、七夕の夜に船上で詠まれた歌としてとらえると、そのコスモロジーが生きたものになる。波の上を航行し、船べりから波を眺めていると、自分が海上にいるのか、天空を航行しているのかわからなくなる。

3656 秋萩に匂へる我が裳濡れぬとも、君が御舟の綱し取りてば

彦星の「御舟の綱」を織姫が引き寄せていると折口が解釈する、この遣新羅大使阿倍継麻呂の短歌などから、実際に一行が七夕を迎えたのは、瀬戸内海の海上ではなく、北九州の志賀島や博多湾付近だったようだ。天上の波路の世界を想像し、自分たちの実際の船旅に重ね合わせ、織姫をエスコートしていると考えると、これまでの船旅の労苦など解消する。

『万葉集』には、七夕を詠んだ歌が百三十首も収められている。

2000 天の川。安のわたりに舟浮《う》けて、秋立つ待つと、妹に告げこそ

不思議なことに、『万葉集』では、日本神話の天の安の川と天の川が同一視されている歌が何首かある。遣新羅使一行も、天の安の川、天の川、そして地上の海の三世界を重ねたコスモロジーを船上の特殊空間で味わっていたのだろう。

七夕伝説は、中国から直接かあるいは朝鮮半島を経由してか日本に移入され、北九州の小郡市には、七夕神社が存在する。市内を流れる宝満川が天の川に見立てられている。また、渡来氏族である物部氏の近畿上陸地、大阪府の交野市の星田妙見宮にも七夕伝説が残されている。中国・鄖西《うんせい》県の天河と漢水が合流する天河口に七夕伝説の起源を見る説（魚住孝義『万葉集天の川伝説　中国・老河口紀行』、花伝社、一九九二年）もあるが、さらに古い宇宙論的な起源があるようだ。

現在の北極星はポラリスだが、地球の自転軸は少し回転のぶれた独楽のように、約二万六千年を一周期として徐々に交代し、およそ一万三千五百年前、織姫星ベガが北極星で天界の中心、宇宙軸だった。織姫は中国の伝説では、雲を毎日織っていたとされ、これはおそらく、ベガが北極星だった往古、天の中心ですべての雲を生み出していると信じられていた記憶の余波ではないだろうか。

折口信夫は『口訳万葉集』で、各歌の口語訳の最後に、気に入った歌の場合のみ、「佳作」もしくは「傑作」の評価を付けている。「傑作」は最上の評価。私は必ずしも折口の評価に同意しないのだが、なかには意見が一致する歌もある。

3696 新羅《しらぎ》へか、家にか帰る。壱岐《ゆき》ノ島。行かむたどきも、思ひかねつも

折口が「傑作」とした短歌で、遣新羅使の一員、六人部鯖麻呂の作。波路を旅し、北九州を離れ、壱岐にたどり着き、そこで一行の一人雪宅満が発病、おそらく天然痘で急死する。占いで名高い壱岐で、新羅への旅の吉凶を占ったりしながら、不安に満ちた旅心を詠んでいる。船上の特殊空間は、天の川を航行する解放感どころではなく、どっちつかずの根無し草の空虚さに満たされる。対馬海峡は潮が速く、距離が短いわりには、航行は予想以上に困難だった。

遣新羅使は実際に新羅に到着しても、北九州で感染したらしい天然痘の発病者や死者が出たためだろうか、正式な外交団として認められなかった。結局、大使の安倍継麻呂は対馬で死亡、副使大伴三中は病気で入京できず、大判官壬生宇太麻呂を責任者として、出発の翌天平九年一月に都で帰朝報告する。

実際は外交使節団としては何ら目的を果たせず、朝鮮側の記録『三国史記』「新羅本紀」聖徳王三十五（七三六）年の条には、一言の記述もない。この年の最後にある、新羅の都の月城の鼓楼に犬が登って三日間も吠えたとの謎めいた記述が、日本からの使節に関連するのだろうか。これに先立つ「新羅本紀」聖徳王三十一（七三二）年の条にも、角家主を大使とする遣新羅使に関する記述が一切ない。『続日本紀』聖武天皇天平四（七三二）年のくだりには、この使節団が役目を果たし帰朝したと明記されているにもかかわらず。ここには、日本と新羅のかなり微妙な関係がうかがえる。

しかしながら、天平八年の遣新羅使一行は、他の古代日本外交使節団ができなかった、波路を

詠む歌による旅物語を『万葉集』に堂々と残した。この旅物語は、大伴家持が自作を作者名抜きでところどころに挿入してできた、大伴家持の演出と編集による産物で、発病した同族の副使大伴三中に同情して、家持が巻十五巻頭に意図的に目立つよう置いたものではないかと、私は推測してみたくなる。

『万葉集』は末尾に近づけば近づくほど、家持による編集の手触りが感じ取れるし、彼の歌も増える。そのなかで、天平八年の遣新羅使が綴った海路の旅物語に近いポエジーが、家持の越中国司時代の歌に精彩を与えている。

天平二十（七四八）年に家持が、七夕に詠んだ歌がある。

4127 安《やす》ノ川。是向《こ》ひ立ちて、年の恋《こひ》、け長き子らが、妻どひの夜ぞ

日本神話の天の安の川に中国の七夕伝説起源の天の川を重ね、都のわが家を離れた単身赴任の自分自身のさびしさと織姫彦星の一年間の別離を重ね、夜空を横断する銀河の波を眼前に据えている。二星を隔てる銀河の波の広がりとリズムに圧倒されながら、家持は同調し、陶酔している。

任地越中の日本海沿岸、現在の富山県氷見市にあった布勢の水海を船で遊覧するときにも、家持の心は豊かに清らかに高揚する。波の上の船からの光景が格別に美しい。

4199 藤波の影なる海の底清み、沈《しづ》く石をも、玉とぞ我が見る

布勢の水海に突き出た岬の奥にある田子の浦の水辺は、藤の花真っ盛り。水面にその花房が反映した透明な水底の石は、誇張ではなく宝玉と見まごう。地上と水面の藤、水底の石、そこから宝玉の光る別天地が幻視されている。穏やかな内海の波に揺られながらの遊覧が、ゆめまぼろしの清浄な宇宙を呼び込んでいる。作者は大伴家持。

家持の父、大伴旅人もまた、波路のポエジーの歌人であった。天平二（七三〇）年、大納言に任ぜられて大宰府から都へ喜んで帰るさいの短歌。折口信夫の「傑作」との評価に私もためらいなしに同意する。

3896 家にてもたゆたふ命。波の上《うへ》に浮きてしをれば、奥所《おくか》知らずも

たゆたう波路の旅の将来＝奥所《おくか》には予測不可能な不安が伴うが、実はわが家にいても同じなのだと旅人は鋭く見抜く。折口信夫は「思想において優れている」ので、「傑作」とする。仏教的な無常観につながる感慨だが、そこにはたゆたいの不安をもてあます脆弱さよりは、その不安を楽しむ古代人のたくましい健全さがあるし、古来からたゆたう波路の苦楽を数えきれないほど経験してきた島国日本人の世界観が詩として結晶している。その世界観を息子の家持は受け継いでいたし、今日の日本人もまた受け継いでいるのではないだろうか。

第三十回国際ジェラード・マンリー・ホプキンズ祭

二〇一七年七月の終わりの十日間、アイルランドを初めて訪れた。ダブリンの西にあるニューブリッジで開催の、第三十回国際ジェラード・マンリー・ホプキンズ祭に参加するため。このイベントは、英国で生まれ、アイルランドで生涯最後の数年を過ごした、ヴィクトリア女王時代のカトリック詩人ホプキンズの研究発表を中心に、朗読、コンサート、高校生向けの詩作や翻訳プログラム、観光、国際詩祭、現代美術展覧会の要素が加えられたもの。

今年は、日本からの参加者、桂山康司、高橋美帆、高木咲子、吉田亞矢、それに夏石の五名を中心に、「テイスト・オブ・ジャパン」というセッションが設けられ、和菓子、日本酒、和服、三味線演奏、茶会といった日本の伝統文化が、メイン会場のニューブリッジ・カレッジの劇場で披露された。英文学者の桂山は、郷里の岸和田だんじりの勇ましい装束で、このセッションの終わりに、「ホプキンズとミルトン」という講演を行った。夏石は、このセッションで、あえて伝統的な日本をアピールせず、句集『ブラックカード／Black Card／Tarjeta negra』（サイバーウィット・ネット社、インド、二〇一三年）から、次の句などの福島原発事故を詠んだ二句を日英二言語で朗読した。

すべてをなめる波の巨大な舌に愛なし

No love:
a giant tongue of waves
licking everything

七月二十日から二十七日まで開かれたこのホプキンズ祭では、主催者デズモンド・イーガンをはじめとするアイルランドはもとより、英国、米国、日本、フランス、ルーマニア、ドイツ、イラクなどからのホプキンズ研究者、翻訳者がさまざまな研究発表を行った。生前は詩作が知られず、没後評価の高まったホプキンズは、このように三十回も内実のある顕彰の国際イベントを開いてもらって、さぞかし天国で喜んでいることだろう。

門外漢の私も、ホプキンズが天国につながる「青」を愛したこと、詩作もそれまでの定型に甘んじず、独自のリズムを生み出したこと、熱心なイエズス会の一員として、真剣に自らの魂を研鑽して得た天上的イメージを詩に詠み込んだことなどを学ぶ。

As kingfishers catch fire, dragonflies draw flame;

かわせみが火と燃えて　とんぼが焔を呼ぶように（安田章一郎・緒方登摩訳）

で始まる無題の詩は、ホプキンズの代表作の一つで、冒頭に並ぶ比喩は、単なるレトリックでも、自然描写でもない。唯一神によって創造された被創造物がそれぞれ固有のあり方を示しているという信仰を表現している。この詩を論じた一文を収録するデズモンド・イーガンの新著『Hopeful Hopkins: Essays』(Goldsmith, Ireland, 2017) を会場で購入した。

このイベントでは、会場であるニューブリッジ・カレッジの礼拝堂で、米国から参加のパトリック・サムウェイの差配の元、早朝ミサも行われ、信者でない私も列席し、ひさしぶりで聖餅を口にした。

夏石のこのイベントへの寄与は、高校生向けの俳句についての手ほどき講演、ワインを楽しみながらのセッションで行った句集『空飛ぶ法王　161俳句／Flying Pope: 161 Haiku』(こおろ社、日本、二〇〇八年) からの十句の日英二言語朗読、国際詩アワーでニューブリッジの聖パトリック教会の説教壇に立って、新句集『砂漠の劇場／The Theater of the Desert』(サイバーウィット・ネット社、インド、二〇一七年) から六句を日仏英の三言語で朗読したことなどである。

蜂の巣は幾何学の母虚無の敵

Le nid d'abeilles est la mère
de la géométrie
l'ennemi du néant

Honeycomb:
the mother of geometry

最終日二十七日、しめくくりのシンポジウムに私も参加し、明るい夜のお別れパーティーで、恒例通り各自が歌を歌う。私は「竹田の子守歌」を歌った。

出番のない一日や、ホプキンズ祭完了後二回にわたり、首都ダブリンを訪れ、トリニティー・カレッジ、国立考古学博物館、聖パトリック大聖堂、そしてジェームス・ジョイスゆかりの地などを歩く。

このほか、二十九日に訪れた古い町キルケニーには、キリスト教古跡が点在し、徒歩で回った。この地の命名の起源ともなった聖カニス大聖堂（「カニス」が「キルケニー」の「ケニー」となる）では、敬虔な中世の雰囲気がとくに濃厚に残っていた。そこで、こういう一句ができた。

騎士は寒い島の葡萄の絵へ祈る　夏石番矢

モンゴルでの世界詩人祭

二〇一七年八月中旬の一週間、モンゴルに約四十か国から詩人がおよそ二百人集まって、にぎやかなフェスティバルを開いた。夏石番矢と鎌倉佐弓は、日本の俳人代表として参加した。「World Poetry Days in Mongolia」と銘打ったこの国際詩祭は、世界詩人会議とダンザンラヴジャー国際詩祭の二つがドッキングした二重詩祭で、モンゴル国、ウランバートル市、ドルノンゴビ県、モンゴルの文学団体や企業がバックアップした盛大なイベント。

まずは、八月十七日、首都ウランバートルのまさに中心、政府宮殿でのオープニングから開幕し、この詩祭のディレクター、モンゴル詩人G・メンドーヨーの講演など行われる。本詩祭テーマの「自然の英知と人間の心の自然」に沿ったこの講演では、モンゴル詩人、インド詩人、米国詩人などに加えて日本の金子みすずの詩が引用される。旧知のモンゴル詩人ウルジン・フレルバータル、内モンゴル詩人E・ボルドーやT・ツォルモンなどとも再会を喜びあう。

翌十八日は、ウランバートルのヤヴーフラン公園で、仏教的伝統芸能披露ののち、世界各国からの詩人による朗読。夏石も、近刊の九言語句集『砂漠の劇場／The Theater of the Desert』(サイバーウィット・ネット社、インド、二〇一七年)から、五句を日英二言語で、モンゴル語は内モンゴルのT・ツォルモンが朗読。

千の形容詞この白壁に飛来する
One thousand adjectives／fly over／to this white wall
Ярайсан цагаан байшнууд руу／Яруу сайхан зүйрлэлүүд／Мянга мянгаар нисгэ

その後、四つのグループに分かれて、首都の美術館を訪れたのち、全参加者は寝台列車に乗って南のドルノンゴビ県へと向かう。夏石は窓の隙間から入り込む冷風に悩む。

十九日早朝、終点サンシャンド駅で降り、バスで観光用ゲル（テント）施設タヴァン・ドヒオ・キャンプに到着。近くの遊牧民のゲルで駱駝に乗ったり、曲芸を鑑賞したりしてから、再度キャンプへ戻り、特設ステージで国際詩祭再開。この国際詩祭に合わせて出版されたG・メンドーヨーの英語小説なども紹介される。さらには、モンゴル詩の紹介と翻訳に功績のあったスペイン詩人フスト・ホルヘ・パドロンなどが表彰される。

二十日は猛暑のさなか、二つの聖地、チベット仏教のハマール修道寺院とモンゴル随一のパワースポットであるシャンブハラを訪れる。ハマール修道寺院では、講演などののち、鎌倉佐弓が自作俳句を日英で朗読。キャンプ場へ帰ってからすぐに荷造りして、復路の寝台車でウランバートルへ。翌朝到着した首都から夏石と鎌倉は帰国。

今回の国際詩祭は、モンゴルはもとより、中国、インドネシア、バングラデシュ、フィリピン、カザフスタンなど多くのアジアの詩人と出会ったのが特徴だった。

金子兜太の一句

晩年の金子兜太は、「定型」だけに固執する俳人になってしまった。しかし、青年期から壮年期にかけての金子兜太は、五・七・五音の枠にとらわれない魅力的な俳句を旺盛に作っていた。

わが湖《うみ》あり日蔭真暗な虎があり　　金子兜太（『金子兜太句集』、一九六一年）

この秀句は六・八・五音で構成され、作者の内部から溢れ出るエネルギーを抑制した独特の緊張感に満ちた音楽性がある。

清澄な「湖《うみ》」と獰猛な「虎」、明るい日向と暗い「日蔭」の両極が織り成す心象風景。これらの両極が、作者に内在していた壮年期。日本も、戦後の上昇気流に乗った雰囲気に包まれていた。「真っ黒な」ではなく、「真暗な」虎は、無意識界や野性的動物界を暗示する作者の分身。植物生い茂る暗闇から、明るく清らかな湖を眺めずにはいられない純真無垢な獣でもある。

二〇一七年八月、「World Poetry Days in Mongolia」に参加し、その歓迎会が開かれたモンゴルの首都ウランバートル中心の政府宮殿で、この句を突然思い出した。宮殿北の庭園に、モンゴルの男そっくりな、丸い大きな顔をした虎の銅像が据えてあったからである。それは、金子兜太の顔にも似ていた。

水になりたかった前衛詩人、種田山頭火

種田山頭火という俳人はいったいどういう男なのだろうか。自由律俳人、放浪の俳人、酒乱の俳人、自堕落な俳人などと言われている。はたしてそうなのだろうか。

この一見単純で、ほんとうは難しい問いへの答えを考えながら、ここに山頭火二十九歳の明治四十四（一九一一）年から没年の昭和十五（一九四〇）年にいたるちょうど三十年にわたる山頭火の俳句一〇〇〇句を選んでみた。この三十年間、山頭火はいったい何をしたのだろうか。

山頭火は大量の日記を残している。山頭火自身による焼却をのがれた日記は、山頭火が友人たちに預けて後の世に残そうとして残ったのであり、日記には数多くの未発表俳句も記されている。実はここに選ばれた俳句一〇〇〇句の大半は、句集や雑誌に発表されたものではなく、日記に眠っていた作品。『山頭火全集』（全十一巻、春陽堂書店、昭和六十一（一九八六）年―昭和六十三（一九八八年））ではまだ不十分だった資料収集をより豊かに進め、句集、雑誌、新聞、日記、書簡などに残された山頭火の俳句を、初めて一冊にまとめたのが、『山頭火全句集』（春陽堂書店、平成十四（二〇〇二）年）。山頭火俳句の全貌は、二十一世紀になってようやくこの本によって姿を現した。

『山頭火全句集』に年代順に収録されたすべての俳句から、『岩波文庫　山頭火俳句集』の一〇〇〇句は選び出され、この文庫本でも年ごとに区分けして収録されている。各年ごとの山頭火の俳句は、『山頭火全句集』が句集、雑誌、新聞、日記、書簡などという記録媒体の種類ごとに並

べられているのと違って、山頭火による句作の順序を私が推理して配列した。

この一〇〇〇句を読むと、山頭火が実際に生きた時間の流れが伝わり、彼の実際の人生体験をベースにしながらもそこに制約されない、彼の思いの流れも味わうことができるだろう。そこで初めて種田山頭火という俳人の実体をつかめるのではないか。

山頭火の初期の俳句のなかでも、私が最も注目したのが次の季語のない自由律俳句。

野良猫が影のごと眠りえぬ我に　大正三（一九一四）年

野良猫が／影のごと／眠りえぬ我に（五・五・八音）

山頭火生涯にわたる俳句の師となる自由律俳句リーダー荻原井泉水が、新傾向俳句リーダー河東碧梧桐から主導権を奪った直後の俳誌「層雲」同年九月号に掲載された秀句。そういう俳壇史はともかく、これは山頭火が他界する少し前まで苦しむ不眠を詠んだ俳句でもある。

今夜のカルモチンが動く　昭和五（一九三〇）年

どうしてもねむれない夜の爪をきる　昭和七（一九三二）年

寝られない夜は狐なく　〃

いつまでもねむれない月がうしろへまはつた　昭和八（一九三三）年

とてもねむれない月かげをいれる　〃

ふくらうはふくらうでわたしはわたしでねむれない　昭和九（一九三四）年

夜蟬よここにもねむれないものがゐる　昭和九（一九三四）年
どうにもならない生きものが夜の底に　昭和十一（一九三六）年
水音しだいにねむれない夜となり　昭和十四（一九三九）年
大地へおのれをたたきつけたる夜のふかさぞ　昭和十五（一九四〇）年
ねむれない夜のふかさまた百足を殺し　〃

これらの俳句も、山頭火の不眠の苦しみが長い年月続いていることを示す。「カルモチン」は山頭火が常用した睡眠薬。この薬の効きはじめを冷静に俳句にした。ほんとうに眠れたのだろうか。長い時間眠れないので、通常ではない夜の世界に山頭火はのみ込まれる。「狐」「夜蟬」の声、そして「ふくらう」の声が、山頭火に迫ってくる。「水音」も不眠へ誘う。自分の背後に「月」が移動するという時間と空間の異様な感覚も味わう。夜がふけると、あたりは底なしの恐怖の時空に変化する。タブーを破って夜に「爪をきる」のも、「百足を殺」すのも、恐怖に対抗するため。それでも眠れないのである。
不眠地獄から逃げ出すために、山頭火はしばしば、あるいはときには酒を飲む。

酔へば物皆なつかし街の落花踏む　大正三（一九一四）年
酔うてこほろぎと寝てゐたよ　昭和五（一九三〇）年
旅もをはりの、酒もにがくなつた　昭和七（一九三二）年
酔へばやたらに人のこひしい星がまたゝいてゐる　〃

何もかも捨てゝしまはう酒杯の酒がこぼれる　昭和八（一九三三）年
なんと朝酒はうまい糸瓜の花　昭和九（一九三四）年
飲めるだけ飲んでふるさと　昭和十（一九三五）年
酒がこれだけ、お正月にする　昭和十四（一九三九）年

深い酒の酔いは、不眠を恐れる心をひととき忘れさせる。「何もかも捨てゝしま」いたいほどの幸福感が、酒を飲む人に湧き起こる。「物皆なつかし」くなり、「やたらに人」恋しくなり、地べたでぐっすり「こほろぎと寝」ることもできる。「ふるさと」なら、誰かのおごりで、これ以上飲めないぐらい飲めて熟睡できる。少ない酒でも、「お正月」気分を与えてくれる。「朝酒」はとびきりの贅沢で、最高に「うまい」。しかし、酔いは、毎晩続くと酒の味を「にがく」する。やはり酒も、不眠の特効薬ではない。

こういう「不眠」と「酔い」の間で振り子のように揺れる、逃げ場のない心の状態は、「憂鬱」というキーワードを含む山頭火の俳句がよく表現している。

憂鬱を湯にとかさう　昭和五（一九三〇）年
水のんでこの憂鬱のやりどころなし　〃
デパートのてつぺんの憂鬱から下りる　昭和六（一九三一）年
ことしもをはりの憂鬱のひげを剃る　昭和九（一九三四）年
アルコールがユウウツがわたしがさまよふ　昭和十（一九三五）年

風呂に入って心身をほぐせば「憂鬱」は氷解するが、ほとんどの時間にわたって山頭火につきまとう。近代都市のビルの屋上にも「憂鬱」は君臨し、山頭火の「ひげ」にも一年の最終まで居座る。酒びたりの「わたし」と同等の人格を持ち、放浪する山頭火に「梅雨空」や「荒海」となってのしかかる。

こういう「憂鬱」と同種の単語が出てくる小説に、久米正雄『学生時代』（大正七（一九一八）年）がある。この本に収録された短編「嫌疑」の主人公小林は、「毎《いつ》も晩春の頃から襲うて来る憂欝症」や郷里の実家の父からの送金停止などで絶望的になっていた。小林は小説の末尾で鉄道自殺を決行する。山頭火の実人生を連想させる一篇だ。また、高村光太郎詩集『道程』（大正三（一九一四）年）の「冬の詩」四には、「めそめそした青年の憂欝病にとりつかれるな」という一行があり、久米の小説と考えあわせて、憂欝病や憂欝症が当時の若者にありがちな精神病だったことがわかるが、山頭火は「病」や「症」なしの「憂鬱」というキーワードを核にした自由律俳句を作った。

ところで、山頭火はかなりの読書家だった。残された昭和五（一九三〇）年以降の日記をめくってみると、雑誌や新聞を除く単行本で記されているのは日付け順で、『放哉書簡集』（昭和二（一九二七）年）、『俳句講座』（全十巻、昭和七（一九三二）年—昭和八（一九三三）年）、『大蔵経講座』（全二十四巻、昭和七（一九三二）年—昭和十一（一九三六）年）、『漂泊俳人　井月全集』（昭和五（一九三〇）年）、『夢窓国師　夢中問答集』（昭和十一（一九三六）年）、大森義太郎『唯物弁証法読本』（昭和八（一九三三）年）、ジュール・ルナール『ルナアル日記1—6』（昭和十（一九三五）年—昭和十二（一九三七）年）、モーパッサン（和訳本が多すぎてどの本か確定できない）、木村緑平句集『雀と松の木』（昭和十三（一九三八）年）、川端康成『浅草紅団』（昭和五（一九三〇）年）、『蝶夢和尚文集』（寛政十一（一七九九）年）、野村朱鱗洞『遺稿句集礼讃』（改刷本、昭和十三（一九三八）年）、火野葦平『土と兵隊』（昭和十三（一九三八）年）、『麦と兵隊』（昭和十三（一九三八）年）などである。俳句、仏教、共産主義、フランス文学、最先端日本小説と、読書範囲が広い。かなりの教養人である。

残っている日記以前の昭和三（一九二八）年、フランス十九世紀なかごろの詩人シャルル・ボードレールの散文詩『巴里の憂鬱』の和訳本が出版され、翻訳者の高橋広江は、「憂鬱」よりも回数多く「憂欝」という二字漢字を使っている。

ある朝私は憂欝な陰惨な気持で目を覚ました。　　「9　詰らない硝子売」

山頭火の「憂鬱」は、当時の最先端日本文学、最先端海外翻訳文学から取り入れられ、彼の不安定で繊細な精神を表わすのにふさわしい単語として、昭和五（一九三〇年）から、日記の文章と俳句で使われ始めた。これは飛び抜けて斬新でモダンな表現である。

大正十四（一九二五）年に熊本で出家得度したのだから、あの法衣を着て網代笠をかぶった山頭火のイメージは彼にはふさわしかったが、これとは対極的な、かなりモダンな俳句を山頭火は作り続けていた。

それではモダンとは何だろう。モダニズムの詩とは何だろう。これは世界的な視野から、詩を見ないとわからない。

フランスのポール・エリュアールの無題の三行短詩は、第一次世界大戦の戦場を歌う。

すべてたがやせ、
穴を掘れ
何の値打もない骸骨のために。

詩集『義務』、一九一六年

イタリアのジュゼッペ・ウンガレッティの三行詩「夕方」は、北アフリカ光景を描く。

空の肉色
愛の遊牧民に
オアシスを目覚めさせる

一九一六年作、詩集『大喜び』、一九三一年

米国のエズラ・パウンドの二行詩「地下鉄の駅の中で」は、パリの地下鉄の暗いプラットホームの映像をとらえた。

人ごみにそれらの顔顔の突然の出現、
濡れた黒い大枝に花びら花びら

詩集『大祓』、一九一七年

スペインのアントニオ・マチャードの「歌」2は、地中海沿岸都市の印象をスケッチした。

黒い水のそば。
海とジャスミンのかおり。
マラガの夜。

詩集『新しい歌』、一九二四年

ギリシャのイオルゴス・セフェリスの「十六の俳句」16は、詩を書くことを象徴的に映像化する。

君は書く、
インクは減る、
海が増える。

詩集『練習の本』、一九四〇年

どの詩人もそれぞれの国を代表する前衛詩人で、俳句に影響された二行詩か三行詩を、最先端の表現として、二十世紀前半に残した。むろん、日本語の五・七・五音や季語は彼らにはどうでもよかった。

これらの短詩と山頭火の自由律俳句を区別する必要はない。つまり、世界的視野からは二十世紀前半に、自由詩としての俳句あるいは短詩が、世界のあちこちで輝かしく生み出されていて、山頭火は担い手の一人。日本国内の自由律俳句の書き手にとどまらず、世界的自由俳句の推進者だった。
　尾崎放哉は、俳句のいっそうの短縮化をなしとげていた。

　咳き入る日輪くらむ　　大正十五（一九二六）年
　咳をしても一人　　〃
　墓のうらに廻る　　〃

これらはいずれも、「咳き入る／日輪くらむ」（四・七音）、「咳をしても／一人」（六・三音）、「墓のうらに／廻る」（六・三音）と、五・七・五音の三句節より短い二句節だけとなっており、放哉はさらに新しい自由俳句を誕生させた。
　先輩俳人、放哉を敬愛する山頭火の二句節の自由俳句の成果を並べておく。

　まつすぐな道でさみしい（八・四音）　　昭和二・三（一九二七／二八）年
　星があつて男と女（六・七音）　　昭和六（一九三一）年
　うしろ姿のしぐれてゆくか（七・七音）　　〃
　雪、雪、雪の一人（七・三音）　　昭和八（一九三三）年
　闇が空腹（三・四音）　　〃
　ながい毛がしらが（五・三音）　　〃

このなかでも、「闇が空腹」は短い山頭火俳句の最高傑作。食べ物がなくなった夜を詠んだ一句。「闇」そのものが「空腹」との表現は、短いからこそ衝撃的で、奥深い。

振り返れば山頭火の初期俳句は、山口県周防地方の俳句回覧誌「五句集第四号　夏の蝶」（弥生吟社）に毛筆書きで記された次の一句。

夏の蝶勤行の瞼やや重き　　明治四十四（一九一一）年

この「蝶」は、山頭火の魂の象徴であり、とくに山頭火の心に大きな葛藤があった時期に蝶は詠まれる。「光と影」のもつれた「蝶々」は、山口県大道村（当時）での酒造業失敗により、熊本へ移住するころに詠まれ、山頭火の大きな転機をうかがわせる。

蝶々もつれつゝ青葉の奥へしづめり　　大正四（一九一五）年
光と影ともつれて蝶々死んでをり　　大正五（一九一六）年
大きな蝶を殺したり真夜中　　大正七（一九一八）年
蝶ひとつ飛べども飛べども石原なり　　大正九（一九二〇）年

山頭火の放浪は、これらの蝶の俳句が作られたのちの大正十五（一九二六）年、妻子とともに移住した熊本を、一人去るときから本格的に始まる。山頭火本人が「行乞」と呼ぶ、托鉢と句作旅行を兼ねた一人旅である。その記念碑であり山頭火の代表句とされるのが、この俳句。

分け入つても分け入つても青い山　大正十五（一九二六）年

六・六・五音の三句節からなり、無季。「青い山」は、漢語の「青山」を口語的にやわらかくした表現。抽象的な感じもする。草や木が青々と茂った山は眺めるのには心地いいが、旅するのは一苦労。「分け入つても」の繰り返しは、無限の繰り返し。目的地が定まらず、見えない、山道伝いの旅を示す。

どうしようもないわたしが歩いてゐる　昭和四（一九二九）年
ぼろきてすずしい一人があるく　昭和八（一九三三）年
遠山の雪のひかるや旅立つとする　昭和九（一九三四）年
炎天、はてもなくさまよふ　〃
木かげは風がある旅人どうし　昭和十（一九三五）年
あるけばかつこういそげばかつこう　昭和十一（一九三六）年
風の中おのれを責めつつ歩く　昭和十二（一九三七）年
やつと一人となり私が旅人らしく　昭和十四（一九三九）年
ぶらぶらぬけさうな歯をつけて旅をつゞける　〃
大根二葉わがまま気ままの旅をおもふ　昭和十五（一九四〇）年

徒歩だけの旅の苦労は、私たち二十一世紀人には想像できないが、山頭火は旅が「一人」となれるほとんど唯一の方法だから、最晩年まで続けている。随筆「夜長ノート」(「青年」明治四十四＝一九一一年十二月号)で、山頭火は「一度行った土地へは二度と行きたくない」と述べ、「一度でなくして二度となったとき、(中略)千万度繰り返すものである」と理由を付け加えた。山頭火にとって、同じ場所にとどまり、同じ人々とつきあうことは、耐え難い繰り返しと停滞でしかなかった。

郷里に近い小郡の庵、其中庵を捨てる決意を書いた『其中日記』(十二)、昭和十三(一九三八)年四月十二日のくだりには、「濁れるもの、滞れるもの」から解き放たれたいとの意向を表明していた。

濁らず、滞らず、流れるものは、水や風など。山頭火の放浪の具体的な象徴が、水なのも当然だった。山頭火が水を詠んだ俳句には秀句が多い。

子連れては草も摘むそこら水の音　大正三(一九一四)年
水はみな音たつる山のふかさかな　大正七(一九一八)年
月夜の水を猫が来て飲む私も飲まう　大正十(一九二一)年
へうへうとして水を味ふ　昭和二・三(一九二七／二八)年
こんなにうまい水があふれてゐる　昭和五(一九三〇)年
水音、なやましい女がをります　昭和七(一九三二)年

水のいろのわいてくる　昭和八（一九三三）年
ふるさとの水をのみ水をあび　〃
冬夜の水をのむ肉体が音たてて　昭和九（一九三四）年
春の水をさかのぼる　〃
水へ水のながれいる音あたゝたかし　昭和十（一九三五）年
水音のたえずして御仏とあり　〃
水音のとけてゆく水音　昭和十一（一九三六）年
水じゆうわうに柳は芽ぶく　昭和十三（一九三八）年
伐つては流す木を水に水に木を　昭和十四（一九三九）年

水は、流れたり落ちたりするさいに立てる音を耳で楽しむことができ、飲んで渇きをいやしてくれ、味わいさえ、口やのどに残す。からだの汚れも清めてくれる。わき水からは「いろ」もわく。川は旅人の道しるべにもなる。水は重い物体も運ぶ。水のエネルギーに満ち満ちた、みずみずしい色気、あるいはみずみずしい清浄さもこの世にあって、孤独で暗い心をいきいきとさせる。水には、聴覚、視覚、味覚などの五感に訴えかける総合性と、たえずかたちを変え、つねに移動する自在な運動性もある。山頭火が旅するのは、このような「水」になるためである。

ここで、とりあえずの結論を述べよう。不眠と憂鬱という近代人の苦しみをつねに抱き、酒や睡眠薬によっては根本的には救済されず、最も斬新で最も短い短詩＝俳句を作りながら、旅をして水になりたいと願ったのが、種田山頭火という男であった。

またこうも言える。視野を海外にも広げれば、種田山頭火は、二十世紀前半の世界の前衛詩人の主峰をなす一人だと。

日本語と英語から見た山頭火の近代性

正岡子規ではなく、種田山頭火から、日本の近代俳句は始まる。それはなぜか。正岡子規は、古い文語脈の日本語にとどまっていたからである。私の勤務先、明治大学法学部の「比較文化」の毎年の授業初めで、受講生に知っている俳句を書かせると、必ず正岡子規の次の俳句を二割ぐらいの若者が、教室で配布された小さいレポート用紙に手書きで記す。

柿くへば鐘が鳴るなり法隆寺

明治二十八年秋、『寒山落木』巻四、『子規全集』第二巻（講談社、一九七五年）

むろん、「くへば」などの表記はまちまち。

この句が発表された明治二十八年は、西暦一八九五年である。これに対して、どうしてこれが近代俳句なのかを、私から受講生に質問すると、誰も答えられない。

それは当たり前のことで、「なるなり」という文語脈の日本語が、近代という概念と相反するからである。
近世俳句の巨匠、松尾芭蕉の初期俳句、延宝四（一六七六）年作の句に、こういうものがある。

なりにけりなりにけりまで年の暮

（今栄蔵校注『新潮日本古典集成　芭蕉句集』、新潮社、一九七二年。以下の芭蕉俳句の引用はこの書から）

正岡子規の「柿くへば」俳句をさかのぼること、およそ二百二十年。独自の作風完成以前の芭蕉の一句から正岡子規の一句にいたるまで、俳句の日本語は、どれだけ近代化されたのだろうか。むろん、言語は変化しなければいけないわけではないが、否応なく変化してゆく。正岡子規の文語脈にとどまったままの俳句を、もしも「伝統」というなら、正岡子規の俳句は、むろん近代俳句ではなく、松尾芭蕉からの「伝統」をただ脆弱に保持している伝統俳句にすぎない。
日本の俳句史が、根本的な錯誤をその基軸に持っているのは、大問題である。
日本近代俳句は、種田山頭火から始まったと私が主張する論拠を、この俳人の代表作から引き出してみよう。

分け入つても分け入つても青い山　　大正十五（一九二六）年

歴史的仮名遣いの俳句ながら、明確な近代日本語によって書かれている。

分け入れど分け入れど青き山

ではないのである。音の響きも、「分け入つても」の方が断然すぐれている。

また、「分け入つても」の繰り返しが、一句にきわめて単純な構造をもたらしている。

山頭火のこの俳句は、ただ単に新しい日本語で書かれているわけではない。おそらく、芭蕉の俳句が下敷きになっている。

早稲《わせ》の香《か》や分け入る右は有磯海《ありそうみ》　元禄二（一六八九）年

芭蕉の俳句は、構造が複雑。「分け入る右は有磯海《ありそうみ》」なら、その左は何なのかはあえて伏せている。

複雑な芭蕉と単純な山頭火のどちらが、斬新で詩としてすぐれた日本語なのかは、簡単に結論が出せるわけではない。

山頭火の「分け入つても」俳句は、英語、フランス語、スペイン語などに翻訳されている。一例を英語本から挙げてみよう。

Going deeper
　And still deeper—
The green mountains.

深く行く
　そしてさらに深く—
緑の山々。

(MOUNTAIN TASTING: Zen Haiku by Santōka Taneda, translated and introduced by John Stevens, Weatherhill, New York & Tokyo, 1980)

「分け入つても」の翻訳はむずかしい。右の英訳は、かなり単純で、山頭火俳句の単純さに相応しているようだ。

一行目と二行目の「deeper」の繰り返し、三行目の「green」との音の類似など、なかなかの出来栄えである。

ただ、すべての行が大文字で始まっているのは、十九世紀までの古い英語詩の伝統に縛られているし、三行目の終わりにピリオドを打つのも、古めかしい。

この句自体からはそれほど感じられないが、山頭火を禅とあまりに結び付けて紹介している翻訳は、この英訳本以外にもよく見られ、短詩としての山頭火俳句を十分に受け止めていない特徴がある。

どうしようもないわたしが歩いてゐる　　昭和四（一九二九）年

山頭火の根源的苦しみを詠んだ俳句は、同じ英語本ではこうなっている。

There is nothing else I can do ;　私ができるのはこれ以外何もない、
I walk on and on.　私は歩き続ける。

この英訳はあまりよくない。山頭火の原句は、こう区切りながら現代語で音読できる。

どうしようもない／わたしが／歩いている（八・四・六）

第二句節の「わたし」が、一句全体の中の最短音だからこそ、強調されている。私の試みの英訳を披露してみたい。

No help for it
I'm
walking on

山頭火俳句をもう一例、日本語と英訳で比較しておきたい。

波の音しぐれて暗し　昭和五（一九三〇）年

波の音／しぐれて／暗し（五・四・三）

この句は同じ英語本では、こういうふうに登場する。「闇」が「濡れている」のは斬新な表現。

Darkness,
　Wet with
The sound of the waves.

闇、
　波の音に
濡れている。

この山頭火俳句も、いくつかの芭蕉俳句を意識して作られただろう。一句だけ拾い出してみる。

海暮れて鴨《かも》の声ほのかに白し　　貞享元（一六八四）年
海暮れて／鴨の声／ほのかに白し（五・五・七）

これをすぐれた日本詩歌の英訳者エリック・セランドと共同で、英訳したことがある。

A darkened sea
the call of a wild duck
faintly white

暗くなった海
鴨の呼び声
かすかに白い

芭蕉の方が、日本語原句でも私たちの英訳でも、ニュアンスなどが細かく、複雑で、深く、立体的な広がりがある。山頭火の単純さは平板なままで、芭蕉を超えた近代性を獲得したとは言えないのではないか。

歌よみ展
——歌とアートの交響

銀座一丁目、地下鉄では有楽町線新富町駅徒歩五分のところにある、第二次世界大戦中の空襲にも焼け残った鈴木ビルディング一階の、ギャラリーSTAGE-1で、「歌よみ展」が、二〇二二年三月二十一日から二十六日まで開かれた。

これは前年秋の「歌よみ展」に次ぐ二回目の集合展。副題に「俳句　川柳　短歌　回文　絵手紙」とあるように、さまざまな形式の「歌」とアートを組み合わせた作品の展覧会である。「歌」には、いわゆる現代詩も含まれている。

私と鎌倉佐弓は、指定の搬入日より早く、三月七日の昼ごろ、出展作を三点ずつ会場へ運び、オーナーの天野喬夫に預けた。

鎌倉は、

鮎は影と走りて若きことやめず
サイネリア待つといふことときらきらす
ポストまで歩いて二分走れば春

を一句ずつ墨書した色紙三枚に、簡単な絵を多色の岩絵具で描いたものを出展した。夏石は、色紙俳画二枚とミニ屛風一点。色紙俳画は、

智慧桜黄金諸根轟轟悦予

を日本語、フランス語、英語で墨書し、中央に大小の桜の花弁を金箔と紅玉粉末で描いた一点と、コロナ禍を詠んだ

見えない王冠あらゆるものを空位とす

を日本語、英語、ベトナム語で揮毫し、大きな目玉一つを持つ空想的生き物を藤黄やラピスラズリ粉末で左に描いたもう一点。はがき大の二面からなるミニ屛風には、

未来より滝を吹き割る風来たる

千年の留守に瀑布を掛けておく
天の滝より法王落ちて飛び始む

など五句を墨で書き、幅の広い滝の奔流をラピスラズリ、金箔、藤黄、群青で描いた。

初日の二十一日夕方には、オープニング・パーティーが開かれ、コロナ禍さなかながら、関係者が多数集まり、路上にまではみ出る。開会挨拶は、女優の藤田三保子。藤田作品は、自画像とも思える愛らしく目の大きい猫の絵に、自作俳句を山頭女の俳号で力強く揮毫したもので、正面突き当りの壁に展示されていた。

紛争や目刺しの数の一尾減り
母おぶりおぶわれた日の母子草

などの句が、愛らしい猫の絵と組み合わされた作品。同年夏、銀座の別の画廊で個展開催を予定している。

私は約四十年ぶりで再会した俳人で書家の市原正直とことばを交わし、すっかり温和な初老の人物に変貌していて、金子兜太夫人の金子皆子に似ていらっしゃると率直に申し上げる。市原正直は、金子兜太代表の俳句雑誌「海程」の東京月例句会で一九七〇年代中頃にお会いしたきりだと記憶する。市原正直も私もあのころは若かった。市原作品はまじめな俳画で、句会を同じくする藤田三保子作品の左隣に展示。

ジャンケンのパーではじまる花吹雪

の一句には、狐の絵が添えられていた。

第二日にも会場に出かけ、昨晩のパーティーでは混雑のあまり話すこともできなかったイラストレーターの種村国夫とはじめて懇談する。この人のイラストは、一九七〇年代のエロ小説の挿絵としてしばしば見かけたことがある。種村国夫作品は、エロチックな作風とまつ毛の長い女が特徴。今回は、

しりあうとすぐほしくなりまたふられ

という川柳を右に書き入れ、ワイングラスを左手に持つ後ろ向きの裸女の臀部を強調したイラストを一面に描いた額入り作品などが、夏石と鎌倉の作品を貼り付けた奥の壁面左端に接した側壁に並べられていた。入口から見て突き当りの壁左の側面の最奥部が、この画廊での集合展において、種村作品の指定席のようだ。

第三日、第四日は疲れが出て、画廊を訪れることができなかった。自宅で休養。

最終日二十六日は、私は勤務先の仕事が控えていたので、作品搬出時まで留まれなかったが、画廊で多くの出展者と出会い、会話する。

この画廊との縁を作ってくれた野谷真治は、

戦禍の街固まる泪

などの俳句を、気取らず筆ペンで書いた色紙を出品していた。これはウクライナ紛争を詠んだ一句だろう。

フェルト作品の作者、長尾かおりとは、初日と最終日に顔を合わせた。

ソイラテを待つ間の窓のヒヤシンス

の自句を自筆さながら、青いフェルトに白糸で縫い、ヒヤシンスとソイラテのカップをフェルトで立体的に表現した作など、手作りのぬくもりを感じさせた。私はソイラテという飲み物を知らない。

「歌よみ展」では、回文は決して少数派ではない。一筆書きの絵と回文を組み合わせた作品を、大山美穂が出展。最終日にことばを交わす。彼女の回文には、

きよいせいとといせいよき

などがある。回文俳句は、

観梅よ紀伊に湯に行き良い晩か

などを小池政光が色紙に墨書。

この画廊ですでにお会いした日本画家の稲垣三郎は、

洋東西若葉凛しやみどり葉萌ゆ

という俳句の自筆に、大樹の梢から地球儀を持ち上げている巨人を描いた墨絵を配した縦長の和紙を出展。

イラストレーターのエディ上枝は、この画廊開催の展覧会の飾りつけ作業を毎回担当していて、よく出会う。初日にはエディ上枝が作品を壁に固定するために打つ金槌の音が響いていた。

このイラストレーターは、

のみたりずのみなおしてはのみすぎる
のみすぎて大虎にはならぬよに

などの川柳に、内容にふさわしい軽妙なイラストを配した作品を展示。

この展覧会で出会わなかった出展者の作品も、紹介しておく。華道家で現代美術家の楪田典子は、枝分かれした木の枝の皮を剝ぎ、小枝の隙間に、俳句を毛筆で書いた小さい色紙を何枚も挟

んだ作品を展示。書かれた俳句には、

夜鳴きそば誘われはいる空は月

などがある。子役女優として活躍した松岡まり子は、

桜吹雪亡き愛犬とじゃれ歩き

などの自作俳句を、文字だけ墨書したオーソドックスな色紙と短冊を額に入れて出展。漫画家の佐佐木あつしは、展覧会が完了し、搬出日の夕方遅くに来廊されたようだが、私は会えずじまい。

卒業の路傍に一つ金ボタン

の自作俳句を、花吹雪に髪をなびかせながら、夢見るように立つ制服姿の女子高生の姿を多色の絵に書き込んだ色紙など、丁寧でしっかりした作品が印象的だった。

古代文字の一つ、ヲシテ文字で、

参る名にいつも叶うよ永遠の国

到る高みか伝えた愛さ

などを自書した色紙は、小野竹裏という別名も持つ、おのみんという筆名の男性の作品。

このように各作者各様、俳句などの短詩をアート作品に仕上げて、プロもアマチュアも、上下も流派も関係なく展示できる「歌よみ展」に参加でき、また画廊で多岐にわたる話ができたのは、コロナ禍とウクライナ紛争で薄闇となった世の中にあかりがともったような思い出となった。

神保町と私と沖積舎

一九七四年創立の沖積舎が、創業五十年を迎える。沖積舎の創業年は、私が東京大学に入学するために上京した年と同じで、私も上京後五十年を迎える。

この半世紀は、元号では昭和・平成・令和の三つにわたり、あまりにもさまざまな変化が起きたので、一つの時代として簡単に総括できない。

私が神田神保町に初めて足を踏み入れたのは、やはり一九七四年で、故郷の兵庫県相生市や姫路市の書店では見かけることのできない新刊や古本に目がくらみそうな思いがした。

やがて、一九八七年に明治大学法学部の専任教員となり、かつては授業の前後に面白そうな本を神保町で買って、重い鞄を提げて帰宅していたのが、いつのまにか神保町に足を向けなくなった。私が読める日本語、英語、フランス語の新刊も古本も、インターネットで容易に入手できるようになったからである。

そうは言うものの、神保町の沖積舎にはお世話になり、自社ビルへの移転後、毎週訪れた日々もあった。そこで、社長の沖山隆久とさまざまな談笑を楽しんだ思い出がある。

単著の出版物としては、『越境紀行　夏石番矢全句集』（二〇〇一年）を皮切りに、評論集『世界俳句入門』（二〇〇三年）、句集『右目の白夜』（二〇〇六年）、『夏石番矢自選百句』（二〇一五年）、『夢のソンダージュ』（二〇一六年）を刊行していただいた。

とくに、『夢のソンダージュ』は、出版のあてもなく、自分が実際に見た夢を、行分け詩のかたちで記録しているうち、二百篇まで書き溜まったので、沖山社長に相談して、一冊の本になった。望外の喜びだった。

『夏石番矢自選百句』は、沖積舎のOKIギャラリーで開かれた夏石番矢自選百句色紙展で展示販売した、自作百句百枚の揮毫色紙を、モノクロで印刷した本。私の還暦を記念しての出版と展覧会だった。この色紙百枚を墨書して、しばらく腰痛に苦しんだが、還暦という年齢だけではなく、書においても一つの関門を抜ける貴重な節目となった。

『越境紀行　夏石番矢全句集』は、スロヴェニアで開催の世界俳句協会創立大会参加直前に校了となった。帰国して、二一世紀えひめ俳句賞・河東碧梧桐賞を受賞した。

この二〇〇一年は新千年紀が始まる年で、私の活動もそれ以後一挙に国際化し、現在では五大陸二十三か国の国際会議に出席するにいたる。その結果、だんだんと海外での出版に重点が移り、沖積舎から遠ざかることになったのはとても残念だ。

現代詩としての俳句
——近年の米国句集からの考察

二十世紀初めから、世界各国でさまざまな言語を活用して創作されている俳句は、もはや人類共通の短詩となり、しかも一括りにできないほど多様である。そこで私は、最も興味深い例として、米国で近年出版された句集から、一つの展望を示してみたい。

そもそも、二十世紀米国詩の革新は、エズラ・パウンドらのイマジズムによって行われ、これには日本の俳句の英訳からのインスピレーションが関与しているのはよく知られている。米国の現代詩には、俳句からのインスピレーションが根深いところに組み込まれている。そのインスピレーションは、日本語以外の言語ではほとんど成立しえない五・七・五音の定型や、地域によって差異の著しい気候風土に基づく季語とは根本的に無縁である。

ここで付言しておきたいのは、原句に古語が混じっていても現代語に訳され、元の句がたとえ五・七・五音であっても、そのような定型には訳されず、自由詩になることである。外国語ができない人には理不尽に思われるかもしれないが、俳句は翻訳されると、現代自由短詩となる。
米国現代詩が日本の俳句翻訳から受け取ったインスピレーションの特徴は、冗語のない簡潔さ、視覚を中心とする感覚優位、表現の現代性、定型的ではない作品ごとの新鮮なリズムなどである。
これらの特徴を具えたエズラ・パウンドのイマジズムの記念碑的短詩を、例示しておきたい。

IN A STATION OF THE METRO

The apparition of these faces in the crowd;
Petals on a wet, black bough.

地下鉄の駅の中で

人ごみにそれらの顔顔の突然の出現、
濡れた黒い大枝に花びら花びら

（Ezra Pound, LUSTRA, Alfred A. Knopf, USA, 1917）

この短詩では、視覚的イメージは、地下鉄のプラットホームとそれに並置された桜らしい大樹の開花から構成され、明瞭で現実的である。イメージだけの提示が現代詩となった。
ここで一挙に、現代米国句集へと視点を移してみよう。

the other world
fits in a small
cedar box

あの世
杉の小箱に
ぴったり入る

John Martone（HOMELANDS, Tufo, USA, 2019）

この俳句は、無季自由律ということになるが、海外の俳句は米国に限らず無季自由律である。この「杉の小箱」が何かは不明ながら、「あの世」をまるごと収納する奇抜さ、不気味さが印象的。二十世紀フランスに発した超現実主義も吸収している。

next night
still feeling the wings
circle the bed

次の夜
ベッド旋回する
翼まだ感じる

David M. Boyer（*overpacked for the afterlife*, David M. Boyer, USA, 2022）

この俳句では、「ベッド」と「翼」が謎深げに提示され、現実と非現実が一体化している。不可解ながら写実性を超えた深い現実感がある。

the desert now red enough -
I'll dig a well
and grow some dates

砂漠いまたっぷり赤い
私は井戸を掘り
ナツメヤシ生える

John Sandback（*Given Enough Dust*, SCIQL, LLC. Publishing, USA, 2023）

なぜか砂漠に取り残された「私」が、井戸掘りによって、生活を始めようとする際のつぶやきのような俳句。虚構でありながら、悪夢のような現実感がある。

これらの米国俳句には、写実を超えた深い現実感、現代的単語一語一語の清新さ、不可解さを内包する現代性、作品ごとのオリジナルな音楽性が顕著である。これらは現代の詩そのものである。

有季定型の枠の内部で逼塞している日本の俳句愛好家が、これらから学ぶことなく、さらに衰退してゆくと予想することは、はたして的外れだろうか。

短歌・俳句・現代詩の命運
――吉本隆明からの示唆

吉本隆明とは、俳句についての対談を一回、短詩型についての座談会を一回ともにさせていただいた。いずれも一九九〇年代初めのものである。三十年以上経過したいま、読み返しながら、吉本隆明と同レベルで、詩歌の神髄を理解し、多面的な知的分析を行える人材がもはや日本には存在しないことに気づいて、啞然とした。

それでも、吉本隆明が日本の詩歌に対して残した示唆について、その後の私が獲得した考えを披露して、この知の巨人への敬意を表しておきたい。
短歌については、「新潮10月号臨時増刊　短歌俳句川柳１０１年」（新潮社、一九九三年十月）掲載の「座談会　短詩型文学　百年のパラダイム」（吉本隆明、三枝昻之、夏石番矢、大西泰世）において、吉本隆明はこう述べている。

短歌のばあい音数律自体が意味ないし価値なんだと考えないとだめなんじゃないかと思ってきたんです。

つまり多少の破調はあっても、五・七・五・七・七音の音数律が短歌を成立させているということで、それを崩した自由律短歌は「全然だめだと思っちゃうんですよ」と吉本隆明は結論付けている。
これは、その後約三十年間、私は海外の国際文学会議に参加したり、俳句を中心とする短詩の翻訳を実践してきて、短歌の人気がないのに驚いた。さらには、フランス語で五・七・五・七・七音節の五行詩として和歌を翻訳しても、まったく文学的効果がなかった事例が過去にあったことを知った。

春ごとにながるる河を花とみてをられぬ水に袖やぬれなむ　　伊勢

Pour cueillir la branche　　5　　水は枝の色をゆらす

Dont l'eau berce la couleur　7　枝をとるため
Sur l'eau je me penche :　5　水の上わたしは身をかがめる
Hélas! j'ai trempé ma manche　7　ああ！　わたしは袖を濡らした
Et je n'ai pas pris de fleur!　7　そしてわたしは花をとりそこねた！

この脚韻まで踏んでの五・七・五・七・七音節の五行詩訳は、女性詩人ユディット・ゴーチエ『蜻蛉詩集』（*Poèmes de la libellule*, Gillot, Paris, 1884）からの抜粋。『古今和歌集』の歌のアクロバット的に巧妙な仏訳を集めたこの本も反響を呼ぶことはなかった。フランス語で五・七・五・七・七音節の詩は凡庸な詩にすぎず、短歌は日本語の五・七・五・七・七音によってのみ生じる夢幻のような短詩である。俵万智の短歌も三行で仏訳されている。

これとは対照的に、吉本隆明は同座談会で俳句についてこう述べている。

俳句の定型を五・七・五とするとすれば、これを自由に破るかどうかは、作品全体への影響はそんなに大きくないと思えるんです。

自由律の俳句というのは、場合によったら定型よりもいい俳句というのを生み出す可能性はあるんじゃないですか。

これは、この座談会で吉本隆明が示した卓見である。この卓見は俳句翻訳を三十年弱続けてきて、まったくその通りというしかない。
自作俳句の翻訳を持ち出してみる。

　未来より滝を吹き割る風来たる

この俳句は四十五言語に訳されたが、いずれも五・七・五音節にはならなかった。英訳と仏訳を示してみる。

From the future　4　未来から
a wind arrives　5　風が到来
that blows the waterfall apart　8　滝を吹き散らす

英訳では「吹き割る」が「blow apart」（爆弾で爆破する）という強い動詞に変換されていて、原句とは違う衝撃力を持つ。

Du future　3　未来から
un vent est venu　5　風が来た
fendre la cascade　6　滝をうち割りに

この仏訳では「吹き割る」が、「fendre」という斧で立ち割るさまを連想させる動詞に置き換えられ、縦に分断された滝のイメージが生まれる。

未来↓風↓滝の破壊という、三行の行ごとの転換点（切れ）が効果的であれば、行ごとの音節が決まっていないほうが、内容に応じた変化が生じて効果的。「滝」が日本では夏の季語であっても、海外では季語になりえない。

つまり、俳句は日本語以外では、季語は不可欠ではなく、三行の自由詩であり、日本語の五・七・五音より変化に富む現代的短詩となりうる。短い表現のインパクト、そこから広がる連想の意外さ、深さを活用すれば、詩のエッセンスとなりえる。

吉本隆明は予言的なことがらを突然述べることがある。


夏石番矢さんの俳句は一足飛びに西欧の現代詩と同じ次元の表現をしたいというモチーフを持っているのだと思う。


これは、「毎日新聞」二〇〇二年六月三十日付けに掲載された「吉本隆明が読む現代日本の詩歌～13～　夏石番矢」（『現代日本の詩歌』、毎日新聞社、二〇〇三年、『新潮文庫　詩の力』、新潮社、二〇〇三年所収）の冒頭の一文である。

二十年前なら確かに図星である。しかし、二十一世紀に入り、西欧の現代詩がモダニズム的言語遊戯を経て停滞しているので、そしてその模倣を遂に脱することができなかった日本の自由詩（日本では現代詩と僭称している）も衰弱しているので、私の目指すところは変化した。

自由自在な俳句創作によって、停滞し衰弱している国内外の詩を蘇生させ、活気づけるのが、いまの私の使命となっていることを、この吉本隆明の一文によって再確認したところである。

Ⅲ

エッセイ　二〇一六～二〇一七

世界俳句紀行・十五か国の俳句事情

いち早く俳句創作を始めたフランス

海外初の個人句集は、フランス人ポール＝ルイ・クーシューによる『水の流れのままに』（Au fil de l'eau）で、七十二句のフランス語三行俳句が収録された十六ページの私家版。一九〇五年七月に三十部だけ出版された。クーシューは、日露戦争開戦直前の一九〇三年から翌一九〇四年までの日本滞在中に俳句に出会い、帰国直後にこの自作句集を出版する。

Les joncs même tombent de sommeil.
Je rôtis délicieusement
Midi.

藺草《いぐさ》でさえ眠りに落ちる。
私はおいしく焼ける
真昼。

パリから南への運河旅行中に作られた九・八・二音節の一句。遮るもののない真昼の陽光に、水辺の草は昼寝し、旅人は自分のからだが料理した肉のようにこんがりと日焼けする光景を、たくみにユーモラスに詠んでいる。「délicieusement」（おいしく）という副詞の使い方が巧みである。最後の「Midi」（真昼）というたった二音節の言い切りも効果的。

句集『水の流れのままに』出版の翌一九〇六年、クーシューは「日本の抒情的エピグラム」（LES ÉPIGRAMME LYRIQUES DU JAPON）を文学雑誌に連載し、与謝蕪村を中心とする古典俳句を数多くフランス語で紹介して、俳句をフランスに広める。

海外の俳句は、定型詩ではなく、三行自由詩で脚韻を踏まず、季語も必要がないという基本路線は、クーシューの『水の流れのままに』から明確に敷設された。まずフランスで、俳句は可能性に満ちた短詩の新ジャンルとなった。

第一次世界大戦に従軍したジュリアン・ヴォカンスの「戦争百幻景」（CENT VISIONS DE GUERRE）は、無韻三行自由詩のフランス語俳句百句で実際に体験した悲惨な戦場を詠み、書かれた翌年の一九一六年に雑誌発表されて、新聞や雑誌などにも転載され、大きな反響を呼んだ。これをきっかけに、一九三〇年代までフランスに俳句ブームが巻き起こった。

戦場と畑の二重イメージを大胆に描き出す次の一句がその代表作。兵士は種でもある。

La Mort a creusé sans doute　　死神たぶん掘った
Ces gigantesques sillons　　これら巨大な畝
Dont les graines sont des hommes.　　その種は男たち。

フランス二十世紀を代表する前衛詩人ポール・エリュアールも、一九二〇年に「ここに生きるために　十一のハイカイ」（POUR VIVRE ICI　onze haïkaïs）と題された、戦火で荒廃したフランス国土の復興を願う独創的な俳句を書いている。

この十一句のフランス語俳句は、短い実験的な短詩で、とくに次の一句は卓抜した作品。

Le cœur à ce qu'elle chante　　うたう歌に心をこめ

Elle fait fonder la neige
La nourrice des oiseaux.

雪を融かす
鳥たちの乳母

「鳥たちの乳母」は他の鳥の雛まではぐくんでいる雌の鳥で、おおらかな愛の化身。その歌声からは、「雪を融かす」ほど温かい愛情が放出される。

こういう斬新で凝縮した俳句を書いたおかげで、エリュアールはこの後もかなり独創的な自由短詩を書き続けてゆく。そして、フランスにおける俳句ブームは、二十世紀ヨーロッパの自由短詩全盛へと発展してゆく。

第二次世界大戦後も俳句創作は散発的に続いていたが、私がフランスで研究生活を送っていた一九九七年十一月に、南仏で「現代俳句」イベントを開いたのが転機となった。

このイベントで私は、当時住んでいたアパルトマン近くのセーヌ川近辺の光景を詠んだ一句を披露した。

日曜のミラボー橋を羽毛飛ぶ　　『地球巡礼』（立風書房、一九九八年）

孤高を好むフランス人もフランス語俳句協会をようやく二〇〇三年に創立した。機関紙「Gong」が発行され、俳句大会や俳句コンテストを行っている。この協会は、豆本の句集をさかんに出版している。

二〇一四年に同協会が出版したエレーヌ・ボワッセとジャン・アントニーニの共作句集『われ

らののどのくぼみに』（Au creux de nos gorges）の次のような俳句が、二十一世紀のフランス人の精神風景を簡潔にとらえている。

le silence de l'autre
pas même une corneille
n'a pu l'atteindre

un grand vide derrière
un grand vide dedans
lequel choisir ?

他人の沈黙／一羽の鴉さえ／損なうことできず

うしろに大空虚／なかに大空虚／どちらを選ぶ？

資本主義、個人主義が高度に発達し、その成熟の明るい享受を通り越して、個々人が抑えようのない精神的空洞を存在の奥深く抱え込む二十一世紀初めのフランスを、これらの俳句の「沈黙」や「空虚」は、虚飾を排しているからより一層的確に表現しえている。

フランス人特有のユーモアたっぷりの俳句は、生物学者でもあるジョルジュ・フリーデンクラフトが作っている。

J'ai mal à mon nez !
c'est la rhinocérosite
dit le médecin

鼻が痛い！／犀病と／医者が言う　『世界俳句二〇一七　第一三号』（七月堂、二〇一七年）

こういう俳句を読むと、フランス人気質もまだまだ捨てたものではなく、貴重である。

大自然と家畜のモンゴル

一九六四年、モンゴルの著名な詩人B・ヤボーホランが日本の俳句についての論文をいくつか書いて芭蕉の俳句をモンゴル語訳し、自分自身でも俳句を作ったのが、モンゴルに俳句が浸透する契機となった。

二〇〇五年十月、日本留学中の内モンゴル詩人R・スチンチョクトが突然、私の自宅を訪れ、この詩人の強い要請で彼の新作俳句を、校了直後の『世界俳句二〇〇六　第二号』（七月堂、二〇〇五年）に追加収録して、モンゴル俳句は次の局面へと展開した。そのとき、作者自身と私とで作った和訳。

馬頭琴響き
星々帰る
母は乳しぼりから帰る

厳しく長い忍従の冬を終え、活力を取り戻した遊牧生活が詠まれた。内モンゴルへの帰還後、R・スチンチョクトがこの一句も収録した句集『鶴』（内蒙古人民出版社）を二〇〇七年フフホトで出版してから、俳句熱が内モンゴルとモンゴルに高まった。

俳句は新しい短詩として、二十世紀後半からモンゴルに誕生したが、モンゴルには俳句に近い文学基盤があった。

十三世紀末ごろに漢字で記録された『元朝秘史』にはいくつか三行短詩がはめこまれている。

鴨ども、雁どもは
樹幹《コヂウラ》ごとに臭気《コンシユウ》を
枯樹《フンヂウレ》ごとに腥気《フンシユウ》を　（小澤重男訳）

さらには、「世界の三つ」という口承文芸詩があり、行末が同じ形容詞で終わる三行の謎かけ短詩となっている。

昇る太陽の光は赤い
この地上の埃は赤い
飢えた狼の目は赤い（富川力道訳）

モンゴルでの俳句熱を確実なものにしたのは、現代モンゴルを代表する詩人ウルジン・フレルバータルである。

二〇一五年は、モンゴル俳句にとって画期的な年となった。三月末にウランバートルでモンゴル俳句協会が創立され、初代会長となったフレルバータルは一度に三冊の句集を出版した。この詩人を含むモンゴルと内モンゴルの詩人四人が、九月に東京で開催された第八回世界俳句協会大会に参加し、モンゴル俳句をアピールした。

『第8回世界俳句協会大会アンソロジー　無限の対話』（七月堂、二〇一五年）から、秀句を拾い出しておこう。

同じモンゴル語に変わりないが、モンゴルではキリル文字で、内モンゴルではモンゴル文字で、他の文学作品同様に俳句が綴られるという違いがある。

逃げ馬の

仲間となる
蜃気楼

右に引いた内モンゴルのYo・エルデニトクトホの一句は、広大な風土と活力ある家畜をユーモラスにかつ幻想的に詠む。

Нойрмог зэрэглээнд
Нью-Йоркийн ихэр цамхаг
Одоо ч хэвээрээ

蜃気楼を夢見て
ニューヨークのツインタワー
いまも健在

Онгон байгалийн
Орог буурал зэрэглээ
Одоо хаа байна？

大自然の
いにしえの蜃気楼
いまいずこ

モンゴルのウルジン・フレルバータルのこれら二句は、「大自然」を詠みながらも、その荒廃を嘆き、「ニューヨーク」に代表される現代文明を批判している。

モンゴル俳句は、広大な風土にゆったりと展開される遊牧民のリズムが背骨となってさらに展開しつつある。

こういう楽天的予想も、内モンゴルではずれてしまった。二〇二〇年九月、中国政府の意向を受けて、内モンゴル自治区政府が学校でモンゴル語教育を禁止してから、内モンゴルでのモンゴル語俳句はほぼ凍結状態に陥った。

多様な米国俳句

米国のみならず、英語圏全体の二十世紀前衛詩にとっての記念碑的短詩は、エズラ・パウンドが一九一二年にパリの地下鉄から着想を得て書いた次の二行詩で、「メトロ・ポエム」と呼ばれる。

IN A STATION OF THE METRO
The apparition of these faces in the crowd;
Petals on a wet, black bough.

地下鉄の駅の中で
人ごみにそれらの顔顔の突然の出現、
濡れた黒い大枝に花びら花びら

LUSTRA (Alfred A. Knopf, USA, 1917)

現代語を使い、修飾を省き、具体的イメージを喚起し、メトロノームではないリズムを求めるイマジズムの手本。日本の俳句に触発された斬新な詩法を示す。

この詩が作られてから百年以上が経過し、英語俳句の百年を通観させるアンソロジー『Haiku in English: The First Hundred Years』(W. W. Norton & Company, USA, 2013)は、この短詩を巻頭に置く。同著には、二十世紀米国文学史に名を刻むウォーリス・スティーヴンス、チャールズ・レズニコフ、E・E・カミングス、アレン・ギンズバーグ、ジャック・ケルアックなどによる俳句に近い短詩や俳句が収録され、二十世紀以降の米国文学に俳句は欠かせないことを証明する。ちなみに、私の俳句「未来より滝を吹き割る風来たる」も同著に英語で収録された。

From the future
a wind arrives
that blows the waterfall apart

戦後日本にも流行した反体制ヒッピー文化の元祖アレン・ギンズバーグは、米国西海岸バークレーで仲間の詩人たちと共同生活していた一九五五年、禅にあこがれて、寝釈迦を連想させる俳句を作っている。

Lying on my side
in the void:
the breath in my noise.

無の中
横臥して、
僕の鼻に息。

高校に英語で俳句を作らせる授業のある米国では、実に多様な人々が俳句を書いている。そのレベルも、素朴なものから高度なものまでまちまちである。

米国で現在、最も高度な俳句を書くのは、レッド・ムーン・プレス社オーナー兼主幹編集者で、アレン・ギンズバーグらのビート世代の流れを汲むジム・ケイシャンである。彼は三行俳句と一行俳句の両方を書く。『世界俳句二〇一六　第一二号』（七月堂、二〇一六年）から、それぞれ一つずつ引こう。

late summer
after the scab
the scar

晩夏／瘡蓋の後の／傷痕

pacific paddle the wave bigger than my fear

太平の水たまり僕の恐怖より大きい波

非常に短い単語を連ねて、単純でシャープな詩的表現をケイシャンは追求している。海や自分の心理や身体が主なモチーフになっている。どことなく新大陸の大自然の空気が感じられる。
ビル・クーパーという元大学教授の俳句にも、米国的持ち味が濃厚である。同じく『世界俳句二〇一六　第一二号』から彼の俳句を挙げておく。

distant gull cries
on the whale carcass
blue graffiti

遠い鷗鳴く／鯨の残骸の上に／青い落書き

米国俳句によく出てくる鯨や鷗を詠みながら、最後に「落書き」が「青い」とするところに、この俳人の鋭い美的感覚がうかがえ、現実の光景にダブって見えてくる幻想性も生じる。

詩に熱いおおらかなコロンビア

南米コロンビアは遠い。しかし、長旅にもかかわらず、そしてなにがしかの危険性は伴っても、訪れる価値は充分にある。詩についての伝説的な熱狂をたっぷりと体験できるからである。

私がコロンビアを訪れたのは二回。二〇一一年に第二十一回メデジン国際詩祭参加のため、そして、そのとき出会った人たちが開いてくれた二〇一三年の第七回世界俳句協会大会メデジンに参加するため。

コロンビア第二の都市メデジンは、麻薬とマフィアで悪名高かったが、国際詩祭を開催してから、おおらかな野性味ある高地の都市となり、この詩祭も世界的名声を博した。

日英二言語にスペイン語を加えた三言語版句集『ブラックカード／Black Card ／ Tarjeta negra』(Cyberwit.net, India, 2013) に、この詩祭参加中に生まれた私の俳句を収録した。

Todos は熱い波詩人は太陽

"Todos" is a hot wave
a poet
the sun

"Todos" es una ola de calor
un poeta
el sol

「Todos」は「みんな」を意味するスペイン語。世界各国から集まった詩人が自作を朗読する際、現地の聴衆が心から熱狂的な喝采をあげるさまを詠んだ。

メデジンには、ラウル・エナオというコロンビアを代表する詩人が住んでいて、『世界俳句二〇一二　第八号』（七月堂、二〇一二年）に評論「コロンビアの詩における俳句の存在」というコロンビア俳句鳥瞰図を寄稿してくれた。この詩人が、俳句に関心を持ったのは、メキシコのノーベル賞詩人オクタビオ・パスや戦後米国のビート詩人の影響によってであった。ニュージーランドの詩人ロン・リデルとの共著句集『俳句セレクト（Selected Haiku / Haikús Selectos）』（Fundación Zen Montaña de Silencio, Colombia, 2009）から、エナオの一句を、西英二言語にわが和訳を付けて引こう。

Me veo en la luz.
Me escucho
en el silencio.

I see myself in light
I hear myself
in silence

自分を光に見る／自分を聴く／沈黙に

一年中気温の変化の少ないメデジンでは、自然は季節を超越した巨大な塊として存在し、元来饒舌を好むスペイン語詩とは対極のおおらかな「沈黙」を俳句に求めている。

二〇一三年十月、第七回世界俳句協会大会メデジンは、ディエンテ・デ・レオンを中心にメデジンで開催された。この大会のために彼が編集発行した俳句アンソロジー『空壺／El cántaro vacío／the Empty Amphora』（Fundación Zen Montaña de Silencio, Colombia, 2013）からコロンビア俳句を二句紹介したい。

Entre gemidos,
danza el sauce
verde y Festivo.

Between moans,
the willow dances
green and festive.

うめき声の合間に／柳は踊る／緑で陽気

ディエンテ・デ・レオン

悲しみのさなかに、陽気さを失わないメデジン気質をよく表現している。

Tu alma escucha,
igual la mía,
una única canción.

Your soul hears,
like mine,
a single song.

あなたの魂は聴く／私と同じく／唯一の歌

アナ・カタリナ・ヴェイラ・モレノ

恋人の魂との深い共鳴を詠んだ、情熱的女性の一句である。

この大会のため行われた俳句コンテストで、第一位を獲得したのが、やはりメデジン在住のラウル・オルティス＝ベタンクールの俳句。

Ese cántaro
tan lleno de vacio
como la noche

これ壺／こんなに空虚でいっぱい／夜のように

彼に副賞として私の俳句揮毫色紙を贈呈したら、その喜びで俳句熱が高まったせいか、二〇一五年東京開催の第八回世界俳句協会大会に自費で参加してくれた。

海に開かれたポルトガル

ポルトガルはユーラシア大陸の西の果て。そのことを詠んだポルトガル語俳句がある。

Sentado na areina
com saudades do mar
o continente acaba

砂にすわり
海なつかし
大陸果つ

「大陸果つ」(『吟遊』第一六号、吟遊社、二〇〇二年十月)

当時ポルトガル・ペンクラブ会長だったカジミーロ・ド・ブリトーの一句。この詩人とは、二〇〇一年にスロヴェニアのヴィレニッツァ国際詩祭で出会ってから、国内外の文学会議や詩祭でしばしば同席し、親交を深めてきた。二〇〇二年の夏にはメール交換して、二人で合計百句の発句だけの葡・日・英・仏の四言語連句集『連句　虚空を貫き』を作り、二〇〇七年に日本の七月堂から出版した。ド・ブリトーは、ラテン系の典型的な愛の詩人で、この連句集におおらかにエロスを歌う俳句を寄せている。

Chuva miudinha e paciente
na minha pele—
a tua língua

わが肌に
降り続く絹雨よ

君の舌

Drizzle, patient rain
over my skin—
your tongue

Pluie légère et patiente
sur ma peau—
ta langue

この愛の詩人は「愛は一時で、友情は永遠だ」と公言して、友情にも厚い。彼とは、スロヴェニア、マケドニア（現在の北マケドニア）、ブルガリア、イスラエル、日本で出会い、彼が出席すると会議やイベントには温かい安心感が生まれた。

ド・ブリトーの母国へは一度だけ訪れた。二〇〇四年五月に、大西洋上のポルトガル自治領マデイラ諸島で彼が主催する第四回ポルト・サントー国際詩祭に、妻の鎌倉佐弓ともども招待された。首都リスボンには一泊したが、これは偶然のたまもので、リスボンでの短時間の乗り継ぎに厳重な手荷物検査のため間に合わず、そのおかげで翌日の昼まで首都見物ができた。コメルシオ広場の光はまさしく南国の強さで、容赦なく、目がくらんだ。坂道の多い裏町は、とても人間臭い日陰の路地が続いた。

そこから飛行機で海を飛び、モロッコの西の大西洋上のマデイラ諸島のポルト・サントー島とマデイラ島で、ポルトガルを含む各国の詩人たちと数日を過ごした。

この島々での体験は私の世界観を変えた。コロンブスは、ポルト・サントー島の漁師の親方の娘と結婚し、アメリカ大陸の存在をあらかじめ知っていたと聞かされた。一番大きいマデイラ島の中心フンシャルは神戸に似た国際港。一年中気候温暖なマデイラ諸島は、アメリカ大陸にも、あるいはアフリカを南回りして、アジアにも開かれた洋上の中継地で、海に開けたポルトガルの特性を凝縮した別天地。

私はこの地勢に触発されてこのような俳句を詠んだ。

どの椰子の木も小鳥のふるさとオケアノス
金の砂浜夢は新大陸ほどふくらむ
われらみなオケアノスの息にあり深夜　　『ブラックカード』（砂子屋書房、二〇一二年）

古代ギリシャの水や海の神で、大洋（英語：ocean）の語源になったオケアノスの神が、マデイラ諸島をやさしく包み込んでいるとの印象を俳句にしたのである。

リスボン近郊に住むダヴィーッド・ロドリグスは、『De frente oara o mar／海に向いて』(Palimage, Portugal, 2010) という海をテーマにしたポルトガル語俳句アンソロジーを編み、次の自作一句を収録している。

pôr do Sol no mar!
Só o olhar fica para cá
do horizonte.

海に日没！／見えるのはただ／水平線のこちら

Portugalの「Portu」はラテン語で港を意味するportusに由来する。やはり海とは切っても切れないお国柄が、俳句にもにじみ出てくる。

『連句　虚空を貫き』（カジミーロ・ド・ブリトー／夏石番矢共著、七月堂、2007年刊）

家庭的な暖かさのハンガリー

ハンガリーでは蒙古斑のある赤ん坊が多く生まれるので、東欧のなかでも日本への親近感が強い。一九五六年に起きたハンガリー動乱は、ハンガリー語が、東欧の多数派言語であるロシア語などのスラヴ諸語とはまったく別系統で、強いられたロシア語学習への反感が根っこにある。

遠い親戚という感じのする国ながら、日本の俳句が初めてハンガリー語訳されたのが、一九三三年コストラーニ・デジョーによって「新日本詩」と題された三十句である。

海外ではほとんどの俳句愛好家に日本語能力がない。現在、ハンガリー俳句を育てているのは、ブダペストのカーロリ大学のユディット・ヴィハル教授であり、日本語教育の第一人者で、日本文学を古典から現代まで翻訳し、彼女は俳句好きでも知られ、こういう俳句を作っている。

fénylő napsugár
járja be a lelkedet
haikut olvasván

俳句を読み
心の中で太陽
踊りだす

『世界俳句二〇一六　第一二号』（七月堂、二〇一六年）

俳句が彼女の心に太陽をもたらすのみならず、彼女自身が大家族のやさしく明るい母親という雰囲気をかもし出していて、ハンガリー俳句クラブの会長として、ハンガリーの俳句愛好家たちを元気づけている。彼女に温かく見守られている、音楽演奏者である青年マルセル・ドモンコシの孤独な俳句。

A z önarcképem
fog majd csak emlékezni
ki is voltam én

僕の名覚えている
唯一の男は
僕の自画像
『世界俳句二〇一五　第一一号』（七月堂、二〇一五年）

この俳句クラブの長老格で、酸いも甘いも嚙み分ける祖父のような役割をしているのが、ジョールジ・ヴェルメシ。人生経験から生まれた格言のような俳句を詠む。

Ne sírj egyedül!
Oszd meg a barátoddal,
Felszárítja majd

親友と涙を
わかつのがいい
かわくのを助けてくれる
『世界俳句二〇一二　第八号』（七月堂、二〇一二年）

東日本大震災の翌年、二〇一二年三月、まだ心に不安を抱きながら、後出の展覧会出席のため訪れたブダペストで、フェレンツ・ホップ極東美術館を会場とするハンガリー俳句クラブの定例会合に私は招かれ、その家族的な温かい雰囲気を味わって、安らぎを覚えた。その温かさは、世界初の電気で動くブダペスト地下鉄の人間的な轟音にもつながる。

すでに、ユディット・ヴィハル教授には、欧州文化首都となった古代ローマ時代から栄えた都市ペーチで、世界俳句フェスティバル・ペーチを、二〇一〇年八月に華やかに開催してもらっている。また、私とハンガリーの女性水彩画家エーヴァ・パーパイとの二冊の共著『鳥　五〇俳句』（バラッシ・キアド社、二〇〇七年）、『海の世界　五〇俳句』（同社、二〇一一年）収録の合計百句のハンガリー語訳を見事にこなしていただいた。

さらには、『海の世界　五〇俳句』出版を記念して、ブダペストの中心街にあるエリザベス・コミュニティー・センターで、二〇一二年三月に「夏石番矢俳句とエーヴァ・パーパイ水彩画展覧会」を開くのにも尽力してくださった。

この展覧会では、『海の世界　五〇俳句』収録のエーヴァ・パーパイの水彩画と夏石の墨書俳句色紙を三分の一ほど選び出して、額に入れて展示された。

蒼白のイソギンチャクへキリスト投げ込む

Halálsápadt
tengeri rózsának
bedobom Krisztust

I'm throwing
Christ down into
a pale sea anemone

イエス・キリストが海底でも、十字架刑ののち残酷な仕打ちに遭っているさまを想像した、かなり大胆な俳句。同展覧会オープニングでは、翻訳者のヴィハル教授と作者の私と、この一句を含んだ俳句の朗読を三言語で晴れやかに行った。

詩人が尊敬される野趣の国、リトアニア

リトアニアの首都ヴィルニュス（ヴィリニュスと日本では片仮名表記されるが、原音に近いこの表記を私は採用する）は、私が世界で好きな都市の筆頭。適度な大きさ、落ち着き、清潔さなどの美点が挙げられるが、都会ながら田園の野趣も十分味わえるのが最大の理由かもしれない。三度訪れたこの都市に捧げた小句集『迷路のヴィルニュス』（七月堂、二〇〇九年）には、街中に実った果物を詠んだ句がある。

迷路のヴィルニュス熟した林檎が暗号

二〇〇六年五月、「詩の春」という国際詩祭参加のため私が初めてリトアニアを訪れて以来、この国に俳句が根付いた。その走りに、リトアニアの若者たちのプロジェクトチームが、公募した俳句から『ヴィルニュスへ俳句　本』（二〇〇八年）という俳句アンソロジーを編集出版した。

ヴィルニュスという都市に暮らすおおらかな喜びが満ち溢れている。

Krantinė Vilniaus
Nepaliauja kartoti,
Jog tave myli.

The levee in Vilnius
Keeps saying over and over again
That it loves you.

ヴィルニュスの土手が／何度も言い続ける／あなたが好きだと　アウグステ・レメサイテー

Vilniaus rajonuos
Katės groja vargonais.
Pavasarėja.

In the areas of Vilnius
Cats are playing the organ.
Spring is coming.

ヴィルニュスのあちこち／猫たちオルガン弾く／春近し

マルティーナ・ブラジューナイテー

一九八九年八月、ソ連からの独立を求めたデモ活動「人間の鎖」は、ヴィルニュス大聖堂前から始まっている。ソ連の支配下、リトアニアの人たちは、あちこちで詩や歌の祭を開き、リトアニア語の血脈と生命を保ち続けた。

その言語は、東欧のスラヴ諸語とは全く系統が違う。古代インドのサンスクリット語に近く、格変化の多い複雑な言語。日本の外交官も習得難度が最も高い言語だとぼやく。しかし、数多い格変化がかなり単語の意味を特定するから、少ない単語で多くの意味を表わすことができ、俳句に適している。

リトアニアでの俳句創作普及に貢献したのは、エンジニア出身の詩人、元教育科学大臣で、リトアニア芸術家協会会長を務めるコルネリウス・プラテリス。ソ連支配下時代、詩には比喩のかたちで様々な非合法の情報が込められ、詩集が大量に売れた。自由ないまは、詩集の売り上げは激減したが、詩人は尊敬されていると話してくれた。

私がプラテリスの招きに応じて「詩の春」に招待され、俳句朗読や俳句についての講演を行った翌年、二〇〇六年にプラテリスは自作リトアニア語俳句を送ってきた。

Miškas skendi savy,
tik po storu ledu
upokšnis be garso alma.

The forest has sunk into itself
while under thick ice
the river trickles.

森は重みで沈み／厚い氷の下／川はちょろちょろ流れる

「ガラスの別の面で」（「吟遊」第三一号、吟遊社、二〇〇六年七月）

冬の自然描写であると同時に、「厚氷」に暗示される重たいソ連支配に耐えてきたリトアニア魂を、「川」という暗喩に託したダブルイメージの一句である。

詩人が尊敬される国での最も楽しい思い出は、プラテリスの発案で、二〇〇九年九月末から十月初めに、「ドルスキニンカイ詩の秋二〇〇九と第五回世界俳句協会大会」という二つの詩祭をドッキングさせた二重詩祭を、二十三か国百二十一人の参加で開催したことである。

当時リトアニアへの入国に、ビザ申請など手続きが厄介だったが、元大臣プラテリスの助力でインドから参加できた、詩人で文学博士のサントシュ・クマールは、こういう平和祈願を込めた俳句をこの二重詩祭で朗読した。

rose is beautiful:
never wears
animal fur

rožė graži:
niekada nesidangsto
žvėries kailiu

薔薇は美しい／動物の毛皮／けっして着ない

この平和祈願は多くの人々が切望しても、なかなか実現しないものらしい。

イエスの余波、イスラエル

一度だけイスラエルを訪れたのは、二〇一〇年十月下旬。宿泊地のテルアビブ・ヤッファ到着直後、海辺へ駆けつけ、地中海東端を堪能しようとした砂浜で、寄せ波にいきなり革靴がずぶ濡れになってしまった。そこでしかたなく、裸足になってサンダルを売っている店を探した。ゴルゴタの丘へ十字架を背負って歩くイエス・キリストを偲びながらの裸足の試練だった。さいわい歩いて十分ぐらいのところでサンダルを手に入れた。

第十回シャアール国際詩祭参加のためのイスラエル旅行だったが、十戒をテーマにした自作俳句を主催者にすでに送っていた。たとえば、第六戒「殺してはならない」に対しては、次の句を当てた。

戦場は羽毛におおわれつつあらん　　『猟常記』（静地社、一九八三年）

この詩祭参加詩人たちと、エルサレムを訪れた時、イエスの墓があるとされる聖墳墓教会で、大混雑のさなか同行者たちとはぐれ、彼らを探しているうち、胸ポケットに入れたカレーラのサングラスを掏られてしまった。聖地には犯罪者がいるという現実を思い知った。期待した嘆きの壁も、ただ乾燥した岩の積み木でしかなかった。これのみならず、何か特別の感覚や感情が少しでも与えられるかもしれないと期待したこの聖都は、乾燥し、狭い通路に沿って小さい店や路上商人が密集する、人々の欲望が渦巻く卑俗な界隈でしかなかった。それでこういう俳句を詠んだ。

燃える首都岩と岩には愛などない　『ブラックカード』（砂子屋書房、二〇一二年）

新約聖書の主要舞台ガリラヤ湖周辺は、軍事的緊張をはらみながらも、素朴でおだやかな田舎だった。同行詩人たちと、バスから湖畔の聖ペテロ首位権の教会へと下ろうとした途端、入口付近の右側に何か涼しげできよらかな気配を感じて立ち止まり、一行から遅れた。その気配の正体は不明ながら、イエスの余波のようなものではなかったかといまは受け取っている。

ガリラヤ湖の岸辺のすぐそばに、質素な聖ペテロ首位権の教会が建っていた。その内部には、祭壇の手前に、ラテン語で「MENSA CHRISTI」（イエスのテーブル）との文字が刻まれた小さい石板が置かれた、凹凸の激しい岩が地面から突き出ていた。復活したイエスが、弟子たちと湖の魚をおかずに朝食を取り、聖ペテロに「わたしの羊を飼いなさい」と弟子たちの指導者役を命じた場所とされる（『ヨハネによる福音書』）。質素な教会内部の決して美しくない岩が、こういう宗教史上重要な出来事の舞台となったことに驚く。

雲から来た魚もあらずイエスのテーブル　『ブラックカード』

国際社会に問題を生み続けている一九四八年のイスラエル建国以来、この国の近代史はまだ短い。俳句も、アマチュアが楽しみ、詩人たちも作り始めているが、歴史は浅い。シャアール国際詩祭のアート・ディレクターを第十一回まで務めた詩人アミール・オルの俳句を示そう。

תִּזְמֹרֶת בֹּקֶר / רַק מְתוֹפְפִים / רֵיחַ שֶׁל גֶּשֶׁם
The morning orchestra
Only percussionists
The smell of rain

朝のオーケストラ／打楽器演奏者たちだけ／雨のにおい

כָּאן בִּשְׂדֵה הַתְּעוּפָה: / בֵּין כָּאן לְשָׁם / שׁוּם דָּבָר לֹא שֶׁלִּי
Here in the airport
Between here and there
Nothing is mine

ここ空港で／こことあちらの間で／何も私のものでない

『世界俳句二〇一五　第一一号』（七月堂、二〇一五年）

第一句は、鋭いこの詩人の感性が聴覚と嗅覚を交差させて生み出した。第二句は、国際詩祭にイスラエル代表として招待され、海外へ旅することの多いこの詩人ならではの作。

חלון חשוך
גלקסיות נודדות בו
דימום בעין

A dark window
Galaxies wander there
A bleeding eye

暗い窓／そこにいくつかの銀河さまよう／血を流す片目
「空隙についての俳句」（「吟遊」第六五号、吟遊社、二〇一五年一月）

こちらの一句は詩人モルデカイ・ゲルドマンの俳句。彼も俳句歴は短いが、差別され、虐待されてきたユダヤ人の血塗られた歴史を詠んでいる。

神々と唯一神の混在、北マケドニア

二〇〇三年と二〇〇六年の夏に北マケドニア（当時の国名はマケドニア）を訪れた。この国では詩や文学の国際会議開催が盛んで、財政が豊かでないにもかかわらず国が積極的に応援している。小さい国の存在価値を、詩や文学を通じて他の国々に認めさせようとの意図が働いている。私の二度の訪問も、この国で開かれた国際文学イベント参加のためだった。

北マケドニアにいると、自分の持っている世界観を揺すぶられる。たとえば現在の北マケドニアは、ヘレニズム文化を自らの東征とともに広めたギリシャ系のアレクサンドロス大王のマケドニアではなく、住民がスラヴ系の住民と入れ替わった新しい国であり、アレクサンドロス大王の生誕地は現在のギリシャにある。現代マケドニア語は、スラヴ系言語である。

この征服王の名前と同じファーストネームを持つ、アレクサンダル・プロコピエフは、比較文学者で詩人。アレクサンドロス大王のようにしばしば異国に出かける。気さくな人柄で、飾らないユーモラスな俳句を作る。

Pet noki prazen
domot ostarel za
cela edna godina

Empty for five days
the home has grown old
for a whole year

五日分留守／家は古びた／一年分

「パンクしたボール」（「吟遊」第二九号、二〇〇六年一月）

オフリッド湖周辺は、北マケドニア南西端に位置し、西に隣接するアルバニアとの国境地帯にある。乾燥した土地の多いこの小国で例外的な、水の豊かな地域。湖と同じ名のオフリッドという町の初期キリスト教遺跡では、私たちが仏教固有と思っている卍を見て驚く。床のモザイクに、左右から二羽の孔雀に挟まれた壺に卍が白い小石で点描されていた。この国には古代東西文明の謎が秘められている。そこでわが即吟一句。

モザイクに卍うすれて湖の風

『ブラックカード』

初期キリスト教の修道士が修行した洞窟も、湖を見下ろすあちこちの断崖にあり、湖はおごそかにかすんでいた。

オフリッド旧市街の丘に、背の低い聖クレメント教会が残り、起源は九世紀。入口脇に立つ素朴な石灰岩の柱にうっすらと、法隆寺の木柱に似たエンタシスの曲線が見えた。厳めしく屹立する西欧の教会にない親しさがあり、仏教寺院ではないかとの錯覚さえ覚えた。

この丘にはさまざまな遺跡が点在し、紀元前二〇〇年ごろに斜面を利用して作られたヘレニズム様式の劇場が復元されている。二〇〇三年八月、オフリッド湖畔で開かれた「第四十二回ストゥルーガ詩の夕べ」で初めて会った北マケドニアきっての知性派女性詩人カティッツア・クラフコヴァは、古代多神教時代の神々を俳句に詠んでいる。

Копнежот ја обликува
формата. Боговите доаѓаат
од далеку

Longing creates
form. The gods approach
from afar

あこがれが生み出す／かたち　神々は近づく／遠くから

『世界俳句二〇一一　第七号』（七月堂、二〇一一年）

多神教の神々を肯定的に幻想しながら、彼女はキリスト教の唯一神をも同時に詠んでいる。神々と唯一神が彼女の心に同居しているのだろう。

Занесот ја клеса
стварноста. Се наѕира
лицето на Бог

Exaltation chisels
reality. God’s face—
glimpsed

高揚は彫刻する／現実を　神の顔／ちらりと見られた

『世界俳句二〇一一　第七号』

現在はギリシャ正教の教会に復している建物も、オスマントルコ時代にはモスクに変えられた。

こういう東西文明の栄枯盛衰を、マケドニアの教会も人々も体験してきた。

国名は私が訪れたときはマケドニアだったが、マケドニアと呼ばれる地域を擁するギリシャからの抗議と圧力が強く、紆余曲折の末、二〇一九年に北マケドニアと改称した。

炎熱と融和の王国、モロッコ

二〇一六年七月、とうとうアフリカ北西端のモロッコを訪れた。二〇〇一年、スロヴェニアの国際詩祭で出会ったモロッコを代表する詩人モハメド・ベニスに何度も訪れるよう誘われながら、なかなかこの遠い国に足を延ばす気になれなかった。

モロッコは、二十世紀の約半分、フランスの保護領だったため、その影響が大都市に残る。アラビア語とベルベル語が公用語で、フランス語は第二言語。教育を受けた人はアラビア語とフランス語のバイリンガルが多い。

白人のキリスト教徒も混在するが、国民の大半はイスラム教徒。ベルベル族、黒人も、人々の風貌に多様な変化を与える。ユダヤ人もいる。スペイン領になっている国土も、米軍基地も、サウジアラビアの王宮もある。混雑の王国だ。

実際に足を踏み入れたこの王国は、とにかく暑かった。炎暑、いや炎熱の王国。生も死も獰猛なエネルギーを発する。こういう一句が現地で生まれ、すぐに仏訳を付ける。

数を競うサボテンと墓炎熱の谷

Les cactus et les tombeaux
rivalisent en nombre
vallée de chaleur

モロッコでは、首都ラバトをはじめ、カサブランカ、ウジュダ、タンジェ、アシラ、マラケシュなどを訪れる。
アルジェリアと東端を接する都市ウジュダの炎熱は、摂氏四十度を超えた。ここで、この七月中旬、第二回国際モロッコ俳句セミナーが開かれた。主催団体のガファイット協会会長サメ・デルウィッシュは、小説、詩、俳句の著書もある文化人。

For a moment
both the peacock and his shadow
bright coloured

しばし／孔雀とその影／明るい色に

（「月二つ」、「吟遊」第七一号、吟遊社、二〇一六年七月）

彼の俳句が、孔雀の影さえ明るいと言うのは、誇張ではない。風土の明るさはモロッコ人の心身の明るさをもたらし、デルウィッシュの心の明るさは、ついに私の句集二冊、『夏石番矢　三〇俳句詩』『空飛ぶ法王』（Agence de l'ORIENTAL, Oujda, Morocco, 2016）を、私が訪れた年の七月に出版するまでにいたる。

この王国随一の詩人モハメド・ベニスは、自国の伝統と長く闘ってきた。同じく七月、彼の業績をたたえる国際イベントが大西洋岸上のアシラで開かれ、彼の俳句の先生である私は、彼の俳句を称賛した講演をフランス語で行った。その俳句の一つ。

Un autre citronnier
Dans un autre pays
Mes regards sont désirs

別の国に／別のレモンの木／わがまなざしは欲望

「炎のことば」（「吟遊」第三〇号、二〇〇六年四月）

荒れた平原や砂漠の多いモロッコで、遠方を凝視する俳句が出現するのは必然である。遠方の凝視は遠方へのあこがれとなり、十四世紀に大旅行者イブン・バットゥータをこの国に生んだ。

彼は、モロッコ北部のタンジェで生まれ、苦難に満ちた世界旅行を終えて、タンジェで死んだ。この港町に残る大旅行者の墓にも訪れた。

話を戻すと、第二回国際モロッコ俳句セミナーの参加者の一人、ラジャ・モルジャニは、美しいフランス語を発する二言語の女性詩人。

Oued Kiss
Ravins profonds
Cœurs frères

ウエド・キスの国境／深い谷と谷／兄弟の心と心

アルジェリアとの境の渓谷地帯をバスで、ラクダのキャラバンよろしく移動していたとき、彼女が作った一句。

炎熱をものともせぬ融和の心が、フランス語ではたった六単語で俳句として書かれている。

サメ・デルウィッシュは、二〇一九年東京開催の第十回世界俳句協会大会に遠路はるばる参加してくれ、二〇二一年にモロッコで第十一回世界俳句協会大会を開くと発表したが、コロナ禍で開けなくなった。三年間の延期後、私がホスト役を務めて、二〇二四年 Zoom で開催できた。

胎動する混沌のベトナム

かつてベトナムは、ベトナム戦争の泥沼にあった。二〇一二年早春、第一回アジア太平洋詩祭参加のため訪れたベトナムは、戦争の影なく、混沌とした胎動のさなかにあった。

この詩祭で、メイン会場の文廟入口付近でテントを張って、自分たちの俳句活動を控えめに主張していたハノイ俳句クラブの人々と、二月五日偶然出会った。日越俳人の記念すべき初遭遇である。

ベトナム語を解さないながら、ベトナム俳句の朗読を聴いていると、とくに母音が多いためか、短いながらも、音の高低の変化が豊かである。チュー・ヴーの一句。

Giọt cà phê　　　　　　コーヒー一滴
Không nói gì　　　　　　もの言わず
Không nói gì　　　　　　もの言わず

日本語では単調な繰り返し「もの言わず」が、もとのベトナム語「Không nói gì」ではコーヒー一滴一滴がしたたたり落ちる音として響く。

ベトナム俳句の歴史は、フランス植民地時代から始まるが、一度断絶し、一九八〇年代にようやく芭蕉の俳句が高校の教材に入る。二〇〇七年ホーチミン市俳句クラブ、二〇〇九年ハノイ市俳句クラブが創立される。

世界俳句協会には、二〇一三年から毎年ハノイ市の俳人約二十人が会員になってくれている。加えて、二〇一四年九月、ハノイ市で第一回越日俳句懇談会が開かれ、二〇一五年九月、東京開催の第八回世界俳句協会大会にはハノイ市の俳人二人、ホーチミン市の俳人一人が参加した。

私が最も感銘を覚えたベトナム俳句は、戦争をテーマにしていた。リ・ビエン・ザオ作。

Trăng lạnh　　　　　冷たい月
Nghĩa trang　　　　　霊園に
Đồng đội xếp hang　　戦友の整列

『世界俳句二〇一三　第九号』(七月堂、二〇一三年三月)

現実に幻想を重ねた秀句。二行目と三行目が脚韻に近い。

ベトナムには、古来六・八音節からなる六・八体が、短詩の基礎として存在し、これを何回繰り返してもよいし、六・八音節一回の合計十四音節だけでも詩として成立する。この十四音節の詩は日本語の定型俳句の十七音より短い。こういう詩的土壌の上に俳句は受容され、ベトナム俳句は混沌としながら活発に生み出され続けている。

Thủ đô vươn tầm cao　　わが首都高く伸び
mắt hoa　　　　　　　目まいがして

nhìn 8 hướng　　八方を見る

『世界俳句二〇一五　第一一号』（七月堂、二〇一五年）

この俳句は、ハノイ市俳句クラブ主任（当時）ディン・ニヤット・ハインが大都市ハノイを詠んだ無季俳句。高層建築が立ち並ぶ地球上の首都にほとんどあてはまるモチーフ。

Mưa　　雨
Thì thầm　　囁く
Mùa xuân　　春

『世界俳句二〇一五　第一一号』

同じくハノイ市俳句クラブの女性俳人レー・ティ・ビンの三行だが、日本語の定型よりかなり短い俳句。春のひそやかな兆しを雨に発見している。

同クラブ会員のソン・ケーの次の俳句は、カタルシスにつながる笑いを誘う。オオサカという黄色い花を詠んだ。

Ah! Osaka!　　ああ！　オオサカ
Em từ đâu tới　　どこから来るか
Neo vào tim ta　　私の心臓に留まった

『世界俳句二〇一六　第一二号』（七月堂、二〇一六年）

ベトナム俳句は、その混沌から次の段階へ展開発展しつつある。

イタリア、ルネッサンスから現代へ

イタリア・ルネッサンスの金字塔、ダンテの『神曲』は長編詩であり、三行を単位として書かれ、こういう三行から始まる。

Nel mezzo del cammin di nostra vita
mi ritrovai per una selva oscura
ché la diritta via era smarrita.

人生の道の半ばで
正道を踏みはずした私が
目をさました時は暗い森の中にいた。（平川祐弘訳）

この十四世紀初めの十一音節の脚韻を踏んだ三行は、単独では存在しえずに、膨大な数の三行が次々つながる。

この作品が生まれてから約六百年後の一九一六年、同じくイタリアの詩人ジュゼッペ・ウンガレッティは、「Tramonto」(夕方)という題の三行詩を書く。

Il carnato del cielo　　空の肉色
sveglia oasi　　愛の遊牧民に
al nomade d'amore　　オアシスを目覚めさせる

アフリカの砂漠で着想を得た短詩。俳句ブームが起きようとしていたフランス経由で、彼は俳句を知っていた。

時を経て、イタリアに俳句の火を掻き立てたのは、日本の外交官、故荒木忠男。最後の職は、在バチカン市国日本大使。一九九四年九月ローマ、一九九五年六月ローマとバチカンで、日伊俳句交流大会を主催し、私はいずれにも参加した。

荒木忠男の第一の成果は、浮世絵で飾られた小型本の俳句アンソロジー『HAIKU antichi e moderni(俳句　古典と現代)』(Garzanti Editore, Italy, 1996)。松尾芭蕉から夏石番矢までの日本の俳句が、ローマ字表記の日本語とイタリア語訳で収録された。さらに、注目すべきことには、日本の無季俳句も収録され、巻末には、ドイツ語、フランス語、英語、スペイン語、ポルトガル語、イタリア語で創作された俳句も掲載されている。荒木の卓見が見て取れる。
その後、二〇〇五年六月、ジェノヴァとフィレンツェの国際詩祭、二〇〇八年九月、ミラノ、トリエステなどの詩や俳句のイベントに私は招待され、この間、二冊の句集『Pellegrinaggio tereestre／Earth Pilgrimage／地球巡礼』（Albalibri, Editore, 2007）、『空飛ぶ法王　44俳句／Il Papa che vola: 44 haiku』（Rupe Mutevole, Italy, 2010）が生まれる。後者で、「空飛ぶ法王」は里帰りしたことになる。

長い長い手紙を抱いて空飛ぶ法王

Stringendo al petto
una lunga lunga lettera
il Papa vola

現在、イタリアで熱心に俳句を創作している男性二人の句を、『世界俳句二〇一六　第一二号』（七月堂、二〇一六年）から拾い出しておく。

海の口の／石の舌から／無限

Dalla lingua di piet

From the stone tongue

nella bocca del mare
l'infinito

in the mouth of the sea
infinity

トニ・ピッチーニ

鶴の翼／わたしも腕を閉じる／悲しい東京

Ali di gru
Anch'io richiudo le braccia
Tokyo triste

Wings of the crane
I close my arms
Tokyo blue

ロマーノ・ゼラスキ

このロマーノ・ゼラスキは、自ら住む都市パルマで、二〇一七年九月に第九回世界俳句協会大会を開催してくれた。

強風のニュージーランドの首都

二〇〇五年十一月、生涯二度目の赤道越えをした。第三回国際ウエリントン詩祭に招かれ、初めてニュージーランドを訪れたときのこと。この詩祭主催者の詩人ロン・リデルは、妻のサライと南米コロンビアのメデジンで出会い、その地の名を冠する世界的に有名なメデジン国際詩祭と同等の詩祭をニュージーランドに定着させようとしたが、保守的な先輩詩人たちの非協力によって頓挫する。第四回国際ウエリントン詩祭は開かれずじまいに終わった。

ニュージーランドでは、驚きの連続だった。まず、首都ウエリントンの風の強さ。晴天でも日本の台風並みの風が吹いても当たり前。おまけに、通常の樹木のような背丈の羊歯があちこちに自生している。この驚きを俳句に詠んだ。

風の首都羊歯は時間をかきまわす　　夏石番矢

右の俳句は、ルーマニアで出版のわが多言語句集『星々の抱合／ÎMBRĂŢIŞAREA PLANETELOR -III haiku-』（Editura Făt-Frumos, 2006）に初収録。

第三回国際ウエリントン詩祭では、何度か俳句朗読の機会が与えられた。最も印象深いのは、テ・パパという海辺の文化施設にある劇場での朗読。

司会者でクライストチャーチ在住詩人のドック・ドラムへラーが、私の「空飛ぶ法王」俳句朗読を聴いて、笑いころげてしまい、朗読が一時中断した。

子供とキリンにだけ見えている空飛ぶ法王

Flying Pope

visible only to children
and a giraffe

ドラムヘラーは、そののち俳句を英語で創作するようになり、地元で子どもたちに俳句を教えた。彼が指導して生まれた俳句の傑作は次の一句。

Oceanic
blue canvas
diamond sky

オセアニアの
青いカンバス
ダイアモンドの空
キイロイ・ユメトブ
『世界俳句二〇〇七　第三号』（七月堂、二〇〇七年）

これほど単純で、明確で、しかも、的確にニュージーランドの風土を表現した俳句を私は知らない。あの海は荒涼と原始的に果てしなくひろがり、湿度の低い空気に満ちた大空は太陽光で華麗に輝く。

指導者のドラムヘラー自身の句は、知性で染められ、教え子の「ダイアモンドの空」には残念ながら及ばない。

in the swamp at night
I can hear the battle cry

夜の沼で
蛙の軍隊の

of a frog army

戦争の叫びが聞こえる

『世界俳句二〇一六　第一二号』（七月堂、二〇一六年）

この詩祭で「戦争はポルノだ！」と、先輩詩人たちの顰蹙を買いながらも、逆説的に反戦を訴えた詩人の反戦俳句である。
もう一方、詩祭の主催者だったロン・リデルは、油絵をたしなみ、印象派的な俳句を作る。

at the storm's centre
dark clouds swarming around
a palm of gold

嵐の中心
金の椰子の
まわりに暗雲群がる

『世界俳句二〇一六　第一二号』（七月堂、二〇一六年）

この国際詩祭で出会った女性詩人ヒメオモナ・ベーカーは、先住民マオリの血を引くシンガーソングライター。私の「空飛ぶ法王」俳句を自分のラジオ番組で推奨してくれた。先住民マオリは、日本語に近く、子音に必ず母音が付く言語を持ち、美的センスは日本の縄文人とつながるし、日本神話とマオリ神話に共通性もある。
その共通性を「海藻」に託して詠んだ私の一句。

海藻それはわが原始の心のフィルム

『ブラックカード』

人口密度の低いニュージーランドには、未開拓の土地が多く、まだ知られていない始原のエネルギーが秘蔵されている。

フィンランド、樅の巨木と花崗岩

地球上で訪れた最北の地は、フィンランドのラフティ。ヘルシンキの東北の観光地で、スキー場で知られる。二〇〇九年六月の夏至前後に、鎌倉佐弓ともども、第二十四回国際ラフティ作家レユニオンに招待された。

最も印象に残るのは樅の木と花崗岩。そのいずれにも、異国情緒とともに奥深くから湧く親近感を感じた。

樅の木は、垂直にまっすぐそびえる常緑針葉樹。霧が立ち込めなくても、天につながっていると確信できる。十九世紀初頭、リョンロットによって採集・編纂されたフィンランド叙事詩『カレワラ』では、巨大な樫をこう歌う。

頂《いただき》は天に届き、

葉は空に広がった。
雲の流れをとどめた、
切れ雲の立ち登るのを、
太陽の輝きを隠した、
月の光るのを。（小泉保訳）

フィンランドの主要民族フィン人の原郷近くのアルタイの伝説は、世界の中心に樅の巨木がそびえ、最高神の住まいにまで伸びているとする（ウノ・ハルヴァ『シャマニズム　アルタイ系諸民族の世界像』、三省堂、一九八九年）。

日本の記紀歌謡にも、

「槻《つき》が枝《え》は　上枝《ほつえ》は　天《あめ》を覆《お》へり」（『古事記』雄略天皇の条）

と詠まれる巨大な欅が登場する。

このような巨樹が聳える森には、言い知れぬ神秘性があるので、こういう俳句を詠んだ。

白夜にざわめく森に小人と兎と俳人

A dwarf, a rabbit

and a haiku poet
in a forest rustling on Polar Day

『ハイブリッド天国／Hybrid Paradise』（Cyberwit.net, India, 2010）

フィンランドの詩人、日本文学研究者カイ・ニエミネンは、日本語の連句を次のように始める。

晩秋の静けさにただ森の息
黄昏時の色即是空
枝の雫は徒然と笑む　「独吟　フィンランドの四季」（「吟遊」第四八号、二〇一〇年十月）

やはり森の独特の雰囲気がモチーフ。『徒然草』の「徒然」という日本語を、こういう意外性を伴って活用しているのは、まさしく俳諧的ユーモア。

花崗岩は、わが父祖の地の神戸の御影にちなんで、日本では御影石とも呼ばれる。わが国でなら、注連縄を巻かれて崇拝されるにちがいない花崗岩の巨岩が、フィンランドの森ではあちこちに存在した。しかも国歌「君が代」を連想させるように、ぶあつく苔むして。そういう岩から次の句のインスピレーションをもらった。

雲のような岩にわが手と苔のジャングル

My hand and
a jungle of moss
above a rock like a cloud

『ハイブリッド天国／Hybrid Paradise』

固い地上の岩が、やわらかい天上の雲に等しい。苔の小さな繁茂が、広いジャングルになる。そして「わが手」は、巨人の大きな手になる。

フィンランドでは、巨樹も森も岩も、一つの無垢な宇宙を形成していて、気温の低い夏ながら、私たちを清純なすがすがしさに浸す。そのすがすがしさに、私はなつかしさを感じた。

経済発展直前の中国東北地方

一九九三年十月に訪れた中国は、経済発展直前だった。旧満州では新京と呼ばれた長春に一週間ほど滞在した。吉林大学外語学院で特別講演をするため。

北京から古びた飛行機で長春に到着すると、まだ穏やかな天気で、ほっとして次の句を詠んだ。

長春無風コスモス我を了解す

『地球巡礼』

長春市内の白樺林を吉林大学の学生たちと散策中に、突然駱駝二頭がなだれ込んで来たとき、ユーラシアの果てしなき地続きを思い知らされた。この地に駱駝がいるとは予想だにできなかった。

『地球巡礼』

白樺林に駱駝二頭の快疾走

吉林大学では、学生たちが狭い寮を出て、歩道で歩きながら教科書を持って猛勉強しているのを目撃した。日本がまだバブル経済に酔っていたころだったが、日本はいつか国力で中国に追い抜かれるとの危惧を抱いた。

その反面、すでに大気汚染は深刻化しており、当時吉林大学講師だった俳人大沼正明や彼の教え子たちが同行してくれた哈爾賓《ハルビン》では、亜硫酸ガスが充満していて、鼻と口からハンカチを放すことができなかった。帰国して気管支炎を患うほどだった。中国が経済発展したなら、地球が大気汚染でおかしくなってしまうのではないかとも危惧した。

吉林大学で日本語を学ぶ学生たちとは、日本語で気軽に会話した。山東省出身の許栄新は、「虚栄心」ともからかわれながら、他の中国人にない温和さと気配りがあり、山東省人は日本人に近いとも現地で評されていた。

長春では、鉄道の駅をはじめ、近代化へと急ピッチで改造中である一方、農村的なのどかさも見られ、歩道にたくさんの白菜を干していた。寒暖が激しいせいか、樹木の黄葉も見事だった。

すべてを忘れポプラ大樹は黄葉す　『地球巡礼』

ニューヨーク、ロンドンなど、世界各地のチャイナタウンで感じたが、中国人の住む場所から、土のにおいは消えない。中国の「沙」には土埃が必ず混じる。

肺で知る沙《すな》の地上と瑠璃のそら　『地球巡礼』

吉林大学では、日本で話題にされる漢俳の話は一度も出なかった。俳句は、中国にはまだまだ浸透していないのである。漢俳と呼ばれる中国詩の新しい形式の実例を取り上げてみよう。

世人愛銅錢。　People love coins—
美元日元人民元，　US$ JPY CNY
金融小大盤。　the market is a roulette, whether it's big or small

世人銅銭を愛す／米ドル日本圓人民元／金融は大なり小なりルーレット　徐　一平
『世界俳句二〇一六　第一二号』（七月堂、二〇一六年）

泥肥水打汤　With water full of mud as soup,

金谷银棉鱼满仓　Plenty of golden cereals, silver cotton and fish in a storehouse.
餐餐煮小康　A passable dish is done.
泥の肥えた水をスープにし／金の穀に銀の綿、魚は倉に満ち満ちて／料理の仕上がりはまずまずかな
段　楽三
「汉俳6首」（「吟遊」第七三号、吟遊社、二〇一七年一月）

脚韻を踏み、同じ五・七・五字でも日本語の俳句より長い意味量を持つ漢俳は、やはり土の味がする。

付記：本著収録の海外俳句の日本語版は、翻訳者明記のないものは著者による和訳である。

あとがき

単著の評論集『世界俳句入門』（沖積舎、二〇〇三年）を出版してから、はや二十一年経過してしまった。

その間、二十九か国を訪れ、そのうち五大陸にわたる二十四か国の国際文学、詩、俳句イベントに参加した。それらの会議で英語、フランス語、日本語で行った講演の日本語版をこの『俳句は地球を駆けめぐる』のⅠに収録した。日本国内の読者向けではないが、海外の聴衆にも理解できるよう、より普遍的世界的視野から俳句を論じているし、平易な解き明かし方をしているので、日本の読者にも受け入れやすいのではないだろうか。

この間、二〇一一年の東日本大震災と福島原発事故、さらには二〇二〇年から約四年間続いたCOVID-19パンデミックを経験し、二十一世紀が大変動期であることを衝撃的に体験した。そのことと俳句創作の関係を論じた講演が混じっている。

それに続くⅡには、さまざまな雑誌や単行本に掲載された評論やエッセイが集められた。ほぼ掲載年月順に配列されている。対象とするジャンルも、俳句は古典と現代、さらに国内外の自由詩、和歌、短歌、絵画、書などにわたっている。ここにも、参加した国際文学、詩、俳句イベントについての報告記が混じっている。また、海外で出版された私の句集についても触れている。

Ⅲには俳句月刊誌「俳壇」連載のエッセイ「世界HAIKU俳句紀行」十五本を並べた。短い文章ながら、各国の俳句事情の要点が押さえられているだろう。日本の俳句にはない新しい特色も素描されている。

俳句は世界共通の短詩となり、いかなる言語でも可能で、詩のエッセンスであるとの確信はますます固まりつつある。二十代から、新しい俳句の作り方の開拓に句集ごとに挑戦して、それなりの成果を上げたと自負しているし、その成果は翻訳されて海外で評価されている。

思えば、日本国内は大正生まれの俳人が他界し、昭和・平成生まれの俳人の時代になって、俳句作品が保守的かつ稚拙になってしまった。日本のマスメディアも、俳句を下劣な見世物扱いしている。それは、俳句界のみならず、日本社会全般の劣化に連動していて、決して快活に日々を過ごせないのはいかんともしがたい。

しかし、大変動期に劣化してゆく日本社会に生きて、周囲がどうであれ、詩のエッセンスとして自らの認識、感慨、印象、幻想を日々俳句として生み出してゆく行為は、決して無駄ではない。

ここに収録した二〇〇四年から二〇二三年にかけての私の散文によって、私の俳句観が少しでも日本の読者と共有できることを願うばかりである。

最後に、本書刊行を承諾してくださった紅書房代表の菊池洋子氏、装幀担当の間村俊一氏に心からの謝意を表したい。

二〇二四年九月二十六日　富士見市の自宅にて

夏石番矢

初出一覧

I　講演　二〇〇三〜二〇一二

地球を駆けめぐる俳句

「世界俳句のために」……『世界俳句二〇〇五　第一号』、西田書店、二〇〇四年十一月、英語版の講演は、第二回世界俳句協会大会、天理教第三八母屋、天理市、二〇〇三年十月四日

「俳句をとおして本当に東洋と西洋は出会ったか?」……『世界俳句二〇〇六　第二号』、七月堂、二〇〇五年十二月、英語版の講演は、第三回世界俳句協会大会、ヨーロッパ・ブルガリア文化センター、ソフィア（ブルガリア）、二〇〇五年七月十六日

「世界俳句の未来」……『世界俳句二〇〇八　第四号』、七月堂、二〇〇八年一月、英語版の講演は、第四回世界俳句協会大会、明治大学リバティホール、東京、二〇〇七年九月十五日

「さまざまな地平を超える俳句」……『世界俳句二〇一〇　第六号』、七月堂、二〇一〇年一月、英語版の講演は、ラフティ国際作家再結合二〇〇九、メッスィラ荘園、オーロラ（フィンランド）、二〇〇九年年六月十五日

「創造的リンクとしての俳句」……『世界俳句二〇一一　第七号』、七月堂、二〇一一年一月、英語版の講演は、第二十回ドルスキニンカイ詩の秋と第五回世界俳句協会大会、ダイナヴァ・センター、ドルスキニンカイ（リトアニア）、二〇一〇年十月二日

「愚かさと詩」……『世界俳句二〇一二　第八号』、七月堂、二〇一二年一月、英語版の講演は、第二十一回メデジン国際詩祭、アンチオキア博物館、メデジン（コロンビア）、二〇一一年七月八日

「松尾芭蕉の現代性と反都市性」……『世界俳句二〇一三　第九号』、七月堂、二〇一三年三月、英語版の講演は、国際

シンポジウム「東アジアの近代と都市　その文明史的眺望」、ソウル市立大学、ソウル（韓国）、二〇一〇年八月二十三日
「メデジンでのメデジンからの世界俳句」……『世界俳句二〇一四　第一〇号』、七月堂、二〇一四年三月、英語版の講演は、第七回世界俳句協会大会メデジン、ベレン図書館公園講堂、メデジン（コロンビア）、二〇一三年九月十四日
「ハノイと世界俳句」……『世界俳句二〇一五　第一一号』、七月堂、二〇一五年二月　日本語の講演は、第一回越日俳句懇談会、百草公園会議場、ハノイ（ベトナム）、二〇一四年九月十三日
「俳句と世界」……『世界俳句二〇一六　第一二号』、七月堂、二〇一六年三月、英語版の講演は、モンゴル俳句協会創立大会、モンゴル国立美術ギャラリー、ウランバートル（モンゴル）、二〇一五年三月二十四日
「モハメド・ベニスの俳句について」……「吟遊」第七二号、吟遊社、二〇一六年十月、フランス語版の講演は、モロッコ詩人モハメド・ベニスへの称賛、ハッサン二世国際会議センター大会議室、アシラ（モロッコ）、二〇一六年七月十九日
「俳句と風景」……『世界俳句二〇一八　第一四号』、七月堂、二〇一八年三月、英語版の講演は、第九回世界俳句協会大会、サンヴィターレ宮殿、パルマ（イタリア）、二〇一七年九月九日
「チュニジアとモロッコで破壊され再創造された俳句ビジョン」……『世界俳句二〇一九　第一五号』、コールサック社、二〇一九年三月、英語版の講演は、国際シンポジウム「アラブ地域の文学作品における個人と世界」、国立民俗学博物館、吹田、二〇一八年三月二十四日
「二元論を乗り越えるための詩――ポール・クローデルの『百扇帖』について」……『世界俳句二〇一九　第一五号』、コールサック社、二〇一九年三月、フランス語の講演は、シンポジウム「今に生きる前衛的古典――詩人大使ポール・クローデルの『百扇帖』をめぐって」、パリ日本文化会館、二〇一九年二月五日

「世界俳句の二十年についての考察」……『世界俳句二〇二〇　第一六号』、吟遊社、二〇二〇年三月、英語版の講演は、創立二十周年記念第十回世界俳句協会大会、学士会館、東京、二〇一九年九月十四日
「見えない戦争と俳句」……『世界俳句二〇二一　第一七号』、吟遊社、二〇二一年四月

Ⅱ　評論・エッセイ　二〇〇四〜二〇二三

言語・国境・ジャンルを超える視座

「身体のゲリラ——金子兜太の句業」……「三田文學」第八三巻第七六号　冬季号、三田文学会、二〇〇四年二月
「肉声と多言語句集　俳壇二〇〇八年回顧」……「俳句界」通巻一四九号、文學の森、二〇〇八年十二月
「究極の俳句へ」……「俳壇」第二六巻四号、本阿弥書店、二〇〇九年四月
「世界文化としての俳句」……「季刊　俳句原点　口語俳句年鑑二〇〇九」、口語俳句協会、二〇〇九年十二月
「インドから俳句を世界へ」……「潮」平成二一年十一月号、潮出版社、二〇〇九年十一月
「句集という別天地」……「日本古書通信」第七四巻第一〇号、日本古書通信社、二〇〇九年十月
「世界の文学のエッセンス、俳句」……「文學界」第六四巻第二号、文藝春秋、二〇一〇年二月
「有季定型というトリック」……「俳句界」通巻一八〇号、文學の森、二〇一一年七月
「秋元潔の俳句と詩」……『秋元潔詩集成』、七月堂、二〇一一年十月
「南米と俳句」……「南米と俳句　上」、「埼玉新聞」二〇一一年八月十六日付け、「南米と俳句　下」同新聞二〇一一年八月二十三日付け、埼玉新聞社
「世界俳句の旅」……原題「Around the World on the Wings of Haiku」、「Japanese Book News」No. 70、Japan Foundation（国際交流基金）、二〇一一年十二月

「ブダペストでの俳句展覧会」……原題「ブダペストの俳句展覧会」、「埼玉新聞」二〇一二年四月二十四日付け、埼玉新聞社

「異体の童心――大沼正明第二句集『異執』について」……大沼正明句集『異執』栞、ふらんす堂、二〇一三年四月

「能と俳句」……「観世」平成二六年八月号、檜書店、二〇一四年七月

「第一回越日俳句懇談会」……原題「ベトナムの俳句」、「埼玉新聞」二〇一四年九月三十日、埼玉新聞社、掲出題、「吟遊」第六五号、吟遊社、二〇一五年一月

「海をまたぐインスピレーション――『三国史記』『三国遺事』」……『韓国・朝鮮の知を読む』、クオン、二〇一四年二月

「筆の力」……「星座」第七二号、かまくら春秋社、二〇一五年一月

「自選百句色紙展」……「俳壇」第三二巻第七号、本阿弥書店、二〇一五年六月

「世界俳句の豊かな展開」……「世界俳句」、「産経新聞」二〇一五年四月二十七日付け夕刊、産経新聞大阪本社

「世界共通の俳句のルーティーン――ことばの三本柱の魔術」……「Re」第一九二号、建築保全センター、二〇一六年十月

「わがお国ことば、西播磨」……原題「アッパレ　お国ことば　兵庫（一）　父母の最晩年のことば」、「星座」第七七号、かまくら春秋社、二〇一六年四月、「アッパレ　お国ことば　兵庫（二）　姫路のことば」、同誌第七八号、かまくら春秋社、二〇一六年七月

「万葉集――波路のコスモロジー」……原題「解説　波路のコスモロジー」、折口信夫『岩波現代文庫　口訳万葉集（下）』、岩波書店、二〇一七年六月

「第三十回国際ジェラード・マンリー・ホプキンズ祭」……「吟遊」第七六号、吟遊社、二〇一七年十月

「モンゴルでの世界詩人祭」……「吟遊」第七六号、吟遊社、二〇一七年十月

「金子兜太の一句」……無題「大特集・100人が読む金子兜太・後編」収録、「俳句四季」第三四巻第一二号、東京四季出版、二〇一七年十二月
「水になりたかった前衛詩人、種田山頭火」……原題「解説——水になりたかった前衛詩人」、『岩波文庫　山頭火俳句集』、岩波書店、二〇一八年七月
「日本語と英語から見た山頭火の近代性」……「新編　山頭火全集　月報2」、『新編　山頭火全集　第三巻』付録、春陽堂書店、二〇二一年三月
「歌よみ展——歌とアートの交響」……原題「歌よみ展」、「吟遊」第九五号、二〇二二年七月
「神保町と私と沖積舎」……『沖積舎の五十年』、沖積舎、二〇二二年七月
「現代詩としての俳句——近年の米国句集からの考察」……「俳句四季」第四〇巻第一一号、東京四季出版、二〇二三年十月
「短歌・俳句・現代詩の命運——吉本隆明からの示唆」……原題「吉本隆明からの示唆」、『吉本隆明全集33』栞（月報34）、晶文社、二〇二三年十二月

Ⅲ　エッセイ　二〇一六〜二〇一七

世界俳句紀行・十五か国の俳句事情

いずれも見出し題「世界 HAIKU 紀行」、1〜15の番号、国名付き
「いち早く俳句創作を始めたフランス」……「俳壇」第三三巻第一号、本阿弥書店、二〇一六年一月
「大自然と家畜のモンゴル」……「俳壇」第三三巻第二号、本阿弥書店、二〇一六年二月
「多様な米国俳句」……「俳壇」第三三巻第三号、本阿弥書店、二〇一六年三月

「詩に熱いおおらかなコロンビア」……「俳壇」第三三巻第四号、本阿弥書店、二〇一六年四月
「海に開かれたポルトガル」……「俳壇」第三三巻第五号、本阿弥書店、二〇一六年五月
「家庭的な暖かさのハンガリー」……原題「家族的な暖かさのハンガリー」、「俳壇」第三三巻第七号、本阿弥書店、二〇一六年六月
「詩人が尊敬される野趣の国、リトアニア」……原題「詩人が尊敬される野趣の国」、「俳壇」第三三巻第八号、本阿弥書店、二〇一六年七月
「イエスの余波、イスラエル」……原題「イエスの余波」、「俳壇」第三三巻第九号、本阿弥書店、二〇一六年八月
「神々と唯一神の混在、北マケドニア」……原題「神々と神の混在」、「俳壇」第三三巻第一〇号、本阿弥書店、二〇一六年九月
「炎熱と融和の国、モロッコ」……「俳壇」第三三巻第一一号、本阿弥書店、二〇一六年十月
「胎動する混沌のベトナム」……原題「胎動する混沌」、「俳壇」第三三巻第一二号、本阿弥書店、二〇一六年十一月
「イタリア、ルネッサンスから現代へ」……原題「ルネッサンスから現代へ」、「俳壇」第三三巻第一三号、本阿弥書店、二〇一六年十二月
「強風のニュージーランドの首都」……原題「強風のオセアニアの首都」、「俳壇」第三四巻第一号、本阿弥書店、二〇一七年一月
「フィンランド、樅の巨木と花崗岩」……原題「樅の巨木と花崗岩の白夜」、「俳壇」第三四巻第二号、本阿弥書店、二〇一七年二月
「経済発展直前の中国東北地方」……原題「経済発展直前の東北地方」、「俳壇」第三四巻第三号、本阿弥書店、二〇一七年三月

夏石番矢（なついし・ばんや）　欧文表記：Ban'ya Natsuishi

1955年兵庫県生まれ。東京大学教養学部教養学科フランス分科卒業、東京大学大学院比較文学比較文化博士課程修了。明治大学法学部教授。国際俳句季刊誌「吟遊」発行人。世界俳句協会共同創立者・理事長。五大陸の国際詩祭に参加し、国内外で世界俳句協会大会主催。

句集は国内では、『猟常記』、『真空律』、『楽浪』、『地球巡礼』、『越境紀行　夏石番矢全句集』、『空飛ぶ法王　161俳句』、『ブラックカード』など。米国では『A Future Waterfall: 100 Haiku from the Japanese』、『Right Eye in Twilight』、『Turquoise Milk: Selected Haiku of Ban'ya Natsuishi』など、インドでは『Endless Helix: Haiku and Short Poems』、『Flying Pope: 127 Haiku』、『Hybrid Paradise』、『Black Card』など、ハンガリーでは『MADARAK: 50 HAIKU』、『A TENGER VILÁGA: 50 HAIKU』、『KUTYAK: 50 HAIKU』（エヴァ・パーパイとの共著）など、ルーマニアでは『ÎMBRĂŢIŞAREA PLANETELOR』、『Când norii sunt cântece』、『Cascada viitorului』など、イタリアでは『Pellegrinaggio terrestre』、『Il Papa che vola: 44 haiku』など、フランスでは『Cascade du future : 100 haïkus traduits du japonais』など、スロヴェニアでは『Romanje po Zemlji』など、セルビアでは『KONCENTRIČNI KRUGOVI』など。このほか、ブルガリア、ラトヴィア、ポルトガル、モロッコ、シリアで単著、共著句集出版。

評論集『俳句のポエティック　戦後俳句作品論』、『天才のポエジー』、『世界俳句入門』、『俳句縦横無尽』（鎌倉佐弓との共著）など。夢を記録した『夢のソンダージュ』。

インドで『The Poetic Achievement of Ban'ya Natsuishi』、『Ban'ya Natsuishi's World of Dreams: An intensive Study of Selected Haiku』などの夏石番矢論集が出版された。

2022年「俳人夏石番矢のパンデミック下でのたたかい～『世界俳句』を主導して」が姫路文学館で、「夏石番矢の俳句系アート」がギャラリーランズエンドで開催された。

1981年第9回「俳句研究」五十句競作入選 第一位、1991年第38回現代俳句協会賞、2002年第1回21世紀えひめ俳句賞河東碧梧桐賞、2015年モンゴル作家協会最高賞、2018年ネパール俳句名誉賞2018、2023年 Golden Bridge 賞など受賞。

俳句は地球を駆けめぐる　奥附

著者　夏石番矢＊発行日　二〇二四年一二月二〇日　初版
発行者　菊池洋子＊印刷　信毎書籍印刷＊製本　新里製本
発行所　〒170-0013　東京都豊島区東池袋五ノ五二ノ四ノ三〇三
紅（べに）書房　https://beni-shobo.com　info@beni-shobo.com
電話　〇三（三九八三）三八四八
ＦＡＸ　〇三（三九八三）五〇〇四
振替　〇〇一二〇-三-三五九八五

ISBN978-4-89381-371-8
Printed in Japan, 2024

虚子点描

矢島渚男（二〇二四年度文化功労者）著

虚子はいかにして虚子になっていったのか。近代俳句界の巨人・高浜虚子の起伏に富んだ生涯とその数々の名句を、時代の流れの中に鑑賞し、吟味し、考察した斬新な虚子像。鑑賞虚子句164句、関連引用句142句収載。

四六判　上製カバー装　二五六頁　本体二二〇〇円（税別）

身辺の記 Ⅲ

矢島渚男著

秀逸豊饒で心に残る随筆集。「この三冊（『身辺の記』『身辺の記 Ⅱ』と合せ―編集部・註）で私という俳人のおおよそが尽くされているのではないかと思います」と、著者自ら語る待望の随筆集第三作。読む者を魅了する独自の感興は俳句から大宇宙へと涯しなく広がる。

四六判変型　上製カバー装　一九二頁　本体二〇九一円（税別）